설봉 新무협 판타지 소설

死神
사신

사신 7
설봉 新무협 판타지 소설

초판 1쇄 찍은 날 § 2002년 8월 3일
초판 1쇄 펴낸 날 § 2002년 8월 13일

지은이 § 설봉
펴낸이 § 서경석

편집장 § 문혜영
편집책임 § 장상수
편집 § 박영주 · 김희정 · 권민정 · 이종민
마케팅 § 정필 · 강양원 · 김규진 · 안진원

펴낸곳 § 도서출판 청어람
등록번호 § 제1081-1-89호
등록일자 § 1999. 5. 31
어람번호 § 제2-0117호

주소 § 경기도 부천시 원미구 심곡1동 350-1 남성B/D 3F (우) 420-011
전화 § 032-656-4452 팩스 § 032-656-4453
http://www.chungeoram.com
E-mail § eoram99@chol.net

ⓒ 설봉, 2002

값 7,500원

ISBN 89-5505-348-7 (SET)
ISBN 89-5505-442-4 04810

※ 파본은 본사나 구입하신 서점에서 교환하여 드립니다.
※ 저자와 협의하여 인지를 붙이지 않습니다.

설봉 新무협 판타지 소설

死神
사신

7 하거하종(何去何從)
무엇을 버리고 무엇을 따를까

도서출판
청어람

◇ 목차

第六十七章 현산(玄山)	/7
第六十八章 화마(火魔)	/39
第六十九章 고요(苦芙)	/61
第七十章 묵묵(默默)	/93
第七十一章 차도(借刀)	/125
第七十二章 편편(翩翩)	/155
第七十三章 절수(切手)	/179
第七十四章 감물(感物)	/209
第七十五章 혼탁(混濁)	/235
第七十六章 저립(佇立)	/263
第七十七章 상가(傷歌)	/291

◆第六十七章◆
현산(玄山)

암울한 절망이 밀려들었다.

사방 어디를 둘러보아도 빠져나갈 구멍은 보이지 않았다.

뒤는 깊고 험한 협곡이다. 그곳에는 아직도 뜨거운 피를 흘리고 있는 묵월광 살수들의 죽음이 찐득하게 묻어난다.

화살에 살을 잰 무인들의 눈초리도 살기로 번뜩인다.

―물러서는 자, 화살이 용납치 않는다.

그들은 그렇게 말하고 있는 듯하다.

병가(兵家)에 배수진(背水陣)이라고 있지만 그것도 싸울 기력이 있을 때나 사용되는 말이다. 지금처럼 힘의 균형이 철저하게 무너진 상태에서는 배수진이라는 말이 통용되지 않는다.

고양이가 쥐를 몰 경우에도 살 길은 터놓고 몬다고 했다. 쥐라도 막다른 궁지에 몰리면 고양이에게 덤벼들기 때문이다.

목숨이 붙어 있는 것이라면 하찮은 미물일지라도 살기 위해 악착같이 발버둥 친다. 하지만 지금과 같은 경우에는 살려고 발버둥 쳐봤자 죽음만 더욱 힘들어질 뿐이다.

수적으로 너무 차이가 난다.

물 반, 고기 반이라는 말이 있지만 눈앞의 현실이야말로 수림 반, 인간 반이다.

천천히, 천천히 수를 헤아릴 수도 없을 만큼 많은 무인이 서둘지 않고 움직인다.

'결사(決死)…….'

묵월광 살수들은 똑같은 생각을 했다.

무림으로부터 버림받은 살수들의 운명이 어떻던가. 죽어서 땅속에 묻히면 그나마 다행이다. 인적이 끊긴 외진 곳에 드러누워 살이 썩고 뼈가 문드러지는 것이 보통이다. 비바람을 고스란히 맞으며 지나가는 동물들에게, 무수한 개미 떼, 구더기에게 살점을 내주며.

"퉤!"

살아남은 십이사령 중 한 명이 손에 침을 뱉고 도를 고쳐 잡았다.

그의 얼굴에서 죽음에 대한 두려움 따위는 찾을 수 없었다. 두 눈이 이글이글 타올라 한 명이라도 더 죽이고 죽겠다는 치열한 의지가 엿보였다.

사령주 적사가 말했다.

"축혼팔도는 죽음의 도학(刀學)이다. 오늘 마음껏 죽음의 춤을 추어라. 죽기 전에 축혼팔도를 남김없이 펼치도록 해라."

그는 말하고 있다. 일도에 한 명씩, 적어도 여덟 명은 죽이고 죽으라고.

십이사령의 눈가에 단호한 결의가 맺혔다.

화령주 소여은은 생긋 웃었다.

"모두들 몸에 무기 같은 것 가지고 있으면 버려. 쇠붙이란 쇠붙이는 모두 버려. 비녀, 노리개… 흉기가 될 만한 장신구도 모두 버려."

소여은의 명령은 뜻밖이었다.

그녀의 이런 돌연한 명령은 적사는 물론 소고까지도 고개를 갸웃거리게 만들었다.

"너희는 암습을 배웠지 무공을 배운 게 아냐. 저들은 무인이야. 정면으로는 도저히 어떻게 해볼 수 없는. 저들이 죽이려고 마음먹었으니 죽을 수밖에 없겠지. 할 수 없어. 죽어야지. 그러나 죽을 때 죽더라도 화령 살수들답게 웃으면서 죽어. 살려달라고 비명 지르지 말고 죽는 순간까지도 품위를 잃지 마."

적사의 인상이 가늘게 찌푸려졌다.

화령주 소여은이 말하는 바를 이해하지 못하는 것은 아니지만 지금과 같은 상황에서는 전혀 도움이 되지 않는다. 무공이래야 이제 갓 검을 잡은 수준에 불과하니 크게 도움이 되지는 않겠지만 그래도 악착같은 근성이라도 보여줘야 하지 않겠는가. 묵월광 살수들은 과연 독했다는 인상만이라도 강하게 심어주려면, 아니, 잠을 자다가도 벌떡 일어나 식은땀을 흘리게 만들려면.

화령 살수 아홉 명이 몸에 지니고 있던 병장기를 풀었다.

그녀들은 소여은을 따라서 웃음 지었다. 어떤 여인은 가늘게 웃음을 배어 문 정도였고 어떤 여인은 하얀 이를 드러내며 활짝 웃었다.

적사는 여자의 웃음에는 종류가 많다는 것을 배웠다.
소여은의 웃음은 어떤 웃음인가?
그녀의 웃음에는 처량함이 깃들어 있다.
그녀의 웃음을 접하면 알지 못할 우울함이 깃들게 된다. 감싸 안아주고 싶고, 그녀의 마음속에 있는 고민을 풀어주고 싶다. 그녀를 위해서라면 어떤 희생이라도 감수하고 싶어진다.
소여은은 참 많이 변했다.
어렸을 때는 너무 어렸으니 그렇다 치고 삼이도에서 봤을 때만 해도 이렇지 않았다. 아름다움 속에 성난 암고양이 같은 표독함이 엿보였다.
그게 소여은의 매력이기도 했다.
적사는 소여은의 매력을 한눈에 알아봤다. 그녀는 자신과 같은 부류의 사람이기 때문이다. 세상천지가 드넓다지만 마음을 줄 수 있는 친구 한 명 없고 잠을 자면서도 몸에서 검을 떼어놓지 않아야 하는 고독한 사람.
소여은이 적사 자신과 다른 점이 있다면 자란 환경이다.
적사 자신은 내만족에 들어가 차분하게 무공을 익혔다.
그는 거리낄 것이 없었다. 마음껏 무공을 익혔고 축혼팔도의 난폭함을 흠씬 받아들였다.
하나 소여은은 눈치를 보며 살았다.
어산적들 틈에서 몸 하나 간수하기에도 전전긍긍했다. 명유마괴, 녹림마왕이라 불리는 자에게 무공을 전수받았지만 그녀의 삶에서 밝은 면을 찾기란 어렵다.
소여은은 성질을 부릴 수 없었다. 마음에 안 드는 일이라도 입을 꾹 다물고 행해야 했다. 그래야만 살 수 있다.
 마음을 숨긴다.
 환경에 동화한다.
 이 두 가지가 소여은이 익힌 최대의 무공이리라.
 삼이도에서만 해도 놀랄 만큼 날카롭고 강하던 기운이 흔적없이 숨어버린 것도 몸에 붙은 습성 때문이다. 무공으로 소고에게 밀렸을 때부터 어산적과 생활했을 때처럼 강한 기운을 숨기고 자신을 보존하는 쪽으로 선회했다.
 살수로 첫발을 내디디면서 산적들에게 백화현녀라는 별호를 얻을 정도로 손속에 사정을 둔 것은 그녀가 의식하고 있는지 모르지만 기운을 잃었기 때문이다.
 무림을 향해 맹렬하게 치달리던 마음이, 무림에만 나서면 이름을 날리고 당당하게 살 수 있다는 마음이 소고에게 막히면서 싸우고 싶은 의욕을 잃어버렸다.
 적시는 소여은의 상태를 잘 파악했다.
 그 역시 소여은과 같은 심적 고통을 겪었으니 그만큼 잘 아는 사람도 없을 게다.
 소여은은 묵월광에서 자신의 위치를 굳혔다.
 그것이 지금 모습이다.
 소고를 친언니처럼 받들며 묵월광을 중원제일의 살수 문파로 키우는 데 온 마음을 쏟아 붓기로 작정했다. 자신이 사무령이 되지 못하는 대신 소고가 사무령이 될 수 있는 밑거름이 되기로 결심했다.
 소여은이 사는 의미는 오직 그곳에 있다.
 소여은이 웃는다.

사무령에 대한 꿈도, 묵월광을 키우고자 했던 의미도 모두 사라진 지금…… 웃는다.

'죽으려는 거야. 무기를 버리라고? 무슨 속셈이 있는 거겠지. 분명한 것은 죽음을 각오했다는 것. 어차피 피할 수 없는 죽음이지만 아마도 적사녀… 네가 가장 처참하게 죽을 것 같구나. 살아남은 무인들이 오늘 일을 되새길 때 다른 사람은 다 잊어도 너만은 기억하게 될 거야. 가장 잔인했던 여자로.'

적사는 소여은의 차분하고 쓸쓸한 웃음 속에서 자신보다도 더욱 강렬하게 타오르는 투지를 읽었다.

소여은이 불쌍하다거나 애처롭다는 생각은 들지 않았다.

그런 생각이 들 까닭도, 여유도 없었다.

'살수로 태어났으니 어차피 곱게 죽지는 못했을 운명.'

적사는 도를 꽉 움켜잡았다.

해가 넘어가려면 아직도 한참 남았는데 사위는 어둑어둑해졌다. 짙은 산그늘이 엄청난 거인이 되어 절곡을 뒤덮었다.

저벅! 저벅……!

무인들이 내딛는 발걸음 소리가 귀신의 호곡성처럼 음산했다.

죽임을 당해야 하는 입장에서 보면 무인들의 모습이 좋게 보일 리 없다. 사방을 빼곡히 에워싸고 포위망을 좁혀오는 무인들의 모습은 염라지옥의 악귀와도 같았다.

"파쇄진(破碎陣)!"

적사가 고함을 내지르자 십이사령이 일제히 움직여 적사의 등 뒤로 늘어섰다.

적사의 바로 뒤에 두 명, 두 명 뒤에 세 명, 세 명 뒤에 네 명, 네 명 뒤에 마지막 남은 세 명.

적사를 정점으로 화살촉과 같은 모습으로 진을 구성했다.

적사는 소고와 소여은을 보지 않았다.

두 여인들에게 굳이 남길 말이 없다. 그녀들 역시 오늘의 횡액을 벗어날 재주가 없으니 곧 뒤따라올 것이다.

뚜벅!

적사가 첫걸음을 떼어놓았다.

십이사령이 마치 한 몸이라도 된 듯 일제히 첫걸음을 내디뎠다.

파쇄진은 옥쇄(玉碎)를 각오한 진이다.

무인들의 싸움이 아니라 군인들의 싸움에서 종종 볼 수 있는 진형이기도 하다.

돌진하여 뚫고 나가는 진이 아니다. 배수진처럼 생즉필사(生卽必死) 사즉필생(死卽必生)의 묘(妙)를 얻고자 하는 진형도 아니다.

파쇄진이란 오로지 죽기 위한 진이다.

항복보다는 죽음을 택한 결사(決死)의 진이지만 한 명이라도 더 죽이고 죽겠다는 의지도 깃들어 있지 않다.

그들은 단지 싸울 뿐이고 순차적으로 죽어간다.

파쇄진의 진형대로라면 제일 먼저 죽는 사람은 적사가 된다.

그는 자신이 죽일 수 있는 능력껏 죽일 것이다. 한 명도 죽이지 못하고 죽는 불상사가 일어나도 아쉬울 것은 없다. 적을 죽이는 것이 목적이 아니라 죽어야 할 장소에서 죽을 방법으로 싸움을 택한 것뿐이니까.

현산(玄山) 15

그렇다고 무의미하게 죽는다는 말은 아니다.

적사가 명령한 대로 적사를 비롯한 십이사령은 지닌 바 무공을 십분 펼쳐 낼 것이다. 그동안 수련하고 가다듬은 축혼팔도가 마지막 폭발을 일으킬 게다.

소고는 적사를 제지하지 못했다.

무기를 버리는 소여은, 그리고 화령들에게도 말 한마디 건네지 못했다.

그녀가 할 수 있는 아무것도 없었다.

'막대한 자금력을 바탕으로 무와 지혜를 세웠는데… 사무령이 되기에는 턱없이 부족했어. 난 만들어가는 것인 줄 알았는데, 모두 그렇게 생각하고 있는데 사무령은 처음부터 사무령이어야 해. 만들어가는 게 아냐. 자금, 지혜, 무공… 어느 것 하나 부족함이 없어야 하고, 세 개가 어우러진 힘은 세상 그 누구도 건드릴 수 없는 절대적인 천력(天力)이어야 해. 출발부터 그런 상태가 아니면 사무령이 될 수 없어.'

사무령은 살수계의 전설이다.

하지만 사무령이 된 사람은 아무도 없다.

모두 소고처럼 만들어가면 된다고 생각했기 때문이다.

중원무림은 눈뜬장님이 아니다. 거대한 힘으로 자신들의 숨통을 조일지도 모르는 살수 집단의 성장을 지켜보고만 있지는 않으리라. 또한 그들의 이목을 속일 수 있다는 생각을 한 것도 잘못이다.

중원무림이 판단하기에 묵월광은 위험 수위에 육박했다고 본 것이다. 그렇기에 종리추를 잡으라는 명령으로 숨통을 조이려던 게다.

종리추를 죽였어도… 묵월광의 멸문은 정해진 이치였다.

중원무림은 또 다른 꼬투리를 잡아 묵월광을 멸문으로 이끌었을 게다. 그들은 자신들 대신 손에 피를 묻혀줄 수족이 필요했지 살수 문파가 필요한 것은 아니었으니까.
 소고는 이제야 살혼부와 살천문이 공존할 수 있었던 이유를 깨달았다.
 다른 성(省)에는 살수 문파가 오직 한 문파밖에 없다.
 현 하남무림에도 묵월광 한 문파만이 존재한다. 묵월광이 쓰러지고 나면 또 다른 어떤 문파가 뒤를 잇겠지만.
 종리추가 살문을 세우기 전까지는 살천문 하나밖에 없었다.
 그러나 그 이전에는 살천문과 더불어 살혼부가 존재했다.
 살천문에는 일류고수를 소리없이 죽여줄 특급살수가 없었던 게다.
 살혼부가 단 다섯 명에 불과하면서도 살천문과 더불어 하남무림에 적을 둘 수 있었던 것은 그들이 하나같이 일류고수를 죽일 수 있는 특급살수였기 때문이다.

 ―검이란 있어도 없는 것이요, 없어도 있는 것이다. 마음이 검이니 하늘인들 베지 못할까.

 살혼부 살수들은 무공이 화경지경에 접어들었다는 구지신검을 죽임으로써 자신들의 무공을 한껏 뽐냈다.
 하지만 살천문은 살혼부를 공격할 수 없었다.
 구파일방의 명이 없이는 그들의 뜻을 거스를 수 없었기에 공격하지 못했다.
 그것뿐이다.

구파일방마저 특급살수로 인정한 살혼부지만 뜻을 거스른 지금 어떻게 되었는가.

'내 무공이라는 것… 내 계략이라는 것… 모두 부처님 손바닥 안의 오공에 불과한 것이야.'

소고는 청면살수의 얼굴을 떠올렸다. 잔혹하게 사지를 잘린 한 서린 인간의 모습이 보였다. 소천나찰, 비원살수, 미안공자… 시숙들의 모습도 스쳐 갔다.

'사무령은 되지 못했어도 사무령이 되고자 했던 사람답게 죽는 거야. 당당하게.'

소고는 검을 고쳐 잡았다. 순간 그녀는 눈을 부릅떴다.

소여은이 옷을 벗었다.

산그늘이 깔려 어둑해지고 있다고는 하지만 아직도 한낮이 분명한데…….

수를 헤아릴 수 없는 무인들이 살기에 번뜩인 눈으로 다가오는 면전에서 소록소록 옷을 벗어 나갔다.

몇 겹 되지 않는 옷을 벗어 던지는 데는 오랜 시간이 필요치 않았다.

속살이 드러났다.

백옥처럼 맑고 수정처럼 투명해 보이는 속살은 차가운 산바람에 질린 듯 파르르 떠는 듯했다.

소여은은 계속 손을 놀렸다.

젖 가리개가 풀어헤쳐지고 탐스러운 가슴이 뭇 사내들 앞에서 꼿꼿이 고개를 쳐들었다.

그녀의 고의(袴衣)는 빨간색이다.

빨간 고의마저 나풀나풀 떨어져 나가자 그녀는 세상에 태어난 모습 그대로 알몸이 되었다.

옷을 벗은 것은 소여은만이 아니다.

살아남은 화령 살수 아홉 명이 소여은을 따라 옷을 벗었다.

폭풍의 눈처럼 살기를 간직한 정적 속에 알몸의 여인들이 서 있는 모습은 기이하기 이를 데 없었다.

효과는 바로 나타났다.

그녀들을 향해 다가오던 무인들이 주춤거렸다.

아무리 죽여야 할 여인들이지만 무기도 버리고 알몸 상태로 서 있는 여인들에게 다가서기에는 그들의 도덕심이 용납치 않았다.

그들에게는 명문정파의 무인들이라는 허울이 무겁게 씌워져 있지 않은가.

사박! 사박……!

소여은이 발걸음을 떼어놓았다.

그녀가 향하는 곳은 무인들이 멈춰 있는 곳이다.

차가운 겨울바람에 가릴 것 하나 없이 드러난 알몸은 파랗게 얼어붙었고 눈을 밟는 발바닥은 걸음을 떼어놓을 때마다 움찔거린다.

그녀의 모습은 처절한 여인의 한으로 비쳐졌다.

무기도 들지 않은 여인, 알몸의 여인이다. 어디 죽여봐라. 명문정파라는 허울이 얼마나 가증스러운지 세상천지에 똑똑히 알리고 말겠다.

사박! 사박……!

화령 여인들이 소여은의 뒤를 따랐다.

그나마 소여은은 무공이라도 익히고 있지만 화령 살수들은 무공다운 무공을 익힌 여인들이 없다.

그녀들이 혹한의 날씨 속에 알몸으로 발걸음을 떼어놓는 모습은 애처로움까지 불러일으켰다.

'이런 싸움이 될 줄은 몰랐군.'
무불신개는 곤혹스런 표정으로 인상을 찡그렸다.
한쪽에서는 몇 안 되는 살수들이 파쇄진을 펼친 채 비장한 모습으로 다가온다. 다른 한쪽은 창피함도 모르는 계집들이 알몸이 되어 죽여달라고 발악한다.
어느 쪽이나 쉽지 않았다.
사내들을 죽이기 위해서는 아무리 적게 잡아도 그들 수에 버금가는 무인들이 피를 흘려야 할 게다.
여인들은 더 어렵다.
평소 같으면 수치도 모르는 계집들이라고 일갈이라도 내지르련만 죽음이 기정사실로 굳어진 지금 어떻게 소리를 지른단 말인가. 이것은 검을 맞대는 것보다 더욱 지독하다.
"적명개(赤暝丐)."
무불신개는 개방 산양(山陽) 분타주를 불렀다.
"예."
산양 분타주가 기막히다는 표정으로 대답했다.
"문도 서른두 명을 보내라. 휴우! 아무래도 이 오명은 개방이 뒤집어써야 할 것 같다."
산양 분타주의 눈이 부릅떠졌다.
"장로님, 그럼……!"
"묵월광 살수들이다. 혹 반격이 있을지 모르니 타구진(打狗陣)을 펼치도록 해. 죽일 때는 사혈(死穴)을 골라서 일격에 죽이도록 하고. 가급적이면 빠른 시간 내에 끝내는 것이 좋겠어."

"알… 겠습니다."

힘들게 대답한 산양 분타주가 호적(號笛)을 불었다.

무인들 틈에 섞여 있던 개방도들이 일제히 튕겨 나와 산양 분타주 앞에 시립했다.

"제일로(第一路), 타구진을 펼친다."

산양 분타주는 산양 분타 개방도들 중에서도 가장 정수(精髓)라고 할 수 있는 제일로 문도에게 명을 내렸다.

 산양 분타 제일로 개방도들은 개방에 입문하여 무공을 수련한 지 십여 년에 이르는 문도들이다.
 그들의 무공은 분타주의 수위에 육박한다고 봐도 크게 다르지 않다.
 매듭만 이결일 뿐 무공은 삼결에 육박하는 문도들.
 그들이 개방 유일의 진법, 타구진을 펼쳤다.
 "아이고! 아이고!"
 "흑흑! 킥킥……!"
 곡성(哭聲)을 내지르는 자, 미친 듯 광란하는 자, 술에 취한 것처럼 흐느적거리는 자, 몹쓸 병에 걸린 듯 금방이라도 쓰러질 것처럼 비틀거리는 자…….
 타구진은 천여 명에 이르는 문도가 펼쳐야 제맛이 난다.

타구진에 휘말린 사람은 장터 한가운데 서 있는 느낌을 받는다.

개방도는 위협거리가 아니라 거추장스러울 뿐이다. 정신이나 사납게 하지 않으면 좋으련만 천여 명이 일제히 내지르는 알지 못할 웅얼거림은 혼마저 빼앗아가는 듯 정신이 없다.

타구진은 제일 먼저 인체의 구궁(九宮)을 자극한다.

무슨 짓을 하는지 모를 엉뚱한 동작으로 두 눈을 현혹시키고, 몸에서 내뿜는 악취로 코를 자극하고, 온갖 소리가 어우러진 웅얼거림으로 귀를 틀어막고 싶은 느낌이 들게 만든다.

만약 정말 그런 느낌이 든다면 평정심(平靜心)을 잃은 것이다.

무릇 동물과 동물이 싸울 때는 기선을 제압하는 쪽이 우세하듯 천여 명이 일제히 펼치는 대진(大陣)으로 기부터 제압하는 것이다.

하지만 타구진의 정작 무서운 점은 속에 숨어 있다.

타구진은 여덟 명에서 시작한다.

팔괘(八卦), 즉 일(一) 건천(乾天), 이(二) 태택(兌澤), 삼(三) 이화(離火), 사(四) 진뢰(震雷), 오(五) 손풍(巽風), 육(六) 감수(坎水), 칠(七) 간산(艮山), 팔(八) 곤지(坤地)의 방위를 점해 상대를 포위하기 때문이다.

단지 허장성세(虛張聲勢)에 불과한 것이 아니라 진실한 힘이 숨겨져 있다.

건천을 담당하고 있는 걸개가 여덟 명, 일조(一組)를 통솔한다.

건천의 통솔 권한은 일대(一隊), 일조가 열 개 모여 팔십 명이 움직이기 전까지 유지된다. 일대라는 인원이 타구진을 펼칠 경우 통솔 권한은 중오(中五) 천간에 위치한 자에게 주어지며, 일대가 열 개 모여 일진(一陣)이 형성될 경우에는 칠결(七結) 이상의 고수가 통솔하게 된다.

팔백 명이 일제히 움직이는 타구진이란 보기 드문 것이고, 그러한 사건에는 장로 이상이 가담하기 마련이니.

서른두 명의 걸개들은 어수선하게 흩어져 곡성, 비탄, 즐거운 웃음 등 세상 온갖 소리를 토해내며 슬금슬금 다가들었다.

사람들이 보기에는 질서가 없는 것처럼 보이나 걸개들 개개인은 자기가 속한 조(組)의 굴레에서 벗어나지 않고 있으며 일정한 거리를 두고 같이 움직인다.

정상적인 팔방을 점유한 조도 있고, 넓게 퍼져 있는 조도 있으며, 방향을 약간 틀어 비뚤어진 팔방을 점유한 조도 있다.

포위당한 사람은 누구누구가 같은 조인지 알지 못하기에 천간을 파악할 수 없고 모두 한 뭉텅이로 보게 된다.

"휴우! 이놈의 세상……."

걸개 중 한 명이 땅에 털썩 주저앉으며 탄식을 토해냈다. 그와 동시에,

쉬익!

가벼운 미풍이 부는 듯 살랑거리는 바람이 일어났다. 땅에 털썩 주저앉은 걸개와는 정반대 방향에서.

곤방(坤方)에 있던 걸개가 일장을 뻗어냈다.

개방 절기 중 하나인 회선장법(回旋掌法)으로 노리는 목표는 하얀 나신으로 서 있는 여인의 등 뒤 명문혈(命門穴)이다.

우연일까?

무공을 전혀 모르는 듯한 여인이 추위에 바르르 떨었다. 두 팔을 웅크려 가려지지도 않을 풍만한 가슴을 가리고 종종걸음으로 두어 걸음 달려나갔다. 앞선 여인들을 황급히 뒤따라가는 듯.

휘이잉……!

걸개가 날린 일장은 보기 좋게 허공을 갈랐다.

개방도는 방심하고 있었다.

상대가 일류고수라면 이렇게 싱거운 공격을 할 리도 없고, 일장이 벗어났다 싶은 순간 재빨리 제이초식으로 전환하여 연속 공격을 가했을 게다.

그들은 오직 하나만 생각했다.

가급적 고통없이 빠르게, 본인은 죽는지도 모르는 사이에 죽이는 것. 손이 닿았다 싶은 순간 여인들의 영혼이 구천으로 흘러들게 만드는 것.

무방비 상태의 여인들…….

묵월광 자체가 탄생한 지 일 년 갓 넘은 신흥 문파다. 하남성에서 활동한 묵월광과는 직접적으로 인연이 없던 산서성 산양 분타 걸개들이다.

여인들이 살수 집단의 살수들이라고는 하지만 그녀들을 살수로 볼 수 있는 대목은 뭇 사내들 앞에서 태연히 옷을 벗어 던진 대담함밖에 보이지 않았다.

무공 고수가 내뿜는 예기(銳氣)도, 살수들이 지녔음 직한 살기(殺氣)도 읽을 수 없었다.

타구진까지 펼친 개방도가 경계할 대상이 아니다.

알몸의 여인들이 춤을 추기 시작했다.

한 여인이 개방도의 압박에도 아랑곳하지 않고 춤을 추기 시작하자 다른 여인들이 덩달아 넘실넘실 춤을 췄다.

알몸의 여인 열 명이 치부를 고스란히 드러낸 채 춤을 추는 모습은 평생 두 번은 구경하지 못할 일대 장관이었다.

무림군웅은 발걸음을 멈추고 무림사에 다시없을 광경을 지켜봤다.
적사도 걸음을 멈췄다.
파쇄진도 함께 멈췄다.
숱한 사람들의 시선은 청루(靑樓)에서도 구경하지 못할 진귀한 광경을 구경하는 데 쏠렸다. 더불어 여인들을 포위한 개방도가 언제 어떤 식으로 공격할지도 관심사였다.

'저건!'
무불신개는 뭇 군웅들과는 달리 바싹 긴장했다.
단지 전설에 불과할 뿐이지만…… 그렇다. 전설에 불과하다.
도문(道門)에는 하나의 전설이 전해져 내려온다.
먼 옛날, 곤륜(崑崙)에 서왕모(西王母)가 살았다는 전설이다.
후세인들에게 그려진 서왕모의 모습은 왜가리에 앉아 있는 모습이 대부분이다.
전설에 서왕모는 왜가리를 타고 다녔다고 전해지니까.
그녀는 혼자 그려지지 않는다. 큰 부채를 들고 있는 시녀와 복숭아를 들고 있는 시녀의 모습이 함께 그려진다. 때로는 서왕모의 전령(傳令)인 청조(靑鳥)가 그려져 있기도 하다.
무림인들이 관심을 가진 부분은 무림의 전설인 서왕모와 동황군이 혼인할 때 서왕모의 시녀가 추었다는 춤이다.
그림에 그려진 서왕모의 시녀는 두 명이었으나 기실 서왕모의 시녀는 다섯 명이다.
세인들에게 옥녀(玉女), 혹은 신녀(神女)라 불리는 서왕모의 시녀들도 각기 칭호가 있는데, 나반(羅盤:나침반)의 다섯 방위 색깔과 같다.

그녀들, 오신녀는 혼인날 너울너울 춤을 추었다.

알몸으로 오행에 걸맞는 영력(靈力)을 발휘하며.

그녀들이 알몸으로 춤을 추었던 것은 신선들의 잔치였기 때문이다.

인간의 오욕칠정(五慾七情)을 벗어난 신선들에게 여인의 알몸이 주는 의미는 인간의 욕정과는 사뭇 거리가 멀다. 신선들은 욕정의 눈으로 보지 않고 세상에서 가장 아름다운 미의 절정만을 본다.

오신녀의 춤은 금화무(禁花舞)라 불린다.

신선들의 넋마저 빼앗을 정도로 아름다운 춤인데 속세의 인간들이 보게 되면 어떻겠는가.

지금은 이름도 잊혀진 금화무다. 심신(心身)을 탁마(琢磨)해야 할 도인들이 알몸이 되어 춤춘다는 것은 생각도 하지 못할 비상식적인 행동이다.

도문 전설로 구전되는 이야기이지만 정통 도문에서는 입에 올리는 것조차 꺼리는 금화무.

하지만…… 여관(女官:여자 도사)이 있는 도문, 색욕(色慾)에 물든, 타락하여 도인이라 할 수도 없는 사이비 도인들 중에 쾌락의 일부분으로 금화무를 재현했던 사례는 많다.

물론 전설의 금화무는 아니다.

그들이 재현한 것은 나무(裸舞)에 불과할 뿐 욕정을 자극하지 않고 인간의 넋을 빼앗는 심오한 춤의 이치는 담겨 있지 않다.

묵월광 여살수들이 펼치는 춤도 인간의 몸짓에서 벗어나지 않는다. 알몸으로 추는 춤은 욕정만 심하게 자극한다, 너무 심하게.

무불신개의 머리 속에 금화무의 전설이 스쳐 간 것은 기우일까?

'빨리! 되도록 빨리 죽여야 돼. 시간을 주면 안 돼!'

현산(玄山) 27

무불신개는 한달음에 달려가 일장에 쳐 죽이고 싶은 충동을 느꼈다.

묵월광 여살수들은 천박하지 않았다.
그들은 손짓 하나, 몸짓 하나, 웃음 하나에도 사내를 홀릴 만한 매력을 풍겨냈다.
여린 성품을 지녔으나 어쩔 수 없는 환경이기에 옷을 벗고 춤을 추는 여인은 얼굴 표정마저 울먹이는 듯했다. 가슴은 백일하에 드러내놓고 있으나 비소(秘所)는 보일 듯 말 듯 폈다가 움츠리고, 움츠렸다가는 살포시 보여주는 여인의 모습은 도발적이었다.
춤을 추는 여인들은 각기 다른 모습이었으나 하나같이 보듬어 안고 싶은 여인들이었다.
여인들은 마르지도 뚱뚱하지도 않았다.
키가 조금 큰 여인, 작은 여인… 체형, 생김새… 모두 다르지만 '아름답다' 는 말에서 벗어나는 여인은 한 명도 없었다.
얼굴이 딱딱하게 굳은, 그래서 냉정해 보이는 한 여인이 미친 듯 웃어 젖히는 개방도 앞에 섰다.
여인의 얼굴에는 서릿발이 맺혔다.
그런 여인이다. 그것이 매력으로 보이는 여인이다.
얼굴에 얼음꽃을 피워낸 여인은 걸개 한 명만을 위한 춤을 추었다.
춤을 출 때마다 도톰한 가슴이 출렁댔다.
"꿀꺽!"
개방도는 자신도 모르게 마른침을 삼켰다.
눈살을 찌푸리게 만드는 누더기를 입고 다니고 몇 날 며칠 씻지 않아 고약한 냄새를 풍기지만 그도 여인을 품에 안아본 적이 있다. 여인의 가슴이, 비소가, 살갗이 어떤 쾌감을 주는지 너무 잘 알고 있다.

'다른 세상에서 다른 인연으로 만났으면 좋은 관계가 될 수도 있었으련만……. 그래, 장로님 명령대로 빨리 죽여주는 것이 고해(苦海)를 벗어날 수 있는 길이 되겠지.'

개방도는 타구봉을 꽉 움켜잡았다.

어떻게 죽여야 하나?

개를 죽이듯이 때려죽일 수는 없다.

이런 여인을 죽이는 데 개방무공은 너무 잔혹하다.

그는 자신의 병기인 타구봉조차도 싫었다. 검이었다면 단숨에 죽여줄 수 있을 텐데. 고통을 느낄 사이도 없이…….

개방도는 혈도를 찌르기로 했다.

타구봉은 장(杖)과는 효용이 다른 단봉(短棒)이라 찌르는 병기가 아니지만 사혈(死穴)을 찌르는 것이 가장 고통이 적은 죽음을 줄 것 같았다.

개방도는 큰 걸음으로 한 걸음 내디뎠다.

여인의 살 내음이 코를 간질였다. 추위를 이기지 못해 소름이 돋아 있는 살결이지만 몸에 착 달라붙는 듯했다. 단지 여인과 가까이 있다는 느낌만으로도 여인을 안고 있는 듯했다.

'용서해라.'

그가 무공을 펼치면서 상대에게 용서를 구한 적은 단연코 없었다.

쉬익!

타구봉이 허공을 갈랐다.

하지만 그가 내지른 타구봉에는 진기가 실려 있지 않았다.

그도 예상하지 못한 사태. 춤을 추던 여인이 땅이 꺼져라 한숨을 내

쉴 줄 누가 알았는가. 얼음이 풀풀 날리던 얼굴이 애처롭게 변하며 눈물을 글썽일 줄, 그리고 아랫입술을 잘근 깨물더니 품속으로 안겨들 줄……

'이, 이거……!'

개방도는 당황했다. 또 경악했다.

여인이 품속으로 달려든 것은 당황하기에 충분했고, 목을 휘감은 여인의 손이 의외로 투박하다는 것… 아니, 여인의 손가락 사이에 비침이 들렸고, 그것이 자신의 목 뒤를 찔렀다는 것은 경악하고도 남을 일이었다.

'다, 당했어!'

그는 여인의 얼굴을 쳐다보았다.

비침에는 독이 묻어 있는지 사지가 마비되어 꼼짝할 수가 없었다.

세상이 노랗게, 까맣게 물드는 사이로 요악하게 웃는 여인의 얼굴이 보였다.

'역시 묵월광 살수……'

그는 자신이 상대했던 여인이 묵월광 살수라는 점을 다시금 인식했다. 죽음의 문턱을 넘어선 후에야.

죽음은 동시에 일어났다.

묵월광 살수들은 서로 약조한 것도 아닌데 빙 둘러선 걸개들을 일시에 무너뜨렸다.

타구진 제일조가 제일 먼저 공격을 시작했고, 그들은 묵월광 살수와 지척에 있으면서도 방심했다.

죽음은 그들에게 일어났다.

쉬익!

소여은이 허공에 신형을 띄운 것은 그때였다.

한 마리 백학처럼 허공에 훌쩍 떠오른 나녀(裸女).

둥그런 가슴도 여인만의 비소도 활짝 열어젖힌 그녀는 자신의 신체를 낱낱이 살펴보라는 듯 허공에서 한 바퀴 몸을 굴렸다.

"크윽!"

"컥!"

개방도 두 명이 속절없이 무너졌다.

도대체 비침이 어디 숨어 있던 것일까? 옷을 다 벗어버린 알몸이라 숨길 곳도 없는데. 춤을 출 때 열 손가락을 활짝 펼쳐 손에 아무것도 들고 있지 않다고 은연중에 암시했는데.

개방도 중 한 명이 여인의 다음 행동을 목격했다.

"머리닷! 머리에 암기를 숨기고 있닷! 으아악……!"

개방도는 자신이 목격한 것을 힘껏 소리쳐 알렸으나 대가로 한 눈을 잃고 말았다.

너무나 귀여워 살인과는 거리가 멀 것 같던 여인이 비녀를 뽑아 그의 눈 속에 찔러 넣었다. 그가 본 것은 암기가 아니라 여인의 비녀였다. 비녀도 암기라면 할 수 없지만.

소여은도 비녀를 뽑아냈다.

검은 머리가 출렁이며 흘러내렸다.

하지만 그녀는 다른 여인들처럼 조심스럽게 접근하지도 않았고 비녀를 날리지도 않았다. 그녀는 전광석화처럼 신형을 날리며 개방도 사이를 누비고 다녔다.

"스왁!"

"큭!"
 그녀가 이르는 곳에는 죽음의 비명이 터져 나왔다.

 삐익! 삐이익……!
 날카로운 호적이 울리자 개방도는 황급히 정신을 수습하고 일 장 뒤로 물러섰다.
 그들의 눈에는 조금 전까지 보였던 동정의 빛이 썰물처럼 빠져나갔다. 대신 밀려든 것은 분노요, 살기였다.
 알지 모르겠지만 묵월광 여살수들은 정파무인들이 가장 싫어하는 비겁한 방법을 사용한 것이다.
 눈 깜빡할 사이에 죽은 자는 열다섯 명.
 타구진을 펼쳤던 개방도 중에 절반이나 죽어 넘어졌다.
 소림 나한진과 더불어 불패(不敗)로 불리던 타구진이 이토록 어처구니없게 무너진 것도 처음이리라.
 상대가 십망을 받을 정도로 무공이 고강한 마두라면 크게 욕될 것도 없다. 팔백 명이 펼치는 대진이 깨진 적은 한 번도 없지만 여덟 명이 펼치는 타구진은, 아니, 일대 팔십 명이 펼치는 타구진도 깨진 적이 있다.
 과거 십망을 선포한 혈암검귀를 추살할 때였다.
 십망의 주체가 된 무당파가 추살에 실패한 후 소림과 개방이 공조하여 팔을 걷어붙였다.
 혈암검귀는 곧 포위되었고 개방은 삼 개 분타를 동원하여 타구진을 펼쳤다.
 팔십 명으로 이루어진 타구진.

하지만 타구진이 무너지는 데는 오랜 시간이 필요하지 않았다.

한 시진. 한 시진 만에 타구진이 무너졌다. 검광이 반짝이는 곳에 피보라가 솟구쳤다. 혈암검귀의 검공이 쾌검 위주로 이루어진 초식이라 죽음이 더욱 빨리 찾아왔는지도 모른다.

지금은 그런 것도 아니다.

단지 방심했다는 이유만으로 열다섯 명이나 목숨을 잃었다.

쉬이익……!

한 여인이 득달같이 달려왔다.

개방도는 더 이상 방심하지 않았다.

다른 여인들은 몰라도 이 여인만은 진정한 고수다. 암습이 아니라 무공으로 싸워도 승패를 장담할 수 없는 절정고수다. 그런 여인이 암습을 펼쳤고 한쪽은 방심했으니 죽지 않을 수 없다.

일조 여덟 명을 다른 여인들이 암습했다면 나머지 일조에 죽은 일곱 명은 바로 이 여인에게 당했다.

삐이익!

호적이 날카롭게 울렸다.

개방도의 신형도 지금까지와는 전혀 다르게 날렵해졌다.

절반으로 쫙 갈린 개방도는 한쪽은 무리지어 있는 여인들에게, 다른 한쪽은 비녀 하나를 가지고 성난 호랑이처럼 날뛰는 여인에게 달라붙었다.

퍼엉!

"아악!"

둔탁한 소리와 동시에 째지는 듯한 비명이 터져 나왔다.

여인들은 저항할 생각을 하지 않았다.

진신무공으로 겨룬다면 이길 승산이 전혀 없는 여인들이었다.

그녀들은 자신들의 실력을 잘 알고 있었으며 소기의 목적을 달성하는 것으로 만족했다.

오직 한 여인, 소여은만이 개방 타구진을 맞이하여 팽팽한 균형을 유지했다. 아니, 그녀는 오히려 압도해 나갔다.

쉬익! 쐐에엑……!

손방(巽方)과 감방(坎方)에서 호시탐탐 기회를 노리던 걸개들이 신형을 날렸다. 소여은이 곤방(坤方)에 있는 걸개를 몰아붙인 후 바로 몸을 돌려 태방(兌方) 걸개를 공격하려던 순간이었다.

몸을 돌리는 자의 등은 무방비 상태로 노출된다.

타구진을 익힌 걸개들은 찰나에 불과한, 찰나만 지나면 사라져 버릴 허점을 놓치지 않았다.

페에엑……!

소여은이 그럴 줄 알았다는 듯 왼발을 축으로 완전히 한 바퀴 돌았다. 그리고 왼손을 갈고리처럼 굽혀 얼굴을 찍어왔다. 오른손은 장(掌)을 사용하여 하늘에서 땅으로 내리누르고.

일련의 동작은 너무도 절묘해서 감방 걸개의 타구봉을 중도에서 차단했다. 또한 갈고리 같은 손아귀는 감방 걸개의 얼굴을 노렸다. 감방 걸개와 같이 공격을 가했던 손방 걸개는 감방 걸개에게 길이 막혀 허공만 치는 격이 되고 말았다.

"헛!"

감방 걸개가 다급히 헛바람을 내지르며 뒤로 주룩 물러섰다.

찌이익……!

듣기 거북한 소리는 옷을 찢는 소리에 불과한데 감방 걸개에게는 마치 살점을 뜯어내는 소리처럼 들려 모골이 쭈뼛 섰다.
"음풍조(陰風爪)에 복마장법(伏魔掌法)!"
천간을 맡고 있던 걸개가 놀라 소리쳤다.
여인은 그들이 짐작하고 있던 것보다 훨씬 강한 고수다.
고통없이 죽이겠다는 생각은 사치였다. 알몸의 여인을 어떻게 공격하느냐는 생각도 건방지기 이를 데 없었다. 여인은 그들이 전력을 다해도 승부를 점칠 수 없는 마녀(魔女)다.
퍼억!
"헉!"
다른 쪽에서 또 한 여인이 다급한 비명을 질렀다.
살기가 끓어오른 개방도는 여인들의 헛손질조차도 용납하지 않았다. 그들은 자신이 알고 있는 무공 중에서 가장 지독한 초식을 펼쳐 냈고, 타구봉에 실린 진기도 최고조로 이끌어냈다.
여인들이 도륙당하는 것은 시간문제였다.

"복마장법에 음풍조!"
무불신개는 눈을 부릅떴다.
성난 호랑이처럼 날뛰는 여인의 무공은 뜻밖에도 정종무공인 공동파의 진산비기다.
이건 정말 뜻밖의 사건이다.
어떻게 공동파의 진산비기가 묵월광 같은 살수 집단에 흘러들 수 있단 말인가?
만약 여인이 공동파에서 파문당했다면……?
개방은 타구진을 펼쳤다.

군웅들 중에는 여인의 무공을 알아본 자들도 있을 터이고, 그들은 다른 눈으로 싸움을 지켜보고 있을 게다. 개방과 공동파의 무공을 비교하면서.

'역시 이 싸움은 빨리 끝내는 게 옳았어. 못난 것들, 그렇게 방심하지 말라고 일렀거늘.'

"분타주!"

"넷!"

"문도를 모두 투입해. 저기 저놈들과 여살수들의 사이를 가로막도록. 싸움을 할 필요는 없어. 사이만 가로막으면 돼."

무불신개의 눈이 한 무리의 사내들에게 향했다.

파쇄진을 펼친 채 여인들을 향해 다가가고 있는 자들.

'되도록이면 빨리……'

"호각을 불어!"

"넷!"

산양 분타주가 힘껏 호각을 불어냈다.

삐익! 삐이이익……!

여인들이 알몸이 된 순간부터 얼어붙은 듯 서 있던 군웅들이 호각 소리를 듣고 움직이기 시작했다. 그들이 향하는 곳은 파쇄진을 펼친 사내 쪽이다.

산양 분타 개방도도 움직였다.

그들은 파쇄진을 펼친 사내와 여인들의 사이를 가로질렀다.

'저 여자들은 무공을 거의 몰라. 죽이는 것은 여반장. 타구진 이조(二組)면 저 여자를 상대할 수 있지.'

복잡할 것이 없다. 이 싸움은 질래야 질 수 없는 싸움이다.

무불신개는 석상처럼 굳어 있는 여인에게 시선을 돌렸다.

'소고라고 했던가? 묵월광의 소고, 네 목숨은 내가 거둬야겠군.'

그는 또 다른 변수가 일어나는 것을 원치 않았다.

사내들이 파쇄진을 펼쳐 죽음의 의지를 보이고 여인들이 옷을 벗어 던진 것만으로도 충분히 놀랄 만큼 놀랐다. 더군다나 살수답게 암습을 펼친 여인들에게 개방도가 열다섯 명이나 죽은 것은 예상치 못한 비극이다.

아마도 이번 일은 묵월광을 초토화시킨 후에도 크게 자랑스러워할 일이 되지 못하리라.

묵월광 여살수들은 겁에 질려 뒤로 물러서기 급급했다. 공동파 무학을 절정으로 익힌 여인은 개방도를 압박하지만 타구진의 효용 덕분에 당분간은 균형을 유지할 게다. 다른 조가 여인들을 죽인 후 합류할 때까지는.

파쇄진을 펼친 사내들은 개방도에게 길목이 막혔다.

그들은 죽음을 각오한 사내들답게 사방에서 밀려오는 군웅들을 담담히 바라보고 있다.

숨을 크게 두어 번 들이쉬고 나면 싸움이 시작되리라. 마음속으로 백 정도 세고 나면 싸움이 끝나 있으리라.

무불신개는 소고를 향해 걸음을 떼어놓았다. 그때,

◆第六十八章◆
화마(火魔)

 무불신개는 서너 걸음도 옮기기 전에 걸음을 멈췄다.
 파쇄진을 향해 마주쳐 가던 군웅들도 걸음을 멈추고 사방을 두리번거렸다. 여인들을 몰아붙이던 개방도도, 물러서기에 급급했던 여인들도 모두 의아한 기색으로 적이 아닌 다른 곳을 쳐다봤다.
 소여은도 건방(乾方) 무인을 공격한 후 일 장 뒤로 물러섰다.
 타구진을 펼친 개방도도 소여은을 뒤쫓지 않았다.
 그들도 다른 사람들과 마찬가지로 낯빛을 굳힌 채 사방을 살폈다.
 타닥! 타닥! 후두둑……!
 천군만마가 일시에 질주하는 듯한 요란한 소리가 산 곳곳에서 들려왔다.
 "부, 불이닷!"
 누군가 소리쳤다.

군웅들은 불이라고 일러주기 전부터 불이 난 것을 알았다. 안개가 피어나듯 자욱하게 퍼져 오르는 연기며 매캐한 내음, 그리고 뒤이어 솟구치는 빨간 불꽃.

"살… 문!"

무불신개는 이를 악물며 중얼거렸다.

산불은 자연 발생적으로 일어난 것이 아니다. 누군가가 인위적으로 불을 질렀고, 팔부령에서 이런 짓을 할 집단은 오직 살문밖에 없다.

불의 성질은 위로 솟구치는 것이다.

아래에서 피어나 위로 솟구친다.

불길이 번져 가는 것도 불길이 거세진 다음에는 몰라도 초기에는 산정을 향해 번져 가기 마련이다.

지금 일어난 산불은 기세도 그렇고 번지는 방향도 다르다.

협곡을 에워싸듯 한꺼번에 불길이 솟구쳤고, 산정이 아니라 협곡을 향해 치달려 내려오고 있다. 붉은 적토마가 달려오듯이.

'준비하고 있었어. 기름을 묻혀놨어!'

무불신개는 시간이 별로 없다는 것을 깨달았다.

자연적으로 일어난 산불이라면 묵월광 살수들을 모조리 휩쓸어 버린 다음 진화에 들어가도 늦지 않을 시간적인 여유가 있었다. 하지만 지금 일어난 산불은 굶주린 황소 떼처럼 빠르게 치달려 내려오고 있었다.

타닥! 타다닥……!

산불은 나무에 불길이 옮겨 붙기도 전에 다음 나무를 향해 치달렸다. 아예 일이 장 정도는 무시하고 건너뛰는 불길이 대부분이었다. 불길을 놓는 순간, 협곡까지 일시에 불길이 휘감기도록 치밀하게 계산된 화공(火攻)임에 틀림없다.

후두둑! 후두두둑……!

산에는 많은 동물이 살았다.

토끼, 노루, 늑대, 오소리…….

느닷없는 산불에 놀란 동물들이 쏜살같이 치달려왔다. 어떤 놈은 벌써 불이 붙어 활활 타오르는 불덩이가 달려오는 듯했다.

"죽엿! 빨리 죽엿!"

무불신개는 진기를 끌어올려 고함질렀다.

살문에 대한 징계는 구파일방 영수들이 모인 다음에 처리해도 늦지 않는다. 지금은 묵월광을 소탕해 버릴 때다. 산불에 밀려나 놓아줄 수는 없었다. 소고가 익혔다는 혈암검귀의 혈뢰삼벽, 그리고 적사라는 자와 그의 무리들이 익힌 내만족 도공, 무공도 미천한 한낱 여인들이 보여준 독심(毒心). 이들이 종리추에게 가도록 내버려 둘 수 없다.

정면으로 들이쳐도 충분한 묵월광을 협곡으로 몰아넣으며 퇴로를 막은 연유도 확실하게 뿌리를 뽑고자 해서였다. 다른 사람들은 몰라도 소고만은 살려둬서는 안 된다. 그녀가 진정 혈암검귀의 혈뢰삼벽을 익혔다면.

무불신개, 그는 혈암검귀를 알고 있다. 혈암검귀가 십망에 쫓길 때 그는 먼발치에서 혈암검귀의 무공을 보았다. 치가 떨리도록 잔혹하고 빠른 검법을.

두 번 다시 똑같은 일이 반복되게 만들 수는 없다.

소고가 어느 경지까지 익혔는지는 모르지만 혈암검귀의 뿌리는 완전히 제거해야 한다.

어쩌자고, 어쩌자고 소림 장문인은 혈암검귀의 후인이 묵월광이란 살수 집단을 이끌도록 용납했는가. 이해는 간다. 개방 또한 묵월광의 소고가 혈암검귀의 후인이란 사실을 꿈에도 몰랐으니…….

"죽엿! 빨리!!"

무불신개의 음성은 협곡을 쩌렁 울렸지만 너무 큰 소란에 모래알처럼 묻혀 버렸다.

후두두둑……! 컹컹……!

나무에 불이 붙으며 터지는 굉음, 놀란 짐승들이 내지르는 비명.

더욱 사태를 악화시킨 것은 불길의 방향이다.

협곡으로 내리꽂히는 불길이 있는가 하면 옆으로 확산되는 불길도 있었다.

밑으로 쓸려 내려오는 불길은 군웅들을 위협하고 옆으로 확산되는 불길은 협곡을 가로막는다.

조금만 더 시간이 지나면 협곡까지 불길에 휩싸일 터이고 군웅들은 독 안에 든 쥐가 되어 불타 죽고 말리라.

아우성은 벌써 시작되었다.

검 한 자루에 목숨을 내맡긴 무인들이 화급히 신형을 날려 협곡을 빠져나가려고 발버둥 쳤다.

타구진을 펼쳤던 개방도들은 소여은과 여인들을 악착같이 몰아붙이지 않았다. 느닷없이 일어난 산불에 당황한 표정이 역력했다.

협곡 위에서 화살을 겨누고 있던 군웅들도 다급히 자리를 옮기는 모습이 비쳤다.

대자연이 일궈낸 재앙은 한낱 인간으로서는 감당하지 못할 거대한 공포였다. 산불이 생각할 틈도 주지 않고 맹렬하게 휘몰아친 탓도 크지만.

아수라장 속에서 파쇄진을 펼친 사내들과 나녀들은 오히려 산불 쪽으로 몸을 피했다.

협곡을 빠져나가는 군웅들이 휘두른 병기에 맞아 죽는 것은 전쟁터에서 유시(流矢)에 맞는 것처럼 덧없다.

소고는 일사불란하게 나녀들을 챙겼고, 뒤이어 현란한 무공을 선보였던 소여은까지 가세하자 그녀들을 공격하는 군웅은 없었다.

묵월광에 쉽게 볼 수 없는 고수들이 있다는 점도 싸움을 피하게 만들었다.

타구진을 농락하던 소여은, 혈암검귀의 무공을 이어받아 천하의 마두로 공표되어 십망을 받은 소고. 지금과 같은 상황에서는 시간을 끌지 않고 단숨에 처단할 자신이 있어야 검을 들이댈 수 있는데 그럴 만한 자신이 있는 무인은 흔치 않았다.

산불이 일어나지 않았다면 피해를 감수하고서라도 싸울 각오가 되어 있지만 지금은 산불이란 예상치 못한 복병을 만났다. 더군다나 묵월광 살수들이 몸을 피하는 곳은 군웅들과는 정반대 방향인 산불이 일어나는 쪽이다.

어차피 산불을 피한다 해도 군웅들 손에 목숨을 부지하지 못할 바에는 그래도 살 수 있는 일말의 가능성을 찾아 산불로 달려드는 게다.

어차피 타 죽을 운명. 백척간두(百尺竿頭)의 싸움을 벌일 필요가 없다.

무불신개는 몸을 날리려다 말고 멈칫거렸다.

그도 군웅들과 같은 생각을 했다.

화마가 쏜살같이 달려와 등 뒤를 덮치고 있다.

아마도 묵월광 살수들은 뜨거운 열기를 느끼고 있으리라. 십여 장이나 떨어진 곳에서도 열기를 느끼는데 알몸의 나녀들이야 오죽하겠는가.

'도망갈 길이 없어. 일단은 여길 벗어난 후에……'

무불신개는 군웅들을 이끌고 묵월광보다 한발 앞서 협곡으로 들어왔다. 협곡을 벗어나 달리 빠져나갈 길이 있는지 알아보는 것은 함정을 파는 데는 기본에 속한다.

빠져나갈 길이 없다.

협곡을 벗어나면 가파른 산비탈을 타고 올라가야 한다.

정상적인 상황이고 무공을 익힌 무인이라 해도 혀를 내두를 만큼 험하고 가파른 산등성이다.

거기에서 산불이 일어나 아래로 내리꽂히고 있다.

'빠져나올 길은 오직 한 군데. 길목을 막고 산불을 피한 후에……'

무불신개는 불길을 피해 몸을 사리는 묵월광 살수들을 흘깃 쳐다본 후 신형을 날렸다.

"늑대를 피해 호랑이 굴로 들어왔군."

적사가 활활 타오르는 불길을 보며 중얼거렸다.

거센 기세로 달려든 화마는 협곡으로 가는 길을 차단해 버렸다. 사방 어디를 둘러보아도 온통 새빨간 화염뿐 몸을 뺄 구석은 한 군데도 없었다.

세상 천지에 불덩이만 보였다.

그렇게 많던 무인들은 단 한 명도 보이지 않았다. 협곡에는 묵월광 살수들밖에 남지 않았다. 산불을 피해 협곡 밖으로 몸을 뺀 고수들이 죽은 개방도들마저 옮겨 갔으니…….

화살에 맞아 죽은 살수들은 화마에 몸뚱이를 맡기고 있으리라.

살아 있는 사람들이라고 뾰족한 수가 있는 건 아니다. 그들도 곧 불길에 몸을 맡겨야 한다.

"여, 영주님…… 저, 저 먼저 갈게요."

화령 중 한 명이 질린 표정으로 소여은에게 말했다.

"……."

소여은은 '엉뚱한 짓 하지 마!'라는 소리가 목구멍까지 치밀었지만 말할 수 없었다.

군웅들로부터 몸을 빼냈다고는 하지만 화약이 터지듯 펑펑! 소리까지 흘리는 산불을 피할 길이 없어 보였다. 불에 타 죽느니 자진하는 것이 편한 죽음일지도 모른다.

얼핏 봐서는 이제 열대여섯 정도밖에 되어 보이지 않는 동안(童顔)의 여인이 비녀를 뽑아 목에 댔다.

소여은은 애써 눈길을 피했다.

그때, 기적은 일어났다.

퍼엉!

불길이 공기를 태울 때 흘러내는 폭발음과 흡사한 소리가 지척에서 터져 나왔다.

묵월광 살수들 중 폭발음 따위에 신경 쓰는 사람은 아무도 없었다. 코앞까지 다가온 불길을 멍하니 바라볼 뿐 주위에서 일어나는 모든 것이 자신들과는 상관없는 듯 보였다.

예정된 죽음을 기다리는 사람들의 심정은 처절할 때도 있지만 담담할 때도 있는 법이다.

"이럴 줄 알았으면 한 놈이라도 더 죽이는 건데……."

적사가 어처구니없다는 표정으로 중얼거렸다.

자신의 종말이 곱지 않을 것이라는 것은 예상했지만 싸우다 죽거나 암습을 당해 죽을 줄 알았지 불길에 휘말려 죽으리라고는 꿈에도 생각

하지 않았다. 그때,

"죽일 기회는 많아. 지금은 그러고 있을 때가 아닌 것 같은데?"

생소한 사내의 음성이 들렸다.

묵월광 살수들은 무의식적으로 고개를 돌렸다. 목에 비녀를 틀어박으려던 화령 살수도 움찔 손을 멈추고 음성이 들린 곳으로 고개를 돌렸다.

거기에는 기적이 있었다.

"들어오려면 들어오고 타 죽으려면 타 죽고."

말은 쌀쌀맞게 했지만 그리 쌀쌀맞아 보이는 사람은 아닌 듯했다.

일순 묵월광 살수들은 할 말을 잊었다.

무인 같기도 한데 무인이라고 하기에는 뼈마디가 너무 여려 보이는 사내. 아니, 무인답지 않다고 느끼는 것은 화령 살수들뿐이다. 소고, 소여은, 적사, 그리고 사령 살수들은 사내에게서 칼처럼 날카로운 예기를 읽었다. 너무 신경질적이라 손만 대도 검을 들이댈 것 같은 사내다.

사내는 고수다. 그런 사내가 속 빈 고목을 폭파시키고 기어나와 살고 싶으면 들어오란다.

불의 폭풍이라고 생각했던 폭음이 실제로는 화약이 터지는 소리였던 모양이다.

화약이 터지는 것을 몰랐다니…….

산불에 포위당하고, 나무가 지척에서 펑펑 터지는 것을 보지 않은 사람은 귀머거리냐고 놀려댈 게다.

사내가 억지로 남의 일에 끼어들은 듯 귀찮다는 표정으로 말했다.

"들어올 거야, 말 거야?"

앞뒤 가릴 처지가 아니었다.

그가 누군지, 속이 빈 고목에 이 많은 사람이 들어갈 수 있는 것인지,

왜 자신들을 구하는지 의문이 순식간에 머리 속을 스쳐 갔지만 한마디도 묻지 못했다.
　산불은 공기를 태워 버린다.
　작은 불일 때는 공기를 태우는 힘이 얼마나 무서운지 모르지만, 지금처럼 큰불이 되면 그 힘이 얼마나 가공스러운지 여실히 알게 된다.
　당장 숨이 막혀 견딜 수가 없다.
　몸이 빨려들 것 같기도 하고 튕겨 나갈 것 같기도 하다.
　불길에 몸이 닿지 않고도 이런 느낌이 드는데, 정작 불길에 휩쓸리면…… 도저히 살 수 없다.
　묵월광 살수들은 신속히 신형을 날렸다.
　적사는 제일 먼저 화령 살수들부터 고목 안으로 들이밀었다.

　속 빈 고목은 넓은 세계로 들어가는 입구였다.
　사령 살수 열두 명, 화령 살수 일곱 명, 거기에 적사, 소여은, 소고와 사내까지…… 무려 스물세 명이나 들어왔는데도 비좁다는 느낌이 들지 않았다.
　끼이익! 그그그궁……!
　사내는 여유만만하게 기관을 조작했다.
　철두철미하게 준비된 기관이다.
　사내가 무언가를 만지작거리자 땅이 솟구쳐 올랐다. 아니다, 땅이 솟구친다는 것은 착각이다. 솟구치는 것은 단단한 청석이다. 그 위에 흙이 올려져 있어 땅이 올라온다는 착각이 들었다.
　사내는 청석이 들어온 입구를 완전히 막은 다음에야 잡고 있는 막대기 같은 것을 옆으로 비틀었다.

청석은 허공에 걸려 단단하게 고정되었다.

청석을 떠받들고 있는 것은 굵은 밧줄로 엮은 그물이었다.

묵월광 살수들은 비로소 숨 쉬기가 자유로워졌다.

입구를 막은 암굴 속이 숨 쉬기 편하다면 이것 또한 놀림당하기 십상이다. 직접 겪어보지 못한 사람에게 말한다면 말이다.

산불은 암굴에 있는 공기까지 빨아내 태워 버렸다. 그러니 오히려 입구를 막아버린 것이 더 숨 쉬기에 편한 것이다.

"갑시다."

사내는 아무 일도 없었다는 듯 태연히 묵월광 살수들을 안내했다.

'종리추!'

소고, 소여은, 적사 세 사람은 약간의 여유가 생기자 거의 동시에 한 인물을 떠올렸다.

산에 불을 지르는 대담함과 군웅들로 하여금 묵월광 살수를 처치할 시간 여유조차 주지 않는 치밀함, 그리고 안전하게 탈출할 수 있는 안배까지…… 이런 일을 할 수 있는 사람은 단 한 사람 종리추밖에 없었다.

묵월광 살수들은 예상 밖으로 넓은 세상에 감탄을 터뜨렸다.

한 사람이 간신히 들어올 수 있는 입구에 비해 지하 통로는 상당히 길고 촘촘했다.

촘촘하다?

그 말이 꼭 알맞은 표현이다. 지하 미로는 촘촘하게 짠 그물처럼 얼기설기 엮어져 있다. 길을 아는 사람이라도 쉽게 들어설 생각이 들지 않을 정도로 촘촘하게.

지하 통로는 또 하나의 세상이었다.

통로는 한 사람이 간신히 걸어갈 정도로 비좁았지만 군데군데 횃불이 밝혀져 있어 걷는 데는 불편함이 없었다.
대지의 열기가 스며들어서인지 후텁지근했다.
나무가 타는 환청이 들리는 듯했다. 산불이 암굴에까지 밀려드는 듯한 환각마저 느껴졌다.
약간의 여유가 생기자 비로소 공포가 슬금슬금 엄습해 왔다.
담담한 심정을 유지했다고는 하지만 산불이 보여준 자연의 공포는 엄청난 것이었다.
묵월광 살수들은 새삼스럽게 생명의 소중함을 배웠다.
그들은 말없이 걸었다.
아무 생각도 하지 않고 묵묵히 걸을 수밖에 없었다. 머리 속이 하얗게 탈색되어 티끌만한 생각도 떠오르지 않았다. 동료들의 죽음도 잊었고 복수마저 생각나지 않았다. 지금은 살았다는 생각만이 몸과 정신을 지배했다.
얼마나 걸었을까?
앞서 가던 사내가 걸음을 멈췄다.
"다 왔소. 사내들은 먼저 나가고 여인들은… 잠시 기다리시오."
화령 살수들은 그제야 부끄러움을 느꼈다.
그녀들은 아직까지 알몸이었다.
옷을 벗을 때는 죽을 각오를 했으니 부끄러움이 대수로울 게 없었고 살수를 전개할 때는 부끄러움보다 긴장이 더욱 강했다.
그녀들은 부끄러움을 잊었다. 하지만 이제는 느낀다.
살아난 것이다, 확실하게.

　암굴을 벗어난 후 제일 먼저 눈에 들어온 것은 따뜻하게 피어나는 모닥불이다. 장정 오십여 명이 무공을 수련해도 될 만큼 널찍한 공지 한가운데에 보기만 해도 따뜻해지는 모닥불이 일렁거렸다.
　팔부령을 휘감은 혹한의 추위는 갓 산불 지옥에서 벗어난 사람들조차도 다시 불을 그리워하게 만들었다.
　모닥불과 격차를 두지 않고 바로 눈에 들어온 광경은 모여 있는 사람들이다.
　'살문……!'
　묵월광 살수들은 모닥불을 가운데 두고 옹기종기 모여 앉아 있는 사람들이 누군지 바로 알았다. 누가 말해 주지 않아도 직감적으로 알 수 있었다.
　살문 살수들은 무림군웅이 개미 떼처럼 모여들었는데도 한가롭게 모여 앉아 한담(閑談)을 즐기고 있었던 것이다.

묵월광 살수 절반이 죽고 산 하나가 홀랑 타버리는 아비규환이 일어났는데도 자신들과는 상관없다는 듯 평화로웠다.

그중에서도 잊을 수 없는 사내가 보였다.

땅바닥에 곰 가죽을 깔고 그 위에 앉아 있는 미모의 여인. 그리고 여인의 무릎을 베개 삼아 한가로운 오후의 한낮을 즐기고 있는 듯한 사내.

예상대로 산에 불을 지르고 자신들을 구출한 사람은 종리추였다.

묵월광 살수들은 살문 살수들을 보는 순간 움직일 수가 없었다. 살문 살수들의 편안한 모습은 천여 명이 넘는 군웅들에게 둘러싸였을 때보다 더 큰 충격으로 다가왔다.

단지 편안한 모습뿐이었다면 이상하게 생각하지 않았을 게다.

살수들 역시 사람이고 쉴 때는 쉬어줘야 하기 때문에 쉬는 시간만은 방해받는 것을 싫어한다. 가급적이면 세상사에 대한 신경을 모두 끊고 자신만의 시간을 즐긴다.

묵월광 살수들도 긴장이 높은 만큼 쉬는 시간은 철저하게 찾는다.

하지만 살문 살수들은 편안한 모습뿐이 아니었다. 그들은 자유를 가졌다. 간섭받기 싫다는 명목 하에 홀로 떨어져서 지내는 것이 아니라 다 같이 모여 웃고 떠든다. 예의나 격식 같은 모습은 찾을 수 없으나 엄격한 질서를 유지하고 있는 것이 느껴졌다.

어설픈 자들이 보면 형편없는 살수들이지만 이름깨나 얻었다는 살수들이 보면 가까이하기 싫은 살수들이다. 이들은 정말 강한 자들이니까. 정말 강한 자만이 일각(一刻) 뒤에 죽는다 해도 자유를 만끽하는 배포가 있으니까.

이들은 팔부령에 모인 군웅들을 관망만 하고 있지는 않았다. 군웅들의 목적이 자신들의 목숨에 있다는 것을 알고 있으니 나름대로 대처를 하고 있었다.

　산불이 일어난 것도 이들 소행이니 이들 중 몇 명은 직접 불을 질렀으리라. 썩어 문드러지는 시신을 옆에 놓고도 헛구역질이 치밀고 오장육부가 뒤틀리는 비위 상한 상황 하에서 태연히 밥을 먹는 것과 같다.

　인성(人性)이 말살되어도 그럴 수 있지만 죽음이 무엇인지 명확히 알고 있는 사람도 그럴 수 있다.

　"혈살편복, 수고했어. 한데 화령 살수들이 보이지 않는데?"

　"화령 살수들은 알몸인지라……."

　묵월광 살수들은 그들을 안전한 장소까지 안내해 온 사람이 혈살편복이라는 사실을 알았다.

　혈살편복.

　귀에 익은 이름이다.

　살문 십사살수 중 한 명으로 한창 악명을 높이던 자.

　그런 자가 무인으로 보기 어려울 만큼 여려 보인다는 것은… 그것 또한 살수에게는 훌륭한 장점이다.

　종리추는 무릎을 베고 있던 여인을 올려다봤다.

　"알았어. 내가 갖다 줄게. 옷이 맞을라나 모르겠네. 혈살편복, 살아남은 여자가 모두 몇 명이야?"

　"여덟."

　"여덟?"

　여인은 반문하며 소고를 가리켰고 혈살편복은 고개를 가로저었다.

　"어떻게 된 거야? 화령 살수들은 열 명 정도 살 거라고 했잖아? 두 명이 모자라네?"

이번 물음은 아직까지도 무릎을 베고 있는 종리추에게 던졌다.
"피하지 않았어. 그래서 당했지. 실수들에게 가장 필요한 능력은 죽이는 능력이 아니라 도망가는 능력이야. 제일 중요하게 생각해야 할 것을 태만히 했다면 두 명이 아니라 열 명이라도 착오할 수 있어."
"변명이야!"
여인은 종리추 이마에 '딱!' 소리가 나도록 알밤을 먹였다. 그리고 일어서서 걸인들이 사는 움집보다도 더욱 초라해 보이는 움막 안으로 걸어갔다.

'예측하고 있었어. 싸움이 어떻게 끝날지, 개방이 어떻게 나올지, 내가 어떻게 행동할지, 적사, 소여은이 어떻게 행동할지……. 어떻게… 어떻게 이런 일이…….'
소고의 얼굴은 창백해졌다.
적사의 얼굴은 딱딱하게 굳어졌다.
도를 잡은 손이 부들부들 떨렸다.
적사는 소고와는 다른 면을 보고 있었다.
무공이다. 소고가 전략과 사람들을 봤다면 그는 오직 한 사람 종리추의 무공만을 봤다.
종리추의 무공이 뛰어나게 성장했다. 일취월장(日就月將)이라는 말이 있지만 그 정도로는 설명할 수 없을 만큼 괄목상대(刮目相對)했다.
삼이도에서 봤을 때만 해도 관심이 가지 않았다. 몽골에서 온갖 생사관문을 뚫고 지나온 후라 자신감이 충만했을 때라 해도. 소고, 적각녀, 야이간을 겨룰 상대로만 인식할 만큼 건방졌을 때였다고는 해도…….
지금은 확연히 눈에 들어온다.

종리추는 누워 있을 뿐이었다. 싸울 기세가 보인다거나 주위를 경계하는 모습 같은 것은 전혀 보이지 않는다. 그런데도 바늘 끝 하나 들어갈 틈이 보이지 않는다.

강해 보이지 않는다는 것도 특이하다.

뭐랄까? 꼭 바다를 대하고 있는 느낌이다. 너무도 평온한 바다라 위험을 감지할 수는 없지만 어디로 검을 휘둘러야 될지 모를 상대였다.

'이렇게… 이렇게까지 급성장할 수 있단 말인가? 무공이?'

적사는 일 대 일로 겨뤄서 져본 적이 딱 한 번 있다.

삼이도에서 소고와.

소고와는 다시 한 번 겨뤄보고 싶다. 언젠가 기회가 닿는다면 목숨을 걸고 싸울 필요는 없지만 무공 시합만은 해보고 싶다.

그러나 종리추와는 겨루고 싶다는 생각이 들지 않는다. 그와 겨루면 꼭 질 것만 같은 불길함 예감이 머리 속을 떠나지 않는다.

소고와 적사가 그럴진대 사령 살수들의 느낌은 어떻겠는가.

종리추가 몸을 일으켜 걸어왔다.

그는 소고에게 가벼운 포권지례를 취했다.

전과는 다른 인사법이다. 동등한 자격에서 문주와 문주가 만났을 때나 건넬 법한 인사법이다.

소고는 머리 속이 텅 비어 가는 웃음만 흘려냈다.

"조금 놀랐을 겁니다."

'조금?'

"우선 좀 쉬십시오."

'쉬어야지. 지금은 쉬어야지. 쉴 일밖에 없으니까.'

종리추에게 무릎을 내준 여인이 누군지 생각났다.

'아내'라고 당당히 말하던 어린이라는 여인이다. 안면이 있는 벽리군이 어린과 함께 옷 더미를 안고 나오는 모습을 보자 그녀의 이름이 떠올랐다.

벽리군은 소고를 보자 그녀 특유의 교태가 배인 걸음걸이로 걸어와 밝은 웃음을 지어 보였다.

"저기 작은 항아리 놓인 집 있죠? 저기 가서 쉬세요. 먼저 가 계세요. 전 이 옷 좀 전해주고 바로 갈게요."

'항아리 놓인 집?'

이들은 모두 알고 있었다. 묵월광이 무슨 목적으로 팔부령에 왔는지, 또 야이간이 언제쯤 등을 돌릴 것인지, 싸움이 언제 어떤 방식으로 시작되어 어떻게 끝날 것인지.

벽리군은 아무것도 모르는 척 반가운 사람이 찾아온 것 정도로만 인사를 건넸다.

'모두 알고 있었어. 묵월광을 세울 목적으로 살문을 이용한 것도… 여기… 죽이려고 온 것도…….'

소고는 한없이 작아지는 자신을 느꼈다.

하루가 가고 이틀이 지나도록 종리추는 모습을 보이지 않았다.

소고와 화령 살수들에게는 벽리군이, 사령 살수들에게는 그들을 안내해 왔던 혈살편복이 수발을 들어주어 불편한 것은 없었지만 바깥이 어떻게 돌아가는지 몹시 궁금했다.

"구파일방이 모두 팔부령으로 모여들고 있다는데……."

"전 몰라요. 전 빨래나 해주고 밥이나 해주는 사람인걸요."

벽리군이 배시시 웃으며 말했지만 믿을 수 없었다.

살문에서 벽리군이 어떤 역할을 했는지 알고 있기에 더 더욱 믿을 수 없었다. 정보라면 단연 그녀이지 않은가. 그녀의 손을 벗어난 정보는 없다고 해도 과언이 아니었지 않은가.
"여기 모두 몇 명이나 있소?"
적사가 떨어지지 않는 입을 열어 물었지만,
"……"
혈살편복은 벙어리인 양 침묵을 지켰다.
사령 살수들이 초라한 움막이 옹기종기 모여 있는, 마을이랄 것도 없는 곳을 돌아다니며 얻어온 정보는 기가 막히게도 형편없었다.
이곳에는 고작해야 대여섯 명밖에 남아 있지 않았다.
여자 몇 명과 살혼부 살수이자 종리추의 아버지인 적지인살, 그리고 혈살편복.
그날 이후 살문 살수들은 흔적없이 사라져 보이지 않았다.
어디로 갔는지, 또 산불을 지르러 간 것인지…….
그들이 사라진 이유는 팔부령에 모여든 군웅들과도 무관하지 않을 테지만 어디서 무슨 일이 벌어지고 있는지 말해 주는 사람이 없으니 알 방도가 없었다.

소여은은 특이한 행동을 했다.
그녀와 화령 살수들은 살문 살수들을 접하고도 다른 묵월광 살수들처럼 발걸음이 굳어진다거나 하는 행동은 하지 않았다.
화령 살수들이 그러는 것은 당연하다. 그녀들은 아직 진정한 고수가 누구인지 판별해 낼 능력이 부족하다. 그러나 소여은은 종리추가 어떤 경지에 들어섰는지, 살문 살수들의 무공이 어느 정도인지 짐작할 만한

데 고개만 까딱 숙여 보였을 뿐 별다른 반응을 보이지 않았다.

종리추 일행이 종적을 감춘 다음에도 소여은은 화령 살수들을 챙기기에 급급했다.

"이제 훌훌 털어버려. 죽은 사람은 빨리 잊어. 나쁜 기억은 빨리 잊을수록 좋아. 묵월광은 와해된 것이나 마찬가지니까 너희들이 가고 싶다면 보내줄게."

"언니……."

"너희들이 지닌 재주라면 돈 많은 사람 첩실쯤은 무난히 꿰찰 수 있을 거야. 그게 편히 사는 길인지도 모르지."

"싫어. 난 언니와 같이 있을래."

"나도 언니와 같이 있을 거야."

"나와 같이 있으면 죽어."

"알아, 언니. 언니는 조령주 야이간을 죽이려는 거잖아. 우리도 그래. 조령주만은 죽이고 싶어. 금색화(金色花)가 내 눈앞에서 죽었단 말야. 내가 부축을 했는데 화살이 등을 뚫고 들어와 가슴까지 삐져 나왔어. 잊을 수 없어. 금색화가 동그랗게 뜬 눈……."

죽은 사람이 어찌 금색화뿐인가.

서른일곱 명 중 무려 서른 명이나 죽었다.

하나같이 친자매 간처럼 정이 깊이 든 여인들이었다.

소여은에게 그녀들은 살수가 아니었다. 외롭게, 살기 위해 발버둥치며 살아온 지난날에 대한 보상이었다. 그녀들은 세상천지에 일가붙이 하나 없는 소여은에게 친자매 역할을 해주었다.

'야이간…… 죽이고 말 거야.'

소여은에게 새로운 목표가 생겼다.

아무 목적 없이, 목적은 있었지만 선대의 약속에 이끌려 어쩔 수 없이 살행을 저질렀던 묵월광 시절과는 비교할 수 없는 확실한 목표가 생겼다.

"좋아. 같이 있을 사람은 있어. 하지만 이제부터 난 너희들에게 정을 주지 않을 거야. 지금부터 내 곁에 붙어 있는 사람은 도구에 불과해. 사람을 죽이는 살인 도구. 도구가 망가지거나 귀찮아지면 가차없이 버릴 거야."

화령 살수들의 눈가에 독기가 피어올랐다.

뭇 사내들 앞에서 옷까지 벗어 던진 그녀들이다. 한 명이라도 더 죽일 수 있다면 배까지 갈라 내장을 꺼내줄 수도 있다.

"그래, 그럼 우린 다시 태어나는 거야. 준비해."

"여인이 지닌 가장 무서운 무기는 육신이다. 언제 어느 상황에서 누가 보든 감탄을 터뜨릴 수 있을 만큼 미모를 가꿔라. 무림인, 특히 고수들이라면 웬만한 미인계 따위에는 넘어가지 않는다. 외모보다는 내면에서 솟구치는 향기를 뿜어내라. 몸에는 팽팽한 활력이 샘물처럼 솟구쳐야 한다. 그런 다음 화장을 하고 몸맵시를 정갈히 해라."

소여은이 살혼부 살수이자 사부인 미안공자에게 배운 것은 하나둘이 아니었다. 그녀는 자신이 배운 모든 것을 화령 살수들에게 전수했다.

'준비해.' 그 한마디에 화령 살수들은 활기를 찾았다.

계곡을 찾아 얼굴을 씻고, 몸을 씻고, 빨래를 하고, 화장을 하고… 화령 살수들은 사내라면 눈길을 주지 않고는 배길 수 없는 여자가 되기 위해 부지런히 몸을 움직였다.

고요(苦芙)

 종리추를 비롯한 살문 살수들이 모습을 다시 나타낸 것은 그날 밤 자정이 넘어서였다.
 짐작했던 대로다.
 살문 살수들은 미리 약조라도 한 듯이 벽리군의 움막으로 모여들었다. 어둠 속에서 불쑥 나타났는가 싶으면 곧장 벽리군의 거처로 발길을 옮겼으니.
 벽리군이 아무 일도 하지 않는다는 말은 새빨간 거짓말이다.
 잠시 후 벽리군의 움막에서 한바탕 웃음소리가 터져 나왔다. 왁자지껄하니 떠들어대는 소리가 팔부령 곳곳으로 파고드는 듯했다.
 소고는 웃음을 잃었다.
 생각이 멈춰 버렸다.
 세상에 태어나서 처음으로 겪는 지독한 고독이 몸과 마음을 얼려 버렸다.
철이 들 무렵 그녀의 곁에는 검이 놓여 있었다.
그 외에는 아무것도 없었다. 정답게 말을 건네주는 사람도 없었다. 가슴이 부풀어 오르기 시작했을 때는 죽을병에 걸린 줄 알았다. 초경 (初經)을 했을 때는 주화입마의 징조가 아닌가 싶어 밤잠을 이루지 못했다.
그녀의 곁에는 아무도 없었다.
그래도 외롭지 않았다.
살수가 무엇인지, 사무령이 무엇인지는 몰랐지만 단 하나, 세상에서 가장 강한 여인이 되어야 한다는 것은 알았다.

"넌 세상에서 가장 강한 여자가 되어야 한다. 네 위에 설 수 있는 사람은 아무도 없다. 사내도, 여인도. 넌 세상 모든 사람을 굽어봐야 한다. 그게 사무령의 위치다."
"난 그렇게 만들어줄 수 있다. 사무령을 만들어줄 준비가 완비되었다. 무공과 돈과 사람이 있다. 또 넌 사무령이 될 만한 자질이 있다. 준비해라. 쉬지 마라. 눈을 뜨면서 잠이 들 때까지, 아니, 잠을 자는 중간에도 무공을 생각해라."

외로울 틈도 없었다.
하지만 한 번의 좌절을 겪고 나자 생각이 바뀌었다.
외롭다.
세상에 홀로 떨어져 있는 것이 얼마나 외로운가.
종리추, 적사, 소여은, 야이간…… 모두 고아다.

종리추에게는 살문 살수들이 있다. 적사에게는 사령 살수들이, 소여은에게는 화령 살수들이 있다. 야이간도 모르긴 몰라도 지금 이 시간 외롭다는 생각은 하지 않을 게다.

야이간을 곁에 두는 순간부터 배반을 예상하고 있었다.

그럼에도 그를 곁에 둔 것은 오직 한 사람, 소천나찰 때문이다.

소천나찰의 일생은 청면살수에게서 시작해 야이간에서 끝난다고 봐야 한다.

그것이 소천나찰이라는 살수의 전 생애다.

"스스로 등을 돌리기 전까지는 곁에 두어라. 의제들이 약속을 지킨 이상 나도 도리를 해야겠다. 한두 번의 배신은 있을 것이나 그것으로 목숨을 잃지 않는 한 감수해 다오."

확실히 이번 배신은 조금 빨랐다.

야이간의 이번 행동만은 조금도 기미를 알아채지 못했다.

하지만 야이간은 목적한 바를 이루지 못하리라.

이십팔숙이 하남에 남겨졌다.

그들은 목숨을 걸고 묵월광의 재산을 지킬 것이다. 그리고 천 노인 또한 호락호락 넘어가지 않는다.

그들을 믿는다.

믿을 수 없었다면 결과가 어떻게 될지 모를 팔부령 싸움터에 묵월광 전 세력을 동원해 달려오지도 못했을 게다.

이곳만 빠져나가면 재기할 기반이 있다.

사부와의 언약도 지켰으니 마음 놓고 칠 사람은 치고 거느릴 사람은 거느리면서 제이의 묵월광을 만들어낼 수 있다.
 사무령의 꿈은 아직도 존재한다.
 그런데…… 그런 모든 것이 물거품처럼 날아갈 뻔했다.
 군웅들에게 둘러싸였을 때,
 하남에 남겨진 이십팔숙과 천 노인이 지니고 있는 거액의 재산도 모두 한낱 뜬구름에 불과했다. 그때 자신에게 남겨진 것은 사무령을 향해 달려가는 꿈이 아니라, 어떻게 죽음을 맞이해야 하나 하는 고독한 결정만이 남겨졌다.
 그 순간을 겪지 않았다면 지금의 외로움도 느끼지 못했겠지만. 사지에서 빠져나온 순간, 종리추를 대한 순간 쉴 생각을 하지 않고 팔부령을 빠져나갈 길부터 물어봤겠지.
 벽리군의 움막에서 한바탕 웃어 젖히던 살문 살수들이 우르르 몰려나왔다.
 "하하! 형님, 스무 냥 내기할까?"
 "돈 많네. 언제 스무 냥씩이나 꿍쳐 놨냐?"
 "있기는. 딸 자신이 있으니까 내기하자는 거지."
 "그런 소리는 나도 하겠다. 그러지 말고 현실적으로 내기하는 건 어때?"
 "현실적이요?"
 "가령…… 그래! 앞으로 한 달 동안 밥 시중들기는 어때? 아냐, 그건 너무 부족하다. 한 달 동안 하인처럼 부려먹기. 어때?"
 "좋수다. 형님이 먼저 말한 거유. 나중에 딴소리하기 없기유?"
 "흐흐흐! 하인 한 명 생겼네."
 "하하! 그거 좋은데? 이봐, 우리도 저 내기할까?"

"넌 어느 쪽에 걸려고?"

살문 살수들에게서는 도무지 근심 걱정을 찾아볼 수 없었다.

그들은 흔쾌하게 웃고 떠들며 공지를 뺑 둘러가며 횃불을 밝혔다.

여인들도 나왔다.

어린, 벽리군, 배금향, 구맥……. 정원지는 어린아이를 품에 안고 나왔다.

그녀들의 얼굴에도 근심은 어려 있지 않았다.

구파일방의 무서운 고수들이 팔부령을 에워싸고 있는데…….

이들이라고 두렵지 않을 리 없다. 싸움이 언제 닥칠지, 죽음이 언제 다가올지 두려울 게다. 하지만 이들에게는 믿음이 있다. 자신의 무공을 믿는 마음도 크겠지만 서로를 믿는 마음이 더 크다.

그래서 웃을 수 있고, 그것이 소고는 부러웠다.

소고를 외로움에 잠기게 만든 원인이기도 하고.

종리추를 비롯해 살문 살수들이 둥글게 켜진 횃불을 따라 빙 둘러섰다. 그리고 원 안으로 두 사람이 들어서서 마주 보고 섰다.

'비무닷!'

무덤덤하게 바라보고 있던 적사의 눈이 부릅떠졌다.

심상치 않은 기운에 사령 살수들도 공지로 나왔다. 소여은도, 화령 살수들도.

살문 살수들의 무공이 어느 정도인지 알 수 있는 좋은 기회다.

그동안 말은 많이 들어왔다.

실제로 살문에서 실행한 청부치고 실패한 청부는 단 한 건도 없다.

가장 가까이는 무림명숙인 삼절기인이 청부를 당했고, 죽었다. 그

사건에서 살문은 자신을 숨기려 하지 않았다. 떳떳하게 삼절기인을 죽인 사람들이 자신들임을 밝혔다.

삼절기인을 죽인 살수가 누군가?

종리추가 구해갔다는 혈영신마는 아니다. 삼절기인의 시신에는 혈영신마의 독문표식이 남아 있지 않았다.

그럼 혈영신마 외에 또 누가 삼절기인을 죽일 수 있단 말인가.

종리추인가?

무림인들 대부분은 그렇게 생각하고 있다.

공지 한가운데에서 마주 선 두 사람은 한눈에도 만만치 않은 고수들이다.

젊은 사람과 중년인이다.

단단한 체구에 인상만 봐도 강자임을 알 수 있는 젊은이와 키가 작고 뼈마디가 가늘며 졸린 듯한 눈빛을 지녀 무인보다는 인심 좋은 옆집 아저씨를 생각하게 만드는 사람이 맞섰다.

두 사람은 모두 병기를 지니고 있지 않다.

적수공권(赤手空拳)으로 마주 선 두 사람.

젊은 사람이 양손을 반듯하게 펴 어깨 높이로 들어 올렸다. 정(丁)보법(步法)을 사용하여 몸을 움직이는 모습이 무척 가볍다.

"음……!"

적사가 신음을 토해냈다.

"저 사람이… 말로만 듣던 혈영신마군요."

소여은이 적사의 신음을 맞받았다.

어깨 높이로 들어 올린 양손이 바다 물결처럼 출렁거렸다. 미풍에 가랑잎이 날리듯 가볍게.

뚜렷한 특징이라면 양손이 핏물에 담갔다 꺼내놓은 듯 시뻘겋다는 것.

헤아릴 수 없을 만큼 많은 종류의 장공(掌功)이 세상에 모습을 드러냈지만 진기를 일으키는 순간 양손의 색깔이 변하는 장공은 혈영신공뿐이다.

단신으로 중원무림 전체와 맞서려고 했던 자.

그는 강자임에 틀림없다. 무공이 어느 정도인지는 몰라도 무모하기로는 아마 천하제일이라 해도 과언이 아닐 것이다. 구파일방으로부터 십망을 선포받았다는 자체만으로도 그는 인정받은 고수다.

그럼 그와 맞선 자는?

쒜에엑! 페엑! 파파팍……!

허공으로 솟구친 자그마한 몸뚱이에서 두 발이 튀어나왔다.

원래부터 신체에 붙어 있던 발이니 튀어나왔다는 표현은 어울리지 않지만 지켜보던 사람들이 보기에는 잔뜩 웅크린 거북이가 발을 뻗어내듯이 불쑥 튀어나왔다.

몸은 보이지 않았다. 발밖에 보이지 않았다. 무섭도록 빠르고 현란한 발의 움직임에 모든 시선을 빼앗겨 버렸다. 사실 발의 움직임을 쫓기에도 두 눈의 움직임이 느리다고 생각할 판이었다.

중년인의 양 발은 수천 개의 화살이 되어 내리꽂혔다.

"아!"

여기저기서 감탄이 터져 나왔다.

묵월광 살수들뿐만이 아니라 살문 살수들도 감탄을 터뜨렸다.

중년인은 땅을 밟지 않았다. 어쩌다 땅에 내려서게 되더라도 곧바로 되튕겨 올라갔으며 숨 돌릴 틈을 주지 않고 맹공을 퍼부었다.

파팟! 파파팟……!

주변 공기마저 진탕하는 듯했다.

'엄청나게 빠르다! 가히 각법(脚法)으로는 천하제일이라 할 만하다. 저 사람이 누구기에…….'

묵월광 살수들은 귀동냥으로조차 들어보지 못했던 낯선 고수에게서 시선을 돌리지 못했다.

낯설기는 살문 살수들 대부분이 낯설다.

개중에는 무명이나 이름자깨나 들어본 사람도 있지만 거의 대부분 중원무림인들에게는 생소한 이름들이다.

무림에 나서지 않아서 알려지지 않았다는 것이 아니라 이름이 날 정도로 무공이 뛰어나지 않았다는 말이다.

기껏해야 낭인이나 표사.

그들이 몇 년 되지 않는 짧은 시간 동안 이토록 무섭게 성장했다고는 믿을 수 없다.

하지만 어쩌랴. 지금 혈영신마와 싸우고 있는 사람은 묵월광 살수들의 등줄기에 식은땀이 흐르게 하는 것을.

싸움은 중년인이 유리한 듯 보였다.

두 발이 살아 움직이는 것 같은 중년인의 각법은 혈영신마로 하여금 제대로 움직이지조차 못하게 만들었다.

혈영신마는 피하기에 급급했다.

탈명신도를 비롯해 정파무인 십여 명을 단숨에 죽여 버린 혈영신공은 어디로 사라졌단 말인가.

중년인이 미친 듯 몰아치는 돌풍이라면 혈영신마는 바람에 휘날리는 가랑잎이었다.

혈영신마는 빠른 사람이다.

그가 만일 중년인이 아닌 다른 사람과 싸움을 벌였다면 맹공을 퍼붓고 있는 사람은 혈영신마이리라. 그가 밟고 있는 보법이나 신법을 지켜보자면 초식을 떠나 동물적인 감각까지 느껴진다.

그런 사람이 폭풍처럼 몰아치는 각법에 여지없이 밀린다.

쉬익! 쒸이익……! 쒜엑!

중년인의 각법은 시간이 흐를수록 더욱 빠르고 정교하고 변화무쌍해졌다.

인간의 다리가 저렇게 꺾일 수도 있구나.

저런 자세에서도 저런 각법이 나올 수가 있구나.

지켜보던 무인들은 또 다른 무의 세계를 경험하는 기분이었다.

남권북퇴(南拳北腿)라는 말이 있다.

중원 이북의 권법은 수공(手功)이 삼 할인 반면에 각법(脚法)이 칠 할을 이룬다. 중원 이남은 정반대의 구성으로 되어 있다.

언뜻 보면 중원 이남의 무림인은 각법을 사용하지 않고 수공만 사용하는 것처럼 보이며 중원 이북의 무림인은 각법만 사용하는 것처럼 보인다.

두 사람은 수공과 각법의 절정을 보여주는 듯했다.

그런데…… 이상한 점이 있다.

혈영신마가 쓰러지지 않는다.

맞받기는커녕 각법을 피하기에도 힘들어 보이는데도, 신법이 헝클어지는 모습이 자주 눈에 띄는데도.

묵월광 사령 실수들이 곤혹스런 표정을 지었지만 다른 사람들은 이마에 깊은 주름살을 지을 뿐 곤혹스러워하지는 않았다.
　원인을 알고 있기 때문이다.
　중년인은 결정적인 순간에 공격을 물렸다.
　조금만 더, 한 치만 더 뻗으면 혈영신마의 육신을 강타할 수 있다고 생각되면 어김없이 뒤로 물러섰다.

　'상대가 안 되는군. 세상에! 혈영신마가 이렇게 몰리다니!'
　첫 번째 든 생각이다.
　'이상한데? 최선을 다하는 것 같은데 왜 공격을 마무리 짓지 않는 거지?'
　두 번째 든 생각이다.
　적어도 혈영신마와 중년인의 비무를 제대로 볼 줄 아는 사람이라면 이 두 사람이 서로 최선을 다하고 있다는 것을 알 것이다.
　중년인은 일부러 공격을 멈추는 것이 아니라 멈출 수밖에 없는 사정에 처한 것이다.
　그게 무엇일까? 혈영신마는 허우적거릴 뿐인데.
　'공격을 물리는 게 아니다. 부딪치지 않으려는 거야. 옷자락이 스치는 것조차 경계하고 있어.'
　세 번째 생각은 몇 사람만이 했다.
　그들은 난무하는 권각 속에 숨어 있는 뜻을 읽었다.
　혈영신마는 육장(肉掌)을 부딪치려고 한다. 장법을 사용하고 있으니 육장을 부딪치려 하는 것은 당연하다. 그렇기에 혈영신마의 의도는 겉으로 드러나지 않는다.
　중년인은 육장을 피하려고 한다.

상대가 장법을 사용하니 육장을 피하려고 하는 것도 당연하다. 상대의 장법을 피하고 쇠몽둥이 같은 각(脚)으로 공격하는 것이니 이상하게 볼 점이 없다.

이기려니 치려는 것이고 맞지 않으려니 피하는 것이다.

하지만 이 싸움은 다르다. 일반적인 공방(攻防)이 아니라 필사적인 공방이다. 공격을 가하는 사람은 중년인인데, 그는 살이 닿는 것을 꺼려한다. 수비에 급급한 사람은 혈영신마인데, 그는 여유가 있다.

'뭔가, 이건……? 단 한 번 닿기만 하면 이긴다는 뜻이잖은가! 혈영신공…… 도대체 어떤 무공이기에…….'

지켜보는 사람들 중 단 몇 사람만이 정확하게 싸움을 읽었다.

이상한 싸움은 한 시진이 넘게 지속되었다.

중년인의 각법은 한 시진이 넘도록 기세가 꺾이지 않았다. 금방 쓰러질 것같이 위태로워 보이던 혈영신마도 쉽게 쓰러지지 않았다. 그러던 어느 한순간,

쉬익—

중년인이 연삼퇴(連三腿)를 가한 후 훌쩍 몸을 날려 이 장 뒤로 물러섰다.

한줄기 가는 바람이 두 사람 사이를 스쳐 갔다.

혈영신마는 호흡을 골랐다. 중년인도 호흡을 가다듬었다.

'최후의 일격. 둘 중에 한 명은 죽는다!'

팽팽한 긴장이 팔부령 이름 모를 골짜기에 흘렀다.

이 자리에 있는 사람치고 사람을 죽여보지 않은 사람이 없고 자신보다 강한 사람이라고 생각되는 사람과 겨뤄보지 않은 사람이 없다.

모두들 지금과 같은 상황에서는 어떤 결정을 내려야 할지 알고 있다. 자신이 싸우는 입장이라면…… 최후의 절초를 준비하라. 그것은 아마도 상대를 죽음으로 몰아넣을 게고 자신도 성하지 못할 공산이 크다.

동귀어진(同歸於盡)까지 생각해야 한다. 그때,

"그만!"

"……"

"그만 해! 죽고 살 일이 아니라면 여기서 멈추는 게 좋겠어. 한 번 더 부딪치면 양패동사(兩敗同死)야."

혈영신마와 중년인은 서로를 노려보았다.

두 눈에서는 질 수 없다는 투지가 이글이글 타올랐다. 그러다 혈영신마가 느닷없이 앙천대소를 터뜨렸다.

"하하하하! 하하하핫! 우하하하하……!"

혈영신마의 앙천대소는 길게 이어졌다.

가슴속에 풀어야 할 한이라도 쌓여 있는 듯 길고 처절한 웃음소리였다.

"아직 멀었군, 아직 멀었어. 한 번의 패배. 한 번의 동수(同手). 천하무적 혈영신공을 겨우 이 정도로 전락시키다니. 하하하! 우하하하하!"

젊은이는 역시 혈영신마였다.

혈영신마가 웃음을 그치며 말했다.

"동수…… 인정합니다."

중년인이 혈영신마의 말을 받았다.

"너무 괴로워 말게. 자네가 혈영신공이 최고의 무공이라고 생각하듯이 나도 내 무공이 최고라고 생각하니까. 충격은 자네만 받은 게 아닐

세. 좋아! 동수, 인정하지."

　두 사람은 서로 무승부를 인정했다.

　"내년 오늘. 살아 있다면 다시 한 번 겨뤄보고 싶소."

　"좋지. 후후! 그건 나도 바라는 바야. 날 꺾은 다음에는 주공께 도전할 생각인가?"

　중년인의 물음에 혈영신마는 종리추를 힐끔 쳐다봤다.

　'겨뤄보고 싶어하는군.'

　혈영신마의 마음이 숨김없이 드러났다.

　묵월광 살수들은… 살문 살수들도 혈영신마가 왜 중년인을 꺾은 다음에야 종리추에게 도전하려는 것인지 이유를 알지 못했다. 혈영신마가 종리추에게 패배한 사실은 더 더욱 알지 못했고.

　벽리군이 술과 안주를 내왔다.
　술은 값싼 화주(火酒)였고 안주는 꽁꽁 얼어붙은 소 허벅지 살이었다.
　"크으! 좋다! 역시 이 맛이란 말야. 겨울밤 찬 이슬을 맞아 꽁꽁 얼어붙은 몸을 확 달궈놓는 술기운. 달 밝고 공기 좋고 입 심심하지 않고. 사람 사는 맛 중에 이 맛이 제일 좋은 것 같아."
　"하하! 그건 네가 아직 임자를 못 만나서 그래."
　"임자? 크흐흐! 형님, 그런 소리 마쇼. 내게 임자란 없소. 강한 놈을 만나면 죽는 거고 약한 놈을 만나면 죽이는 거지. 결국 영원히 임자는 있을 수 없소."
　"이런, 돌머리 하고는……. 누가 그런 임자 말하는 줄 알아? 넌 이 형님을 보고도 아직 모르겠냐!"

유구가 유회의 머리를 쥐어박았다.

유회는 짐짓 피하는 척했지만 고스란히 맞았다.

유회에게 유구는 의형(義兄) 이상의 의미가 있다. 친혈육보다도 더욱 깊은 정을 주는 사이가 된 지는 이미 오래다. 중원에 들어올 때까지만 해도 모진아라는 사부를 모신 사형제 정도의 의리밖에 없었지만 살문에 몸을 담고 살수행을 하면서 서로 한 몸이나 진배없게 되었다.

암연족 전사들은 홍리족 사내를 사내 취급도 하지 않는다. 계집 치마폭에 휘감겨 잠자리까지 여자 처분을 기다리는 꼴이라니.

특히 암연족 전사들 중에서도 최고의 전사였던 유구와 유회에게 홍리족 사내는 버러지나 다름없었다.

그런데 예외가 생겼다.

역석.

죽은 역석이 예다. 그는 홍리족 사내지만 유구, 유회 둘 다 형제로 받아들이는 데 망설이지 않았다.

모두 종리추와 함께 살문을 이끄는 동안 싹튼 우정 때문이다.

죽음을 몸에 붙이고 사는 사람들에게 정이란 게 붙으면 같은 피를 물려받는 것보다 더 끈끈해진다.

"아! 형님이 말한 임자가 형수님이었소?"

"느물거리지 마. 먹은 것 넘어와."

정원지는 아기를 껴안고 유구 옆에 다소곳이 앉아 정겹게 주고받는 농담을 들었다.

여기저기서 농이 새어 나왔다.

혈영신마와 모진아라고 불리는 중년인도 함께 웃고 떠든다.

이들은 싸운 게 아니다. 일문(一門)의 문도가 무공 수련을 하듯이 무공을 겨뤄본 것에 지나지 않는다. 그것으로 인해 서열이 바뀐다거나 상대를 찍어누르는 적자생존(適者生存) 같은 것은 눈을 씻고 찾아봐도 찾을 수 없다.

기회만 있으면 문파를 차지하고자 발버둥 치는 여타 살수 문파들과는 판이하게 다르다.

한편 묵월광 살수들은 어울리지 못했다.

소고 역시 침묵을 지켰다.

한때는 수하였으나 지금은 일문의 문주가 된 종리추에게 간섭을 할 권리가 그녀에게는 없었다. 따지고 보면 종리추를 수하로 부린 것도 선대의 약속 때문이지 삼이도의 약속 때문은 아니다. 그는 삼이도에 발을 들여놓을 때부터 싸울 생각은 없었으니까.

더군다나 그에게 악명, 오명만 뒤집어씌웠으니…….

적사와 사령 살수들도 침묵을 지켰다.

어떤 이는 대도를 품에 안고 드러누워 있었고 어떤 이는 나무에 등을 기대고 멀거니 밤하늘만 쳐다보았다.

그들은 호쾌한 민족이다.

말을 타고 광야를 질주하며 술잔을 기울일 때는 독주를 항아리째 들이붓고는 했다.

거치적거리는 것은 쓸어버렸다.

신경에 거슬리는 것은 정복하고 반항하는 사람은 죽였다.

중원은 사정이 다르다. 그들은 손톱에 낀 가시 같은 존재들이고, 가시를 빼내고자 하는 힘과 싸워 뽑히지 않아야 한다. 뽑힌다는 것은 죽는 것을 의미하니까.

그들에게 희망은 없다.

언제 죽느냐 그것이 문제일 뿐.

'이런 분위기는 좋지 않아. 고독한 늑대는 고독하게 지내야 해. 내일은 이 지겨운 팔부령을 벗어나야겠군.'

적사는 사령 살수들의 행동이 마음에 들지 않았다.

소여은은 달랐다.

"술판이 벌어진 것 같은데…… 가서 목이나 축여."

"헤……! 그러잖아도 아까부터 술 향기가 달짝지근하게 풍겨왔는데. 언니, 언니도 같이 가서 마셔요."

"그래."

소여은은 몸을 일으켜 술판이 벌어진 공지로 갔다.

"술 좀 나눠 마셔도 될까?"

소여은이 종리추 맞은편에 앉으며 말했다.

종리추는 오랜 지우를 만난 사람처럼 정겹게 엷은 웃음을 지었다.

화령 살수들은 하나같이 요녀(妖女)들이다.

그녀들은 전문적으로 사내를 미혹시키는 수련을 쌓았다. 생사절명의 순간에도 색(色)으로 개방 걸개들을 암살한 여인들이다.

그녀들은 낯선 사내 곁에 서슴없이 앉았다.

"어멋! 이 우람한 근육 좀 봐."

혼세천왕 옆에 앉은 화령 살수가 혼세천황의 팔 근육을 살짝 찔러보며 감탄을 터뜨렸다.

그녀뿐이 아니다. 살문 살수들 곁에 앉은 화령 살수들은 누가 먼저라고 할 것도 없이 교태를 부렸다. 몸에 배어 떨쳐 내려야 떨칠 수 없는, 천성이라고 말해도 좋을 수련이요, 습관이다.

"하하! 우람하면 뭐 하나? 죽으면 썩어버릴 육신인데. 그러나저러나 천음곡(天陰谷)에서는 대단했어. 비녀로 찔러 죽이는 솜씨라니! 하하! 나라도 꼼짝없이 당했을 거야."

죽음의 절곡이 천음곡이었던가?

혼세천왕은 기다리기라도 했다는 듯 흔쾌하게 옆 자리를 내주었다.

화령 살수들은 어디를 가나 주의를 끌 만한 미모를 지녔으니 당연하다 하겠지만 살문 살수들은 고적한 곳에서 사내들끼리 북적거리며 살았으니 여자가 그리웠을 거라는 생각도 들었지만.

'이 사람들… 정말 무서운 사람들이다!'

소여은은 찬물을 뒤집어쓴 듯 전신에 냉기가 스쳐 갔다.

살문 살수들 눈에는 탐욕이 이글거리지 않는다. 궁핍한 곳에서 고독하게 살아온 사내들이라면, 아니, 혈기왕성한 사내라면 누구나 표출시켜야 할 욕정이 보이지 않는다.

'이 사람들은 송곳이야. 부드러운 웃음으로 날카로움을 감추고 있지만 이 자리에서까지 긴장을 풀지 않는 마음가짐은 천부적인 살수들이야!'

그리고 보니 혼쾌하게 웃고 떠들며 흐트러진 모습을 보이고 있지만 누구 하나 취한 사람이 없다.

살문 살수들은 화령 살수를 여자로 보지 않는다.

그들은 화령 살수들을 동등한 살수로 대하고 있다. 여자가 아닌 살수로.

무공이 형편없다는 것을 잘 알면서도 자신들과 같은 살수로 대하기는 쉽지 않다.

살수는 죽이는 사람이다. 무공이 높은 사람이 아니라 확실하게 죽일 수 있는 사람이 뛰어난 살수다.

살문 살수들은 살수로서 화령 살수의 능력을 높이 평가하고 있다. 살수의 본질을 깨닫고 있는 것이다. 그것은 그들이 그만큼 강하다는 증거다. 무인이 아닌 살수로.

주흥이 무르익었다.

"그것참 재미있네. 또 이야기해 봐요."

"진(珍) 대인(大人)이라는 사람이 있었어요. 말이 좋아 대인이지 순 호색꾼이죠."

"하하하! 호색꾼이라면 식은 죽 먹기보다 쉬웠겠는데."

"진 대인을 죽이는 건 어렵지 않은데 문제는 그가 고용한 무인이에요. 절명신도(絶命神刀)라고 거창한 무명을 사용하는 자인데, 정말 무공 하나는 뛰어난 것 같더군요."

"호오! 그래서?"

"더군다나 그자는 고지식하기까지 해서 진 대인을 목숨처럼 호법 서는 거예요."

이야기는 주로 화령 살수들이 했다.

수줍은 듯 눈을 살짝 내리깔고 이야기하는가 하면 화사한 웃음을 활짝 배어 물고 이야기하는 여인도 있고.

살문 살수들은 그저 추켜올리는 정도가 아니라 진심으로 귀를 기울여 들었다.

"절명신도를 어떻게 요리할까 고민하다가 그자부터 유혹하기로 작심했죠. 성주를 유혹하는 게 아니라 성벽을 허무는 거죠."

소여은은 틈을 노렸다.

'누구를 죽일까? 가장 쉽게 죽일 수 있는 자는……'

죽일 만한 자를 찾았다.

술판의 분위기는 소여은에게도 익숙하다.

어산적 해적들이 사냥을 나갔다 돌아온 후에는 반드시 이런 술판을 열었다. 술은 독한 것으로, 안주는 되는대로, 장소는 아무 데나 엉덩이를 걸칠 수 있는 곳이면.

예의를 지킬 필요도 없다. 마시고 싶으면 마시고 껴안고 싶은 계집이 있으면 껴안으면 된다.

'지독한 자들……'

소여은은 절로 감탄이 새어 나왔다.

묵월광 살수들은 그녀가 보기에도 지독하다.

소고가 암암리에 거느리고 있는 이십팔숙은 단 한 번도 모습을 보인적이 없다. 그들은 어둠 속에 숨어 있다. 그들도 사람인 이상 밝음을 찾아 나올 법도 하건만 어둠의 화신인 듯 어둠 속에 숨어 있다.

지독하게 수련받은 자들이다.

적사가 거느린 사령 살수도 매섭다.

그들은 폭풍이다. 죽은 듯이 숨소리도 내지 않고 있지만 도를 뽑아들면 전광석화처럼 몰아친다. 아마도 살수치고 진신무공으로 정정당당히 살인을 하는 사람은 사령 살수들뿐이리라.

묵월광은 그들이 있어서 강하다.

반면 살문 살수들은 또 다른 분위기를 풍긴다.

이들은 자유로우면서도 규율이 있고 흐트러짐 속에 정결함을 갖추고 있다.

소여은은 암습의 기회를 찾지 못했다.

한 명쯤은 취기에, 여인에, 분위기에 젖어 긴장을 늦추는 자가 있을 법도 하건만 단 한 명도 틈을 보이지 않는다. 몸과 손은 항상 병기를 줄 준비가 되어 있다. 이들을 공격하면 무공 대 무공으로 겨뤄 이길 수 있을지는 몰라도 암습은 어렵다.
 '이들은 무공으로도 일류고수들이야. 종리추…… 대단하구나, 이런 사람들을 거느릴 수 있다니.'
 종리추는 항상 신선한 충격을 안겨준다.
 살천문주와 타협한 것도 그렇고 살문 단신으로 무림의 협공을 피해 살아남은 사실도 그렇고 지금도 그렇고.
 소여은은 술잔을 집어 들었다. 두 손으로 들어야 될 만큼 큰 사발에 진한 독주가 가득 담겨 있었다.

 다음날은 조용하게 흘러갔다.
 무림인들이 발 디딜 틈도 없게 몰려든 팔부령이지만 이곳만은 상관없다는 듯 평화롭기만 했다.
 살문 살수들은 편하게 앉거나 누워 양광을 쪼였다.
 소고는 종리추를 찾았다.
 "구해준 것 사의도 표하지 못했네. 고맙다는 말을 하려고."
 산골 움막과는 어울리지 않게 화선지를 펼쳐 놓고 그림을 그리던 종리추가 고개를 쳐들었다.
 근심 걱정이 없는 맑고 싱그러운 얼굴이다.
 그의 곁에는 벽리군이 앉아 먹을 갈고 있었다.
 화선지에서는 쭉쭉 뻗어 올라간 대나무 그림이 살아 있는 듯 맑은 죽향(竹香)을 풍겨냈다.
 "내일 떠나요."
 "……?"

"오늘 저녁쯤에 손님이 올 겁니다. 만나보고 떠나도록 해요. 장자(長子)까지 길 안내를 해드리죠."

"……!"

소고는 봉목을 부릅떴다.

종리추는 오늘 저녁 손님이 온다고 했다. 만나보고 떠나라는 말과 함께. 누가 오는 것일까? 또 장자까지 길 안내를 해주겠다고 했다. 장자라면 팔부령을 넘어야 한다. 산을 넘는 것보다 팔부령을 빼곡히 에워싼 무림인들의 이목을 피해 등 뒤로 돌아갈 수 있다고 말한 것과 다름없지 않은가!

"지, 지금 장자까지……?"

"사람이 많아서 배를 준비해 놨어요. 물길로 하남까지 무사히 들어갈 겁니다."

어디로 갈 것인지까지 짐작하고 있다.

하기는 살혼부가 남긴 힘으로 일어선 소고이니 그녀가 갈 곳이 어디겠는가. 살혼부의 힘이 남아 있는 곳, 돈을 움켜쥐고 있는 천 노인과 그녀의 팔다리가 되어줄 이십팔숙이 있는 곳이다.

"오늘 오는 사람, 내가 꼭 만나봐야 되나?"

"반가울 겁니다."

"……?"

소고는 더욱 오리무중(五里霧中)에 빠졌다.

반갑다니? 그러나 종리추는 빙긋 웃기만 할 뿐 설명을 해주지 않았다.

오후도 한참 지나 한밤중이 되었을 때 숲 저쪽에서 두런거리는 소리가 들려왔다.

찬바람이 스며들지 않도록 문을 꼭 닫고 있었지만 워낙 조용한 산속인지라 사람의 음성은 명확하게 들렸다.

"깊이도 숨었군."

"깊기는 해도 진퇴가 용이한 곳입니다."

"이런 곳을 벽리군이라는 그 여자가 만들었단 말인가? 대단하군."

"벽 총관 혼자 만든 것은 아닙니다. 용 노인과 삼현옹이 없었다면 꿈도 꾸지 못했을 겁니다."

"허허! 자네는 사람을 끌어들이는 재주가 있군. 삼현옹 같은 고집불통을 끌어들이다니 말야."

"아십니까?"

"알지는 못하지만 이름은 들어봤지. 기관진학의 대가라면 삼현옹을 빼놓을 수 없지. 사문(師門)은 불투명하지만 최고라는 데 이의를 달 사람은 아무도 없어. 그런 사람을 끌어들이다니. 허허!"

'이 음성은!'

소고는 벌떡 일어섰다. 그리고 한달음에 달려나갔다.

공지장의 등에 업힌 청면살수.

살혼부의 전대 부주가 야심한 밤에 찾아온 손님이다.

살혼부주만 찾아온 게 아니다. 소천나찰, 비원살수, 미안공자……
살혼부를 움직였던 죽음의 손들이 모두 모였다.

두 다리가 잘린 비원살수는 청면살수처럼 미안공자의 등에 업혀 있었고 소천나찰은 산행이 힘들었는지 이마에 식은땀을 흘리고 있다. 의족에 몸을 지탱하고 산을 타기가 힘들었으리라.

아니다. 그것보다 야이간이 등을 돌렸다는 데 충격을 받아 심신이 상해서 땀을 흘리는 것일 게다.

"대형! 형님들!"

제일 반가운 사람은 적지인살이었다.

그는 맨발로 달려나와 청면살수의 몸을 만져 댔다.

"하하! 잘 있었는가?"

청면살수는 듣지 못하지만 느낌만으로도 자신을 만지는 사람이 적지인살이라는 걸 단번에 알아냈다.

"형님, 원로(遠路)에 노고가 많았습니다."

"자네, 혈색이 좋아졌는걸! 요즘 신수가 훤해진 것 같아."

"형님, 밤공기가 찹니다. 안으로 드시죠."

"하하! 소고야, 안색이 좋지 않구나. 살다 보면 별일을 다 겪는 거야. 그만한 일로 좌절하면 안 돼."

청면살수는 소고가 옆에 있다고 생각한 듯하다. 하지만 소고는 옆에 있지 않았다. 한달음에 달려나오기는 했지만 청면살수에게 달려갈 수 없었다.

소고의 눈길은 최대한 공경한 자세로 살혼부 고수들을 모시고 있는 종리추에게 고정되었다.

'고마워……'

그녀는 종리추의 마음을 알았다.

태연한 신색을 유지하고 있지만 묵월광 절반이 잘려 나간 소고의 충격은 예상외로 컸다. 안정된 기반 위에 사무령을 향해 달려가려던 그녀의 야심이 일순간에 물거품으로 변해 흔적없이 사라졌다는 충격이 더 컸으리라.

묵월광을 재건할 돈도 있고 살수도 있지만 어떤 명분으로 일어설 것인가. 구파일방이 등을 돌렸는데, 그들의 눈치를 보지 않고 살행을 할 수 있을까?

거의 불가능에 가까웠다.

그런 소고에게 백 마디 천 마디 위로를 한들 아무 소용이 없다. 오히려 소고의 자존심만 상처 내기 십상이다.

종리추는 아무 소리도 하지 않았다.

죽음의 계곡, 천음곡에서 일어난 일도 말하지 않았고 산불을 일으켜 목숨을 구한 것도 입도 뻥긋하지 않았다.

그는 될 수 있는 한 소고와 마주치지 않으려고 노력했다. 소고뿐만이 아니라 적사, 소여은과도 만나지 않으려고 애썼다. 지난 며칠 동안은 몰랐지만 지금에 와서 생각해 보니 그렇다.

종리추는 백 마디 말보다 한 가지 행동으로 최고의 위로를 해준다.

극단의 상황까지 치몰렸던 살혼부 살수들은 소고에게 커다란 용기를 주었다.

적사도 한달음에 뛰쳐나오기는 했지만 비원살수에게 달려가지는 못했다.

그는 살혼부 살수들의 등장이 반갑지만은 않았다.

사부이나 아버지와 다름없는 비원살수를 다시 만난 것은 반갑기 이를 데 없었지만 지금도 비원살수가 무림인의 협공을 받아 두 다리가 잘리던 광경을 생각하면 몸서리가 쳐지고 울분이 치솟는다.

사람의 정리로 생각하면 당연히 반가운 사람들이다. 하지만 그는 이미 무림에 몸을 담고 있고 살행을 하는 살수가 되었다. 무림의 판도,

무림의 정세도 생각하지 않을 수 없다.

'주도권이 넘어갔어. 소고에서 종리추에게. 종리추, 네놈은 간웅이 었던가? 내가 사람을 잘못 봤단 말인가?'

소고의 근원은 살혼부에 있다.

살혼부의 부주인 청면살수가 자신이 이룩했던 모든 것을 소고에게 물려주었고, 그럼으로써 오늘날의 묵월광이 탄생했다.

소고가 익힌 무공도 청면살수에게서 나왔다. 소고가 이룩한 기반도 청면살수의 전폭적인 지원이 없었다면 불가능하다. 자신은 물론 적각녀, 야이간, 종리추 모두 청면살수의 머리 속에서 구상되었고 실행된 작품들이다.

적사는 살혼부 살수들의 움직임에 신경이 쓰였다.

그들이 이곳에 머문다면 소고는 정통성을 잃게 된다. 살수에게, 그것도 묵월광과 살문에게만 적용되는 정통성이지만 살문이 이미 묵월광의 통제를 벗어난 지금 살혼부 살수들이 살문에 머문다면…….

'아니야, 잠시 들른 것뿐이야. 하지만 잠시 들르려고 그 먼 길을 왔단 말인가? 불편한 몸을 이끌고? 아니야, 계획된 거야. 사부님, 사숙님이 머문 곳에서 이곳까지 오려면 적어도 한 달은 걸리는데 한 달 전부터 움직였다면…….'

묵월광이 살문을 치기 전이다.

살문의 종적이 드러나기 전이다.

종리추는 혈영신마를 구하겠다고 작심한 순간부터 사람을 풀어 살혼부 살수들을 움직였다. 시기를 좀 더 정확히 말하면 혈영신마를 구해 도주할 때다.

살혼부 살수들은 잠시 들르려고 온 것이 아니다. 머물려고 온 것이다.

그때 묵월광이 살문을 칠 것이라 예측했고 야이간의 배반까지 짐작했다고 우긴다면 타당한 행동이 되지만.

'살혼부 살수들을 모신다? 기막힌 발상이군. 폐물이나 다름없는 사람들이니 누가 모셔도 상관없다? 아니야, 그렇지 않아. 소고는 살혼부에 등을 돌릴 수 없어. 이렇게 되면 살문이 본진이 되고 묵월광이 분타가 되는 격인데……'

적사는 음울한 눈으로 비원살수를 쳐다봤다.

사부는 어떤 생각에서 이곳까지 왔단 말인가.

소여은은 사뿐히 걸어가 미안공자의 손을 잡았다.

"잘… 있었… 느냐?"

미안공자의 음성이 가늘게 떨려 나왔다.

부엉이가 울부짖는 듯 탁하고 거센 음성이었다.

"어산적은 어때요?"

"그렇지 뭐."

"적수(賊首)가 누구예요?"

"응조비원(鷹爪飛猿)."

"뭐요? 응, 응조비원? 그 원숭이가 적수가 됐어요? 정말이에요?"

"그, 그래."

"호호! 어산적도 갈 데까지 다 갔군요, 응조비원이 적수가 되다니. 원숭이가 적수가 될 때까지 다른 사람들은 뭐 했대요?"

"응조비원이 보기에는 그래도 꾀가 많잖니."

"호호! 그건 그래요. 꾀 하나는 알아주는 사람이죠."

어산적의 지낭(智囊)은 응조비원이다.

명유마괴, 녹림마왕이 적수로 있을 적에는 한쪽 구석에 몸을 웅크리고 지낭 역할만 했다.

그는 능력을 철저하게 숨겼다. 그것만이 녹림마왕의 손에서 살아남을 수 있는 길이란 걸 잘 알고 있었기 때문이다.

―효웅 밑에 있으려면 능력을 숨겨라. 질시의 눈길을 받는 순간 목숨을 잃을 공산은 구 할이 넘는다. 반드시 죽는다고 봐도 좋다.

모두가 알고 있는 사실이지만 실제 행동으로 옮기기는 쉽지 않다.

일을 하면서 자신의 능력을 감추기란 여간 어려운 것이 아니니까. 나서야 할 곳과 나서지 말아야 할 곳, 제안을 해 사태를 타개하는 순간과 멍청이처럼 우두커니 있어야 할 순간을 잘 파악해야 하니까.

웅조비원은 녹림마왕이 암살을 당한 후 진면목을 드러냈다.

그는 지리멸렬한 어산족을 재규합했다.

자신이 총채주로 등극하지는 않았다. 자신은 소두목 중 한 명으로 남았고 총채주는 자신의 수족 중 한 명을 내세웠다.

그가 총채주로부터 적수 이양을 받은 것은 어산적이 녹림마왕 때처럼 기세를 드높인 다음이다.

그는 서둘지 않고 차근차근 어산적을 손아귀에 움켜쥐었다.

예상했던 일이다.

녹림마왕이 사라진 빈자리를 채울 사람은 많은 소두목들 가운데서 웅조비원이 가장 유력했다.

"힘드셨겠네요, 웅조비원 밑에 계셨으니."

"그렇지도 않아. 웅조비원은 쓸모있다고 생각하는 사람에게는 간이라도 빼주는 성격이잖니. 이 사부가 이래 봬도 아직 팔팔한단다. 그 까짓 해적 무리들에게 치일까."

미안공자의 음성이 많이 차분해졌다.

미안공자가 소여은에게 품고 있는 연정(戀情).

소여은도 자신을 향한 사부의 마음이 단순히 어른이 주는 은정(恩情)만이 아니란 걸 알고 있다. 사부는 문득문득 그녀를 여인으로 보았고 여인으로 대했다.

사내와 여인과의 관계를 어려서부터 알고 있는 그녀였기에 사부의 마음을 알아채는 것은 어렵지 않았다. 더군다나 미안공자에게 전수받은 것이 미인계이니.

중원에 들어설 때만 해도 그녀는 이런 상황을 어떻게 타개해야 할지 생각이 정리되지 않았었다.

'멀리 떨어지는 거야, 사내새끼들이란……'

미안공자가 사부로 보이지 않았다. 색을 탐하는, 마음속에 흑심을 품고 있는 이중인격자로만 보였다.

그녀는 자신이 생각한 대로 미안공자와 떨어져 홀가분한 인생을 살게 되었다. 그리고 삼 년이 지난 지금 더 많은 사내들을 알게 되고 죽이고 난 지금…… 그녀는 미안공자를 이해하게 되었다. 사부가 자신에게 연정을 품고 있지만 그것은 몸뚱이를 탐하는 육체적인 연정이 아니라 그녀의 모든 것을 사랑하고 있다는 것을.

물론 받아들일 수는 없다.

하지만 현명하게 타개할 수 있을 정도로 경험을 쌓았다.

소여은은 어산적에 대한 몇 마디 말로 사부와의 경계를 단단히 했다. 더불어 사부와 제자의 정리도 돈독히 했다.

나머지, 사부가 어떻게 행동하느냐는 오로지 사부의 몫이다.

사부의 행동 여하에 따라서 누구보다도 끈끈한 사제지간이 될 수도 있고 평생 얼굴을 보지 않는 경계의 대상이 될 수도 있겠지만.

일단 소여은은 제자로서 사부를 맞았고, 미안공자도 사부로서 소여은을 대했다.

◆第七十章◆
묵묵(默默)

적사의 우려는 기우(杞憂)에 그쳤다.

"주제넘은 말인지는 모르지만……."

종리추가 입을 열자 작은 움막에는 바늘 떨어지는 소리도 들릴 만큼 고요함에 휩싸였다.

"묵월광은 힘이 있습니다. 적각녀의……."

"백화현녀!"

소여은의 냉담한 말에 종리추는 빙긋 웃었다. 아무런 악의도 엿볼 수 없는 싱그러운 웃음이다. 그것은 가진 자, 있는 자가 누릴 수 있는 여유요, 특권이다.

"실수했소. 정정하죠. 백화현녀의 지모는 뛰어납니다. 적사의 무공은 단연 돋보이고. 이십팔숙도 큰 힘이 되죠."

"이십팔숙까지 알고 있다니!"

소고의 얼굴빛이 싸늘해졌다.

자신의 모든 것을 속속들이 알고 있는 것처럼 기분 나쁜 일이 또 있을까.

"새삼스러운 게 아니죠. 아마 구파일방에서도 이십팔숙을 알고 있을 겁니다. 야이간이 등을 돌렸고 구파일방이 동조했다면 그들도 위험에 빠졌다고 봐야 옳을 겁니다. 천 노인도 마찬가지."

"……."

모든 게 드러났다면 종리추 말이 백 번 맞다.

구파일방은 묵월광의 가지라고 할 수 있는 이십팔숙을 내버려 두지 않을 것이다. 또 야이간은 천 노인을 방치하지 않으리라. 그가 등을 돌린 원인이 천 노인의 재력에 있으므로.

어쩌면 지금쯤 벌써 이승을 하직한 사람도 있을 것이다.

소고는 힘이 쭉 빠졌다.

아무리 생각해도 야이간을 정확히 보지 않은 것이 실수다. 일이 벌어질 것을 예상했다면 마땅히 대응책을 세워놓았어야 하는데 아무런 방비 없이 뒤통수를 얻어맞은 것과 진배없으니.

"문제는 소고가 강하다는 겁니다."

종리추의 이어지는 말에 소고의 아미가 찌푸려졌다.

자신이 강한 게 문제라니?

다른 사람의 얼굴에도 의아함이 떠올랐다.

사무령을 꿈꾸는 소고다. 그녀는 강해질 수 있는 한 강해져야 한다. 그런데 종리추는 그것이 문제란다.

"총관."

"예."

종리추의 부름을 받자 벽리군이 일어서며 말했다.
　"묵월광은 하나의 힘으로 합쳐진 듯하지만 실상은 각기 다른 세력으로 나눠져 있죠. 적사는 적사대로, 백화현녀는 백화현녀대로, 소고는 소고대로. 전부 소고 때문입니다."
　소고의 안색이 새하얗게 변했다. 안면에는 기분 나쁘다는 표정이 역력했다.
　"소고가 강하니 소여은은 지시만 받습니다. 즉, 책사가 책사 역할을 못한다는 겁니다. 또 소고가 강하니 적사도 지시만 받습니다. 살수의 임무가 지시받은 것을 처리하는 것이지만, 신흥 문파의 경우에는 어느 정도 자율성이 보장되어야 합니다."
　모두들 침울한 표정을 지었다. 반면에 소고의 안색은 하얗다 못해 흑색으로 변했다.
　벽리군은 사람의 능력을 최대한 발휘시켜야 한다는 요지로 말을 하고 있지만, 내면에 숨은 뜻은 소고는 묵월광을 이끌 힘이 부족하다고 말하는 것과 다르지 않다.
　소고에게는 소여은을 압도할 만한 지략이 없다. 적사를 압도하는 무공도 없다. 거의 대등하다. 그렇기 때문에 묵월광은 성장을 하지 못하고 창건한 상태 그대로이다.
　이게 대놓고 면박을 주는 것과 무엇이 다른가.
　"저희 살문에서는 이런 현상을 경험 부족으로 보고 있습니다. 무공이 높고, 지혜가 뛰어난 사람이 있고, 활동하기에 넉넉한 돈이 있으면서도 크게 성장하지 못하는 이유. 경륜(經綸)이 짧기 때문입니다."
　'그럼 살문은? 종리추는 경륜이 많아서 당하지 않았다는 거야?!'
　소고는 아랫입술을 잘근 깨물었다.

그녀는 패자다.

이 자리에는 그녀를 지금의 위치까지 밀어 올려준 살혼부 살수들도 있다.

소고는 당장 뛰쳐나가고 싶은 충동을 간신히 억눌렀다.

"그래서 제일 먼저 생각한 것이 살혼부 선배님들이십니다. 단 여섯 명으로 살천문과 어깨를 당당히 했던 살혼부가 아닙니까. 살혼부 선배님들이 조언을 아끼지 않으신다면 묵월광은 거듭날 수 있다는 판단입니다."

벽리군이 말을 마치고 자리에 앉자 종리추가 말했다.

"이제… 어차피 묵월광과 살문은 다른 길을 가게 되었습니다. 묵월광은 묵월광의 길을, 살문은 살문의 길을. 여기서 한 가지만 약속드리죠."

"……."

수십 개의 눈길이 종리추에게 꽂혔다.

"묵월광이 있는 곳에 살문은 없습니다."

"……."

뜻밖의 말에 조용한 침묵이 흘렀다.

"문… 주, 지금 그 말, 어떻게 해석해야 되지?"

소고가 물었다.

그녀는 기어이 '문주'라는 말을 입 밖에 내고 말았다.

스스로 종리추를 수하가 아닌 일문의 문주로 인정한 셈이다. 이런 일은 살문을 무림인들에게 먹이로 던져 주는 순간부터 예정된 수순일 게다.

소고는 종리추에게 어떤 일도 요구할 수 없는 입장이다. 종리추가 그때 일을 트집 삼아 묵월광을 습격해도 할 말이 없다. 그리고 그런 일은 살수계에서는 비일비재하게 일어나기도 한다.

하극상(下剋上).

질서가 잡힌 무림에서는 일어날 수 없고 용납도 되지 않는 일이지만 살수계에서는 다반사로 일어난다.

철저한 강자존(强者存)의 세계.

암살, 독살, 음모가 늘 존재하는 세계.

살수라는 사람에게는 어떠한 동정이나 기대도 바라서는 안 된다. 하물며 살수 문파를 이끄는 문주라면 비정과 잔혹과 피의 신이 되어야 한다.

살수에게 약속이란 존재하지 않는다.

살수가 약속이란 말을 사용할 때는 청부를 받을 때뿐이다.

종리추는 약속을 한다고 했다. 묵월광이 있는 곳에 살문은 없다. 묵월광이 세를 넓히면 스스로 알아서 물러서겠다는 소리다. 묵월광과는 청부를 다투지 않겠다는 말이다.

이런 경우는 상대 문파를 완전히 흡수했을 때나 가능하다.

종리추가 무엇 때문에 이런 약속을 한단 말인가. 선대의 은원 때문에? 그런 이유를 붙이기에는 대가가 너무 크지 않은가.

"말 그대로입니다. 아버님은 대백(大伯)님께 세 번의 예(禮)를 갖췄습니다. 주군과 신하의 예, 대형과 동생의 예, 그리고…… 목숨을 공유하는 예."

"……"

청면살수가 고개를 끄덕였다.

안면 근육이 파르르 떨렸다.

공지장은 움막에서 나누는 대화를 빠른 필치로 써 나갔다. 청면살수의 배에.

그런 공지장의 입가도 실룩거리고 있었다.

"난 소고에게 주군과 신하의 예를 갖췄습니다. 대형과 동생의 예 대신에 살문을 주었습니다. 이제 마지막, 목숨을 맞바꿀 수 있을 만한 일은…… 현재 내가 소고에게 줄 수 있는 것 중 가장 큰 것은 양보입니다. 영원한 양보. 약속하지만, 내가 살아 있는 한 묵월광은 살문을 경계할 필요가 없습니다."

모든 게 명확해졌다.

적지인살이 고개를 숙이며 굵은 눈물을 떨궜다.

아들……. 소고의 수하로 키운 아들. 소고를 위해 목숨을 던지게끔 키운 아들.

아들이 기어이 아비의 눈에서 눈물을 흘리게 만들었다.

날이 밝자 묵월광 살수들은 떠날 준비를 했다.

준비라고 해봐야 사령 살수들은 병기만 들면 고작이고 화령 살수들도 화장을 하고 옷매무새를 매만지는 정도가 고작이었다.

살문 살수들은 보이지 않았다.

그들이 뚫고 나갈 길을 다시 한 번 점검하기 위해 새벽 일찍 나간 것이다.

그럴 필요까지는 없지만 종리추는 그렇게 했다.

살문 살수들이 돌아오면, 그리고 길이 안전하다는 보고를 하면 묵월광은 떠난다.

살혼부 살수들은 오랜만에 만나서 그런지 긴긴 밤을 뜬눈으로 지새

왔다.

지난 회포를 풀기에 한낮과 한밤은 너무 짧았다.

모두들 긴장 반, 설레임 반으로 살문 살수들을 기다리고 있을 때 종리추에게 뜻밖의 손님이 찾아왔다.

적사였다.

종리추와 만난 후에도 가볍게 눈인사만 했을 뿐 별다른 이야기를 주고받은 적이 없는 적사다. 묵월광에 있을 적에도 서로의 존재만 알고 있었지 이야기를 나눈 기억은 없다.

그가 찾아왔다.

지도를 들여다보며 무언가를 열심히 말하던 벽리군이 재빨리 몸을 일으키며 지도를 접었다. 그리고 화덕이 있는 곳으로 가 찻물을 올려 놓았다.

적사는 벽리군을 힐끔 쳐다본 후 종리추에게 말했다.

"무림인들이 모여들고 있는데…… 괜찮겠지?"

"……."

종리추는 적사의 얼굴을 빤히 쳐다보았다.

웃음기가 없는 딱딱하게 굳은 얼굴. 눈은 차분하게 가라앉아 있고 턱 주변으로는 거칠게 자란 수염이 가시처럼 삐져 나와 있다.

'진심이군. 편하게 말하고 있어.'

종리추는 적사의 마음을 읽었다.

그는 종리추를 친구로 생각하기 시작했다. 삼이도에서는 거들떠볼 필요도 없는 사내였다. 묵월광에서는 기이한 사내였다. 지금은 친구다. 적사에게 종리추는 경쟁자나 무공으로 제압해야 할 상대가 아니라 친구가 되었다.

종리추도 마음을 풀고 말을 꺼냈다.
"훗! 걱정 마. 대비책이 서 있으니까. 팔부령에서 살문을 몰아내려면 대가를 크게 치러야 할 거야."
"안심이군."
적사는 더 묻지도 않고 등을 돌렸다.
무뚝뚝한 적사가 베풀 수 있는 최고의 호의는 여기까지였다.
종리추가 돌아서는 적사의 등 뒤에다 물었다.
"나도 하나 물어보지. 소고야, 적각녀야?"
"……!"
"자네 같은 사람이 묵월광을 떠나지 못하는 이유가 뭘까? 곰곰이 생각해 봤지, 묵월광만 벗어나면 일문의 종주(宗主)가 될 만한 무공을 지니고도 벗어나지 못하는 이유가 뭘까 하고."
"……."
적사가 다시 몸을 돌려세웠다.
"어느 쪽이야?"
"적각녀."
"……?"
"왜?"
"조금 뜻밖이라서."
적사가 뚜벅뚜벅 걸어와 탁자 맞은편에 앉았다.
"그래?"
"소고와 적각녀는 성격이 판이하게 다르지. 적각녀는 온유하나 독가시를 품고 있어. 소고는 고슴도치처럼 비늘을 곤두세우고 있지만 속은 무르지. 정반대야. 그중에 적각녀라. 하하!"

벽리군이 향긋하게 다려진 차를 두 사람에게 내놨다.
"마셔보게. 총관이 끓여주는 차는 일품이야. 이런 차 맛은 쉽게 맛볼 수 없어."
적사는 찻잔을 들어 냉수 마시듯 후루룩 마셔 버렸다.
마시기 적당하게 데웠다고는 해도 한 번에 마시기에는 어지간히 뜨거웠을 텐데 적사는 인상조차 찡그리지 않았다.

살문 살수들이 돌아오기 시작했다.
두터운 털옷으로 몸을 감싼 살문 살수들은 일정한 시간 간격을 두고 한 명 두 명 돌아왔다.
그들이 돌아와 종리추의 움막으로 들어갈 때마다 묵월광 살수들은 긴장으로 신경을 곤두세웠다.
혈혈단신으로 천군만마를 뚫고 나가는 기분 같았다.
팔부령을 에워싸고 있는 무림군웅들에게 발각이라도 되는 날에는 죽음을 피할 수 없다. 이번에는 저번과 같은 요행도 없을 것이다.
종리추의 움막에서 벽리군이 나오더니 소고의 거처로 다가왔다.
"준비가 되셨답니다."
소고는 적사와 소여은을 쳐다봤다.
말없는 움직임이 눈빛을 통해 오고 갔다.

종리추와 적지인살, 그리고 용금화라는 이름을 가진 노인과 삼현웅이라는 기인, 여인들……. 팔부령에 남은 사람들이 지켜보는 가운데 살문 살수와 묵월광 살수들은 발길을 옮겼다.
묵월광 살수만 스물두 명, 거동이 불편한 살혼부 살수가 다섯 명.

서른 명에 가까운 인원이 흔적을 남기지 않고 이동하기란 여간 어렵지 않다. 더군다나 팔부령에는 눈이 수북이 쌓여 있어 걸음마다 깊은 족적(足跡)을 새겨놓는다.

묵월광 살수들은 지하 통로를 생각했다.

천음곡에서 살문 거처로 구사일생(九死一生) 도주할 때 지하 통로를 이용했지 않은가.

혈영신마와 각법의 달인 모진아가 앞장섰다.

두 사람은 옆집 마실이라도 가는 듯 여유있게 뒷짐을 지고 가벼운 담소를 나누었다.

두 사람은 비무를 할 때는 같은 하늘을 이고 살 수 없다는 듯이 매서웠지만 비무가 끝난 후부터는 친형제 간처럼 붙어 다녔다.

묵월광 살수들은 두 사람의 뒤를 쫓았다.

묵월광 살수들 뒤에 또 따라붙는 사람들이 있다.

눈에 보이지는 않지만 살문 살수들이 기척도 없이 따라붙고 있다.

그들은 팔부령을 손바닥 들여다보듯이 알고 있다. 거처를 정한 곳이니 당연하다 싶겠지만 소고와 적사, 소여은 같은 고수들의 이목까지 속일 정도로 은밀하게 뒤를 밟으려면 그저 아는 정도로는 부족하다. 팔부령에서 태어나 자란 사람만이 그럴 수 있다.

소고는 다시 한 번 살문의 힘을 느꼈다.

야이간이 등을 돌리지 않았어도, 무림인들이 개입하지 않았어도, 원래 목적대로 살문을 공격했다면 낭패를 당할 사람은 묵월광 살수들이다.

살문 살수들은 미색에 동요하지 않는다. 화령 살수들이 소용없다는 뜻이다. 야이간이 거느렸던 조령 살수들쯤은 거침없이 베어넘겼을 게고, 그나마 버틸 수 있는 사람들이 사령 살수들인데 그들도 오래 버티지는 못했으리라.
　숨을 곳이 많은 곳에서 숨어서 공격하는 사람을 당할 도리는 없다.
　힘들어도 굉장히 힘든 싸움이 됐을 게다.
　혈영신마와 모진아는 굉장히 천천히 걸었다.
　일행 중 가장 발걸음이 더딘 사람은 화령 살수들인데, 그녀들조차도 답답함을 느낄 정도였다.
　길을 사전 점검할 정도로 주의를 기울였던 것과 불의의 사태가 벌어졌을 경우 행동해야 할 치밀한 계획과 비교하면 정말 이해하지 못할 움직임이다.
　종리추는 무림인과 부딪치게 되면 무작정 도주해야 한다고 했다. 산 하나 정도는 숨도 쉬지 않고 넘어야 한다고 강조에 강조를 거듭했다. 뒤에서 무슨 일이 벌어지든 상관하지 말고 갈 길을 가라고.
　화령 살수들을 염려하기도 했다. 그래서 사령 살수들과 짝을 이뤄놓기도 했다. 일이 벌어지면 사령 살수는 예정된 화령 살수를 등에 업고 혈영신마와 모진아가 이끄는 길로 냅다 뛰어야 한다.
　화령 살수들에 살혼부 살수들까지 도주에 관한 모든 책임이 사령 살수들에게 넘겨졌다.
　움막을 떠나는 순간 묵월광 살수들의 긴장은 도를 넘었다.
　눈에 핏발이 곤두서고 신경이 예민해졌다.
　그런데 여유만만하게 담소를 나누며 길을 가다니…….
　길이 끊어졌다.
　혈영신마와 모진아는 좁은 산길을 버리고 산줄기를 타기 시작했다.
　말이 산줄기지 절벽이나 다름없다. 겨우내 내린 눈은 얼음처럼 굳어 있어 조금만 주의가 흐트러지면 주르륵 미끄러진다.

사령 살수들은 화령 살수들의 손을 움켜잡고, 혹은 아예 등에 업고 산줄기를 기어올랐다.

이번에는 더딘 산행이 도움이 되었다.

낯선 산길에 극악의 조건을 만났는데 속도까지 낸다면 참으로 고된 산행이었을 게다.

혈영신마와 모진아는 문득문득 걸음을 멈추고 산세를 둘러보았다.

무공을 모르는 일반 사람들이 그런다면 숨이 가빠 잠시 쉬는 것으로 생각했으리라.

산 정상 부근에 이르렀을 즈음,

'음? 이건…… 피비린내닷!'

혈영신마와 모진아의 등 뒤를 바짝 쫓던 적사는 긴장을 하며 진기를 끌어올렸다.

뒤따라오는 살수들의 눈빛도 예사롭지 않게 빛났다.

그들도 바람결에 풍겨오는 피비린내를 맡은 것이다.

가장 후미에서 따라오는 소고와 소여은도 병기를 움켜잡고 주위를 두리번거렸다.

무감각한 사람은 혈영신마와 모진아다.

그들은 코가 마비된 사람처럼 덤덤히 걸었다.

그러나…… 걸음을 옮길수록 피비린내는 더욱 강하게 풍겨왔다.

혈 향(血香)의 근원은 오래지 않아 찾아냈다.

널찍한 바위 뒤에 머리를 처박고 다리는 바위 위에 걸쳐 물구나무를 선 모양세로 죽어 있는 무인.

무인의 머리는 반이나 갈라졌고 복부도 절반이나 갈라져 창자가 삐져 나와 있다.
"이자는!"
적사는 죽은 무인을 알아봤다.
하남성에서 파천권(破天拳)으로 유명한 파천신군(破天神君) 우준도(于俊道)다.
주먹을 보면 파천신군임이 틀림없다. 돌덩이처럼 투박하고 거칠며 크기도 어린아이 머리만한 주먹을 가진 사람은 파천신군밖에 없다.
그는 낭인(浪人)으로 출발해 무림세가를 일으킨 몇 안 되는 사람 중 한 명이다.
하릴없는 사람이 낭인들의 입신양명(立身揚名)에 대해 조사한 것이 있는데, 그에 따르면 낭인들 중 무림인으로 명성을 얻어 일가(一家)를 세우는 사람은 천 명 중 한 명이 안 된다고 한다.
절반은 비무 중 죽고 절반은 뜻을 접고 병기를 버린다. 병기를 버린 사람들 중 대부분이 파락호(破落戶)로 전락하여 제명에 죽지 못하지만.
하기는 이름이 드높은 무림인이라 할지라도 한 치 앞을 내다볼 수 없는 곳이 무림인데 하물며 무공을 입증하려는 사람들이야 어련하랴.
한데 수많은 싸움에서 승승장구하던 파천신군 우준도가 사람 발길이 끊긴 팔부령 한구석에서 죽다니.
문득 의문이 생겼다.
우준도가 왜 여기에 있었을까?
적사는 널찍한 바위 위에 올라 산 아래를 내려다봤다.
환히 보였다. 워낙 숲이 우거진 곳이라 세세하게 볼 수는 없지만 산의 정경이 한눈에 들어왔다. 더군다나 산길이라고 할 수 있는 소로는 누렷하게 보였다.

우준도는 감시하기에 더없이 적합한 요처를 차지했다.

파천신군 우준도는 명망이 있는 사람이다. 매서운 겨울 찬바람을 맞으면서 길목이나 감시할 사람은 아니다. 그는 명령을 내리는 사람 축에 속하지 명령을 받는 사람 쪽은 아닌 것이다.

파천신군이 명망을 버리고 겨울 긴긴 밤을 산정에서 보냈다는 것은 구파일방이 살문을 얼마나 비중있게 생각하는지 여실히 말해 준다.

살문이 살천문의 공격에서 살아남은 것은 큰 충격이다. 사실 그 싸움은 살천문이 전면에 나섰지만 개방과 공동파의 연수합격이라는 편이 옳다.

두 번째, 살문은 묵월광을 구했다.

단지 구했다는 사실보다도 무림군웅들로 하여금 어쩔 수 없이 물러서게 만들었던 치밀한 안배가 두려웠을 게다. 팔부령 넓디넓은 산중에서 하필이면 천음곡에 안배를 풀어놨다는 것은…….

'살문 살수야. 이들이 앞서 나가면서 경계 무인들을 제거하고 있어. 그래서 천천히 가는 거야. 그래서…….'

모두들 다급한 심정에 비해 너무도 느린 행보에 답답함을 느끼던 차였다.

지금은 아무도 그런 생각을 하지 않는다. 파천신군의 시신을 보고도 그런 생각을 하는 사람이 있다면 우매하기 이를 데 없는 자다.

우매한 자는 살수가 될 수 없다.

쥐새끼처럼 약삭빠르고 간사한 자는 살수가 될 수 있어도 황소처럼 우직한 자는 살수가 될 수 없다. 될 수는 있을 것이다. 빨리 죽어서 탈이지.

묵월광 살수들은 무공의 높낮이는 있어도 우매하지는 않다. 무공이

낮은 화령 살수들도 사람 마음을 읽어야 하는 살행에 성공하는 만큼 우매하지는 않다.

'비명도 듣지 못했는데 언제······.'

파천신군의 상흔(傷痕)에서는 뜨거운 피가 흘러나와 눈밭을 적시고 있다.

죽은 지 얼마 되지 않은 시신이다.

묵월광 살수들은 천천히, 아주 천천히 행보를 한 만큼 웬만한 소리는 다 들을 수 있었는데, 특히 사람이 비명을 지르는 소리는 놓치지 않을 텐데 전혀 듣지 못했다.

그것은 두 가지 사실을 말해 준다.

파천신군은 비명도 지르지 못하고 죽었다. 또 파천신군을 죽인 자는 그야말로 감쪽같이 죽였다. 그를 죽인 자는 살수로서 최고의 능력을 가진 자다.

'누가 죽였을까? 혈영신마와 모진아는 여기 있는데······ 몇 명 안 되는 살문이지만 특급살수들만 모여 있군. 옛날 살혼부처럼.'

혈영신마와 모진아가 발걸음을 멈췄다.

두 사람은 조그만 바위에 엉덩이를 걸치고 앉아 산 아래를 굽어보았다. 마치 유람이라도 나온 사람들처럼.

우두커니 앉아 찬바람 맞기를 얼마간, 혈영신마와 모진아가 다시 움직였다.

'새소리! 새소리야!'

소고는 두 사람이 어떤 신호에 따라 움직이는지 알아냈다.

"짹! 째짹! 짹!"

얼핏 들으면 산새소리로 흘려 버릴 수 있는 작은 소리다.

혈영신마와 모진이는 잡담을 나누는 듯이 보였지만 실상은 두 귀를 쫑긋 세우고 신호를 기다렸던 것이다.

'앞에서 길을 뚫고 있어. 그냥 따라오는 줄 알았는데 언제 앞서 가서 길을 뚫고 있단 말인가?'

살문은 알면 알수록 신비스러웠다.

그럴 수밖에 없는 것이 살문을 떠나올 때부터 감지했던 그림자들은 여전히 따라붙고 있다. 그들의 숫자는 대략 십여 명에 달하는데, 그 정도라면 살문 살수들 전부가 아니겠는가.

길을 뚫을 사람이 없는데 분명히 길을 뚫고 있다.

생각은 옳았다.

묵월광 살수들은 오래가지 않아 또 다른 시신을 발견했다. 그리고 얼마 가지 않아 또 다른 시신도.

팔부령은 무인으로 가득했다.

그럴 수밖에 없다.

살문이 팔부령에 있다는 사실은 확실하지만 어느 곳에 있는지 정확한 위치를 아는 사람이 없다.

팔부령을 이 잡듯이 뒤지면 알아내지 못할 리도 없지만 그러자면 적어도 두어 달은 지나야 하리라.

살문을 치기 위해 무림인이 할 수 있는 일이라고는 팔부령 곳곳에 밝은 눈을 심어놓아 사람이 눈에 띄기를 기다리는 수밖에 없다. 한편으로는 수색을 하면서.

산을 조망할 수 있는 곳이면 어김없이 고수들이 자리했다. 물론 죽은 시신으로.

이상한 것은 그들 간의 간격이 그리 넓지 않고, 또 서로의 모습을 지켜볼 수 있을 만한 곳인데 한결같이 속수무책으로 당했다는 점이다.

앞서 죽은 사람을 보지 못한 게 틀림없다.

다투는 소리는 물론 죽는 모습도 보지 못했다. 그렇기에 뒤에 남은 사람들도 힘없이 거꾸러지고 있다.

'엄청난 살수야. 이런 자가 내 목숨을 노린다면…… 당할지도 몰라. 아니, 당하게 될 거야.'

놀람이 아니라 공포였다.

소고, 적사, 소여은은 서로를 쳐다보며 할 말을 잃었다.

무공이라면 누구에게도 양보하지 않을 만큼 극한의 수련을 거친 사령 살수들도 큰 한숨만 내쉬었다.

암습에 당한 사람을 보면 무림인들은 방심을 탓하며 경계심을 북돋지만 살수들은 상대 살수의 입장으로 돌아가 살인 방법을 관찰하게 된다.

절정고수를 소리도 지르지 못하게.

고수들이 주위에 눈에 불을 켜고 있는데 눈치 채지 못하도록 감쪽같이.

정말 어렵다.

고수들을 죽인 살수는 누구인가. 누구이기에 이런 살행을 할 수 있단 말인가. 혈영신마와 모진아만 해도 상대하기 벅찬데, 그만한 고수가 또 있었단 말인가. 누구인가. 얼굴이라도 봤으면.

감탄이 절로 새어 나왔다.

살문은 몇 사람밖에 되지 않지만 묵월광조차도 어쩔 수 없는 강한 살수 문파다.

옛날 살혼부가 그랬듯이.

옥진 도인, 무불신개.

현재 팔부령에 모인 고수들 중 최고 배분인 두 사람은 어처구니가 없다 못해 웃음이 새어 나왔다.

눈이 많이 쌓인 곳이라 산불은 곧 진화되었다.

처음부터 기름을 먹이지 않았다면 그렇게 크게 일어날 산불도 아니었다.

"말은 들었지만 굉장히 약은 놈이오."

"그러나저러나 묵월광과 살문이 만났으니……."

"제 수명만 더 빨리 단축시킬 뿐입니다."

두 고인은 팔부령을 에워싸고 있을 뿐 적극적인 행동은 취하지 않았다.

그들의 소임은 팔부령에 틀어박힌 살수들을 움직이지 못하게 만드는 데 있다.

　그들은 서둘 필요가 없다.

　묵월광 살수들을 놓쳤고 개방의 타구진이 뭇 군웅들이 지켜보는 앞에서 망신을 당했지만 그 정도로 이성을 잃을 두 사람이 아니었다. 그러면 그럴수록 두 사람의 이성은 더욱 맑고 투명해졌다.

　'놈들이 어디 숨었는지 파악하는 게 급선무.'

　'무작정 뒤지다가는 애꿎은 피해만 늘어날 뿐.'

　두 사람의 생각은 똑같았다.

　그런 면에서는 곤륜파에서 왔다는 현무길이라는 자도 도움이 되지 못했다. 그는 묵월광 살수들에 대해서는 잘 알고 있었지만 살문에 대해서는 도움이 될 만한 정보를 가지고 있지 않았다.

　살문의 문주가 종리추라는 것 외에는 아무것도 아는 게 없었다. 살문 살수들이 몇 명이나 되는지, 어디에 숨어 있는지…….

　'고수들이 도착할 때까지 서두르면 안 돼.'

　무불신개는 팔부령에 모인 개방 문도 삼백여 명을 모두 풀어 탐문에 주력했다.

　팔부령에서 생계를 유지하는 사람은 모두 만나보도록 지시했다.

　약초를 캐는 사람, 화전을 일구는 사람, 사냥을 하는 엽사들……. 한 뼘이라도 팔부령을 밟아본 사람들이라면 빠짐없이 만나서 정보를 얻으라고 지시했다.

　팔부령을 알 수 있을 만큼 많은 정보를 수집해 놓은 상태였지만 더욱 구체적인 정보가 필요했다.

　살문의 소재를 파악하기 위해서는.

　어차피 구파일방에서 파견한 고수들이 도착할 때까지는 하루 이틀

정도 시간이 있으니까.

'어디서부터 일이 잘못된 것일까?'
옥진 도인은 머리 속에 깃들기 시작한 어두운 그림자를 떼어내지 못했다.
무림은 은근히, 축축하게 가랑비에 옷이 젖는 격으로 조금씩 혈풍(血風)에 잠겨들고 있다.
분명히 혈풍이 불고 있다.
중원에 암약하는 살수 집단들이야 상대가 되지 않으니 신경 쓸 것도 없다. 그들은 콧김만으로도 천 리 밖으로 날려 버릴 수 있는 미미한 존재다.
살혼부, 살천문, 살문, 묵월광…….
그들이 정(正)을 표방하며 무림문파를 세웠다면 무림 일각을 차지할 수도 있는 노릇이었으나 살수 문파를 선택하면서 스스로 하찮은 미물로 전락했다.
하찮은 미물……. 지렁이처럼 언제든 밟아 죽일 수 있는 미물.
그런 미물 때문에 중원이 술렁이고 있다.
묵월광의 숨통을 자르지 못했고 살문의 소재는 파악조차 못하고 있다. 더욱이 다 잡은 혈영신마를 놓치는 우(愚)를 범했으니. 십망까지 선포한 혈영신마인데…….
구파일방은 무슨 일이 있더라도 팔부령으로 잠적한 살수들을 모두 죽여야 한다.
그런데 무불신개는 종리추가 제 무덤을 팠다고 하지만…….
옥진 도인은 종리추가 어떤 사내인지 조금은 알 것 같았다. 혈영신마와 묵월광 살수들을 구출하는 과정을 보면, 그는 철저히 싸움을 피하고 있다.

무공은 모르지만 머리 하나는 기가 막히게 뛰어난 자다.

그런 자가 숨통을 조여오는데 가만히 앉아 있을 리 있겠는가.

옥진 도인은 구파일방 장문인들이 어떤 행동을 취할지 짐작하고 있다. 개방 장로인 무불신개도 짐작하고 있을 터이고 예측은 빗나가지 않으리라.

다른 때 같으면 틀림없이 그렇게 한다.

하지만 이번은 조금 다르다. 십망을 선포받은 혈영신마가 살문과 같이 있다. 전대에 십망을 받아 죽은 혈암검귀의 무공을 익힌 소고가 팔부령에 있다. 살문에.

장문인들이 어떤 선택을 할 것인가.

분명한 것은 살문은 팔부령에서 반드시 제거해야 하고 그 책임이 자신에게 지워져 있다는 사실이다.

무불신개는 살문의 소재를 파악하기로 했다. 그동안 화산파는 군웅들을 지휘하여 팔부령을 에워싸는 역할을 맡았다.

'한 명도 빠져나가게 해서는 안 돼. 한 명도…….'

그런데 자꾸만 불안감이 스멀스멀 피어오른다.

천여 명에 이르는 군웅이 운집해 있지만 그 정도의 인원으로도 팔부령을 에워싸기는 너무 부족해 보였다.

그날 저녁, 소림 무승(武僧)이 노인 한 명과 함께 마을로 들어섰다.

"아미타불! 옥진 도장을 뵈옵니다."

이제 갓 약관을 벗어났을까 말까 한 소림 무승은 패기가 가득했다.

'장문인들은 문도를 파견하지 않아.'

십망을 발표했을 때와는 전혀 다른 대응이다.

구파일방은 비공식적인 대응책을 취하기로 작정했다. 그러면서도 어깨는 훨씬 무겁다.

십망을 발표했을 때는 전 무림군웅들이 모여들었지만 지금은 아니다. 여기 모인 군웅들은 혈영신마를 구해간 종리추가 팔부령에 은거해 있다는 소식을 전해 듣고 자진해서 온 사람들이다.

"방장께서는 안녕하신가?"

"네, 염려해 주신 덕분에 안녕하십니다."

"같이 온 분은 뉘신가?"

그때까지도 소림 무승과 같이 온 노인은 인사조차 하지 않고 멀거니 팔부령만 바라보고 있었다.

"현운자(玄雲子)라고 하십니다."

"혀, 현운자!"

옥진 도장은 깜짝 놀라 황급히 몸을 일으켰다.

노인의 몰골은 추레했다. 몇십 년 동안 옷 한 벌 가지고 버텼는지 누덕누덕 기운 옷 모양새가 개방 걸개와 다름없었다. 하얗게 센 머리는 헝클어지고 다듬지도 않아 수세미처럼 거칠었다.

"옥진이라 합니다. 존명(尊名)은 오래전부터……."

"방을 줘."

노인은 옥진 도장에게는 고개조차 돌리지 않고 말했다.

"……?"

"아무도 근접하지 않는 조용한 방을 달란 말야! 젊은 놈이 귀까지 먹었나."

옥진 도장은 환갑이 넘은 고령이다. 무림에서는 초절정고수의 반열에 들어 어디를 가나 예우를 받는다.

그런 옥진 도장도 초라한 모습의 노인에게 대꾸 한마디 하지 못했다. 좀처럼 듣지 못하던 비어(卑語)를 들어도.

옥진 도장은 사문에 입문할 때부터 현운자의 소문을 들었다.

"도호(道號)를 쓰는데 도문(道門)은 아냐. 사람이 하도 기이해서 도호를 써주는 거지."

"무공이 높은가?"

"전혀. 무공은 전혀 모른대. 하지만 무림인치고 현운자를 무시하는 사람은 없어. 한번 밉보이면 골치깨나 아프거든. 힘으로 밀어붙였다가는 봉문(封門)까지 각오해야 할걸? 아마도 기관진학에서는 당대 제일일 거야."

현운자에 대한 소문은 지금도 무성하다.

현운자의 나이는 들리는 말로는 백수를 넘겼다고도 하는데 어느 정도 신빙성이 있다. 옥진 도장이 현운자에 대한 소문을 듣기 시작할 때가 무려 오십 년 전이고 현운자는 벌써 무림이라는 하늘에 뜬 별이었으니.

정확한 나이는 알 수 없지만 백 살 가까이 된 것만은 틀림없다.

현운자는 정정해 보였다.

카랑카랑한 성격만큼이나 거침없이 살아온 인생이 그의 모습 곳곳에서 비쳐졌다.

"알겠습니다. 바로 조용한 집을 마련하겠습니다."

"지도."

"예?"

"팔부령 지도 말야! 넌 꼭 두 번씩 말해야 알아듣냐!"

"아! 예……."

"여기 거지 놈들이 득실거리던데……."

"정보를 수집한 것이 꽤……."

"쓸데없어! 그깟 놈들이 무슨 재주로 정보를 수집해! 기껏해야 빌어먹는 놈들이. 그놈들이 수집했다는 정보 따위는 필요없고, 사람이나 데려와."

"예?"

"팔부령 인근에 사는 주민들 말야!"

노인의 음성이 나이답지 않게 쩌렁쩌렁했다.

옥진 도장은 마치 어린아이나 된 듯한 기분이 들었다. 그가 이토록 질타를 당한 기억은 아주 오래된다. 하지만 기분이 나쁘지는 않았다. 마음속에 그늘졌던 불안감도 씻은 듯이 가셨다.

'됐어! 현운자가 도와주면…….'

그가 현운자를 직접 본 것은 이번이 처음이다. 얼마 전까지는 현운자라는 사람이 어떻게 생겼는지도 알지 못했고, 하도 오래전 일이라 현운자라는 이름을 떠올릴 생각도 하지 못했다.

그가 와주니 천군만마(千軍萬馬)를 얻은 기분이다.

소림은 어떻게 이런 사람과 인연이 닿아 있었을까. 하기는……. 숱한 문파가 명멸(明滅)하는 무림, 그중에서도 넘볼 수 없는 성을 쌓은 구파일방, 또 그중에서도 태산북두의 위치를 차지한다는 게 쉬운 일은 아니지.

옥진 도장은 부지런히 움직였다.

무불신개 역시 옥진 도장과 마찬가지로 어린아이 취급을 받았다.

"야, 거지! 여기 차 좀 더 가져와!"

"예? 예……"

무불신개는 무림 대방파 개방의 장로가 아니라 한낱 시동(侍童)에 불과했다.

"날이 어두워졌잖아! 불 안 켜! 대가리에 똥만 들었나. 생각 좀 해라, 생각 좀!"

"예, 예……"

시동이 되기는 옥진 도장도 같았다.

두 고수는 궂은일을 마다하지 않았다. 문도를 시키지도 않았다. 현운자의 곁에서 입을 꾹 다물고 묵묵히 시키는 일을 했다.

두 고수가 본 현운자는 백수 노인이 아니었다.

생긴 모습으로 추측한다면 술을 마시며 거나하게 늘어져 있어야 한다. 하지만 현운자는 차를 마시며 정신을 맑게 가다듬었다.

팔부령 인근 주민들을 만나 정보를 얻을 때, 지도를 들여다볼 때, 무엇인가를 고민할 때…… 그는 노인이 아니라 혈기가 가득 찬 청년이었다. 눈빛이 살아서 번뜩였고 전신에서는 긴장이 넘쳐흘렀다.

긴 밤을 꼬박 밝히고 아침 동녘이 틀 무렵 현운자가 지도 한구석을 쳐다보며 말했다.

"이곳이군. 이곳이 틀림없어. 울창한 원시림하며, 급경사, 좁은 협곡…… 천우진(天雨陣)을 펼치기에 아주 이상적인 곳이야."

옥진 도인과 무불신개는 호기심을 이기지 못해 고개를 기웃거렸다.

팔부령이 세밀하게 그려진 지도.

묵묵(默默) 119

그중에 현운자가 어디를 말하고 있는 것인지 알 도리는 없었다. 현운자는 지도 전체를 쳐다보고 있었으니까.

"야, 거지! 산불이 어디서 일어났다고 했지?"

무불신개가 생각할 필요도 없다는 듯이 한 점을 짚었다.

뱀처럼 길고 가느다랗게 그려진 협곡, 높이 솟은 산. 수십 번도 더 쳐다본 지도다. 산불이 일어난 지점은 보고 또 봤다. 이제는 지도를 보지 않고도 머리 속에 그려질 정도다.

현운자가 무불신개를 흘깃 쳐다봤다.

"왜 그러시는지……?"

"네놈, 관상을 좀 봤다. 명줄이 얼마나 긴지."

"……?"

"종리추란 놈, 멍청한 놈이군. 나 같으면 여기서 아예 몰살을 시켜버렸을 텐데."

"……!"

"아직도 모르겠냐, 거지야? 여기서 산불이 일어났으면……."

현운자가 산불이 일어난 곳을 손가락으로 짚었다.

꼬챙이처럼 뼈만 남은 손가락이다.

"산맥이 이렇게 흘러."

뼈만 남은 손가락이 산의 지형을 따라 움직였다.

"협곡을 에워싸고……."

손가락이 협곡의 위로 아래로 둥글게 호선을 그렸다.

무림군웅들이 묵월광 살수를 화살로 죽이던 곳이다. 그 뒤로 산맥이 흐른다. 산불이 일어난 곳에서. 하기는 협곡이니 당연하겠지만……. 지금까지는 무심히 봐왔다.

"한겨울에 일어난 산불. 기름을 먹였다는 건데…… 조금만 더 손을 봤으면 도망갈 구멍을 남기지 않을 수 있지. 아냐, 산불이란 놈은 인간이 제어할 수 있는 놈이 아냐. 그런데 산불이 여기서 일어나서 여기서 그쳤다고?"

현운자가 지도 한 점을 짚자 무불신개는 무의식 중에 고개를 끄덕였다.

"멍청아, 아직도 모르겠냐? 이렇게 번지던 산불이 어떻게 여기서 그치냐? 가서 다시 한 번 잘 살펴봐. 벌목을 해놨을 거야. 틀림없이 산불이 더 번지지 못하게 벌목을 해놨을 거야. 이런 방법은 화공(火攻) 중에서도 아주 어려운 것으로 천화둔(天火遁)이라는 화공법이지."

옥진 도인과 무불신개는 꿀 먹은 벙어리가 되었다.

천안통(天眼通)이라는 것이 있다.

삼라만상의 이치를 깨우치면 앉아서 천리를 볼 수 있다고 한다.

현운자는 앉아서 천리를 보고 있다. 협곡에서 무슨 일이 일어났는지 소상하게 알아내고 있다.

"하늘의 불이 순식간에 모습을 감춰 버리는 거야. 그게 천화둔이지. 천우진과 천화둔이라…… 삼현옹! 삼현옹이 있었군. 코흘리개 어린아이가 제법 많이 컸어. 하하하핫!"

현운자는 무엇이 그리 통쾌한지 하늘이 떠나가라 웃어 젖혔다.

옥진 도인과 무불신개는 현운자의 말을 절반은 알아듣고 절반은 알아듣지 못했다. 알아들은 것 중에 하나는 협곡에서 일어난 산불은 아무나 불 지른다고 되는 것이 아닌, 고도의 기술인 화공이었다는 것이다. 또 그런 짓을 한 사람이 삼현옹이라는 것도.

'삼현옹!'

옥진 도인과 무불신개는 현운자를 만났을 때만큼이나 크게 놀랐다.

현 무림에 기관진학의 대가(大家)라면 단연 천기신군(千機神君) 호종악(浩鍾岳)이다.

무림에 설치된 기관진학은 모두 그의 손에서 나왔다고 해도 과언이 아니다. 직접 그가 설치한 기관은 아닐지라도 그의 일문에 비전되어 온 기관진학인 것만은 틀림없다. 무림에서 활약하는 학인(學人)들 대부분이 그에게서 기관진학을 배웠기 때문이다.

그는 외경의 대상이던 기관진학을 속세에 퍼뜨린 일등공신이다.

하지만 그를 '기관진학의 신(神)' 이라고 일컫기에는 망설여진다.

삼현옹, 현운자.

구름 속에서 노니는 신룡처럼 좀처럼 사람들 눈에 띄지 않는 두 사람이 존재하기 때문에.

젊은 사람들은 현운자를 아는 사람이 드물다.

현운자의 이름이 회자된 지가 너무 오래된 일이라 옥진 도인 같은 노고수들도 지금은 잊어버린 이름이 되었다. 나이가 백수에 가깝고 무공도 익히지 않은 사람이니 아직까지 살아 있다고 믿기는 어렵다.

세인들에게 현운자는 전대 기인으로 기억될 뿐이다.

삼현옹은 아직 그럴 나이가 아니다.

고령이기는 하지만 아직도 생존해 있다고 생각되는 사람이다.

젊은 사람들은 삼현옹에 대한 강한 인상을 좀처럼 지우지 못한다. 옥진 도인이 현운자를 기억하고 있듯이 젊은 사람들에게는 삼현옹이 기관진학의 제일인자다.

두 사람에게는 공통점이 있다.

두 사람 모두 무공을 익히지 않았다는 것. 무림에는 잠깐밖에 얼굴을 비치지 않았다는 것. 얼굴을 비친 것은 잠깐이지만 현운자는 사이비 종파로 숱한 사람들의 고혈을 착취한 일심교(一心敎)를, 삼현옹은 패력(覇力)을 자랑하던 구음방(九淫幇)을 몰살시켜 무림을 놀라게 했다는 것. 무공을 익히지 않은 일개 필부가 무공고수들이 득실거리는 무림방파를 몰살시켰으니 그때의 놀라움이야 무엇으로 표현할까.

두 사람의 공통점을 나열하자면 죽간(竹簡)을 일 장이나 늘여도 모자랄 것이다.

그중에서 가장 큰 공통점이라면 두 사람 모두 '기관진학의 신'으로 거론된다는 점이다.

현운자는 삼현옹을 거론했다.

삼현옹이 팔부령에, 살문에 있다고.

'어떻게 삼현옹 같은 기인이 살문 같은 살수 집단에……?'

생각을 거듭해도 이해할 수 없는 노릇이지만 현운자가 그렇다면 그런 것.

"방금 전에 천우진이라고 하셨는데, 그게 무엇인지……."

옥진 도인이 조심스럽게 물었다.

"넓은 들판에서 소나기를 만났다면 어떻게 해야 비를 피할 수 있는지 말해 봐."

어떻게 대답해야 할지 모르겠다. 현운자는 실제로 그런 상황에 직면했을 때의 대응책을 묻고 있다. 선문답이라면 혹 모를까 그럴 경우에 비를 피할 만한 대응책이 어디 있을까.

"그건……."

옥진 도인도 무불신개도 마땅한 대답을 찾지 못했다.

"피할 구멍을 찾지 못하겠어? 그럼 죽는 게지. 그래서 천우진이야.

들판에서 소낙비를 맞는 것처럼 도저히 피할 구멍이 없다고 해서. 여기 들어가면 모두 죽어. 여기는 커다란 무덤이야. 들어가는 사람마다 속속 집어삼키는."

현운자가 짚고 있는 한 지점.

그곳은 이미 지도상의 한 점이 아니었다. 피를 그리워하는, 피에 갈증을 느끼는 목마른 대지였다.

"파, 파해법(破解法)은 없습니까?"

"착한 놈이 있으면 나쁜 놈이 있고 창이 있으면 방패가 있는 게지. 파해법이라는 것…… 있지."

현운자는 비어를 내뱉지도 조롱하지도 않았다. 그는 진지했다. 지도를 들여다볼 때처럼 눈빛이 활활 타올랐다.

"그럼 됐……."

"내 머리 속에."

"……."

"머리 속에 있는 것뿐이야. 한 번도 시험해 본 적이 없단 말이야. 한 번도."

마지막 말은 거의 독백에 가까웠다.

그는 장고(長考)에 돌입했다.

◆第七十一章◆
차도(借刀)

개방 문도들은 부지런히 소식을 물어왔다.

팔부령에 대한 정보라든가 살문에 대한 소식은 아니었다. 현운자가 오는 순간부터 개방은 살문에 대한 모든 활동을 중지했다.

대신 그들은 팔부령에 모인 군웅들과 개방, 화산파 고수들 간의 다리 역할을 했다.

현재 팔부령에는 고수 백여 명이 잠입해 있다.

그들은 팔부령 요소요소에 잠복해 팔부령을 오가는 모든 사람을 감시하고 있다.

그들과 연락을 주고받는 데 개방 문도는 입과 귀 노릇을 한다.

―일차 포위, 이차 기다림.

이해할 수 없는 지시지만 그것이 군웅들에게 내려진 지시다.

군웅들 중에는 불만의 목청을 높이는 무인도 있었지만 옥진 도인과 무불신개의 지시를 따르지 않는 사람은 없었다. 지시가 양에 차지 않는다고 돌아가는 사람도 없었고.

그들 중 최고수 백여 명이 자진해서 팔부령에 들어갔다.

상대는 살수 집단이다.

자칫 종적이라도 드러나는 날에는 살수들의 표적이 된다.

죽는 것이 두렵지 않은 사람들이니 싸우는 것은 더 더욱 두렵지 않다. 싸움판이 있다면 오히려 달려갈 정도로 무공에는 자신이 있는 사람들이다.

개방 문도 역시 팔부령으로 들어갔다.

하지만 그들은 뭇 고수들처럼 목을 차지하고 경계를 하는 것이 아니라 고수와 무불신개 사이를 연결한다.

숨어서 소식을 전달하는 것이 개방 걸개들의 몫이다.

뭇 고수가 협격을 당해 죽어도 은신한 곳에서 나오면 안 된다. 기본 상식이다. 철저히 몸을 숨기고 팔부령에 잠입해 있는 고수들의 안위와 그들이 새로 본 것을 무불신개에게 연락한다.

개방 문도 역시 암습을 당할 수 있다.

그래서 고수 한 명당 세 명씩 세 겹으로 막을 쳤다. 보호막이 아니라 연락이 끊어지는 것을 방비하기 위한 막이다.

전서구가 날아왔다.

전통에 들어 있던 전서는 촌각만에 무불신개에게 전달되었다.

一. 파천신군(破天神君) 사(死). 즉사(卽死). 흉수(兇手) 확인(確認) 불가(不可).
　二. 묵월광(墨月光) 이동(移動). 이동로(移動路) 제사로(第四路). 목적지(目的地) 불명(不明).

　전서의 내용은 간단했다.
　"파천신군이!"
　무불신개는 전서를 와락 움켜쥐었다.
　살문이 움직이고 있다. 아니, 살문은 움직이지 않고 있다. 움직이는 것은 묵월광이다. 그렇다고 묵월광이 고수들을 죽이면서 움직인다고는 볼 수 없다.
　기미라도 있었다면 전서에 기재되어 있을 게다.
　개방 문도는 파천신군이 죽을 때 아무것도 보지 못했고 아무 소리도 듣지 못했다. 그야말로 쥐도 새도 모르는 죽음이다. 그런 다음 묵월광이 움직이는 모습을 보았다.
　전서의 내용대로라면 그렇게밖에 볼 수 없다.
　'살문이 길을 트고 있어. 묵월광이 움직이고. 제사로라…… 사로라면 현양(顯揚)으로 가는 길.'
　무불신개는 고개를 갸웃거렸다.
　그들이 왜 사지(死地)로 달려드는 것일까?
　설마 정반대 편이라고 무림인이 아무도 없으리라는 생각은 하지 않았을 텐데.
　현양에는 소림에서 파견한 백팔나한이 대기하고 있다.
　유일하게 파견되어 온 고수들이다.

소림 방장 혜공 선사는 종리추를 살려준 데 대한 책임 때문에 백팔나한을 파견했다. 더불어서 단승, 혜 자 돌림의 무승들까지.
 그들의 무력(武力)은 추측을 불허한다.
 아무래도 이상했다.
 종리추같이 약한 자가 앞길을 정찰해 보지도 않고 움직였을까? 아무리 움직일 수 없을 만큼 움츠러들었다고 해도 현양에 소림 무승들이 대기하고 있다는 정도는 알고 있을 텐데.
 '뭔가 일이 시작되고 있어. 불안해.'
 무불신개는 현운자가 틀어박혀 있는 허름한 움집을 힐끔 쳐다봤다.
 현운자가 빨리 답을 내놓아야 한다. 그래야 움직일 수 있다.

 현운자가 답을 내놓은 것은 태양이 중천에 걸릴 무렵으로 전서가 무려 열 번째나 날아온 다음이었다.
 열 번째.
 열 명의 고수들이 덧없이 죽어갔다.
 각기 무공으로 무림을 진동한 이 시대의 진정한 무인들이 한낱 살수들의 손에 속절없이 죽었다.
 상대를 간과해서는 안 된다.
 그들에게는 혈영신마와 같은 초절정고수가 있다. 묵월광이 있고 한 번도 살업에서 실패하지 않은 살문 살수들이 있다.
 "이게 통한다면 파해법이 될 것이지만 안 된다면 피가 강을 이루게 될 거야. 좀 더 생각해 보지. 시간이 촉박하다면 시험해 봐도 좋고. 판단은 자네가 알아서 하게."
 현운자는 두루마리 서신을 내놓았다.

무불신개가 다급히 펼쳐 보자 눈에 익은 팔부령이 모습을 드러냈다.
구불구불 이어진 새로운 선.
현운자가 그려 넣은 선이다. 그것은 또한 살문의 본거지라 짐작되는 곳까지 천우진이라는 해괴망측한 기관매복을 피해 들어갈 수 있는 통로다.
깨알만한 글씨도 보였다.
기관의 특성 등을 설명해 놓은 글로 글만 읽고도 모골이 송연할 만큼 섬뜩하다.
세상에 과연 이런 기관진학이 존재할 수 있는 것일까?
정말 그렇다면 살문은 철옹성(鐵甕城)에 숨어 있는 것과 같다. 그건 그렇고 그런 철옹성에 길을 낸 현운자는 또 어떤 사람이란 말인가.
무불신개를 혀를 내둘렀다.
문득 무불신개는 현운자가 한 말을 떠올렸다.

"판단은 자네가 알아서 하게."

'알아서 해'가 아니라 '하게'였다.
아주 조금의 농도 섞지 않은 진담이다. 그만큼 천우진이 무섭다는 말도 되고, 현운자가 자신이 심혈을 기울여 생각해 낸 파해법에 확신을 갖지 못한다는 뜻도 된다.
'그놈들… 어차피 쓰레기 같은 목숨들이니…….'
무불신개는 미완성의 파해법을 사용하기로 작심했다.

옥진 도인과 무불신개는 단 한 명의 호법도 거느리지 않고 팔부령으로 들어섰다.

팔부령에는 비밀이 숨겨져 있다.

군웅들이 알아서는 안 된다. 세상 사람들 중 그 누구도 몰라야 한다. 만약 어린아이에 불과할지라도 이 비밀을 알게 되면 옥진 도인과 무불신개는 스스로 목숨을 끊어 비밀을 은폐시켜야 한다.

저벅! 저벅……!

눈 덮인 산길을 걸어가는 발걸음 소리가 유난히 무겁게 들렸다.

두 고수는 좋은 기분이 아니었다.

"휴우! 무불신개, 언제부터 알고 계셨소?"

"제길! 꽤 되죠. 도장께서는 언제부터 알고 계셨소?"

"짐작을 한 지는 꽤 되지만 이렇게 직면하게 될 줄은 짐작조차 못했소이다."

"그건 나도 마찬가지요."

딱히 할 말이 없었다.

정확하게 알지는 못했지만 짐작은 하고 있었고 무림인들에게는 절대적인 비밀이나 장문인들을 비롯해 몇몇 장로들은 깊게 개입된 일을 두 사람이 맡았다.

이제 두 고수는 소문으로만 떠돌던 비밀 한 가지를 확실하게 알게 되었다.

저벅! 저벅……!

무거운 발걸음 소리만이 고요한 적막을 일깨웠다.

두 고수는 지도에서 봤던 대로 산길을 버리고 수림이 우거진 곳으로 발길을 옮겼다.

짐승들도 피해갈 만큼 잡목이 가득 찬 곳이다.
이곳에는 무림인들이 은신해 있지 않다. 팔부령에서도 워낙 험한 곳이고 들어갈 수는 있어도 나오기는 힘든 곳이라 무림인들을 배치할 때도 이곳만은 피했다.
피한 이유는 또 있다.
이곳에 비밀이 숨어 있고 비밀이 있기에 살문이 절대 존재할 수 없기 때문이다.
가까이에 물줄기가 있는지 물 흐르는 소리가 졸졸 들린다.
옥진 도인과 무불신개는 물줄기를 옆에 끼고 잡목을 헤쳐 나갔다.
사아아악……!
바람도 없는데 눈보라가 일어나는 것 같다.
목에 차디찬 칼날이 닿은 듯 소름이 쫙 끼쳐 온다.
'살기……'
주위에 살기가 흐르고 있다.
아마도 누가 숨어 있을 것이고 숨어 있는 자는 그리 무공이 높지 않을 게다.
진정으로 강한 자는 살기를 흘리지 않는다.
자연과 동화되어 있는 듯 없는 듯 사람의 마음을 한껏 풀어헤친다.
어쩔 수 없는 상황에서 병기를 서로 맞댔을 때 강한 살기를 흘려내는 것은 어쩔 수 없다. 그런 경우에는 흘려내는 살기가 강하면 강할수록 좋을 때도 있다.
하지만…… 지금과 같은 경우는 아니다.
적어도 은신해 있는 자라면 아무런 기운도 흘려내지 말아야 한다. 하다못해 체온마저도 죽여야 한다.

저벅! 저벅……!

걸음을 떼어놓을수록 살기가 짙어졌다.

이십여 걸음, 바윗돌투성이인 산길을 어느 정도 헤쳐 나갔을 때는 온 천지가 살기로 가득 찬 듯했다. 하늘도, 땅도, 나무도, 흙도, 바위도…… 모두 살기로 물들었다.

두 사람은 살기를 느끼기는 했지만 진기를 끌어올리는 일조차 하지 않았다.

말 그대로 두 사람은 무방비 상태였다.

죽이려고 마음만 먹으면 삼척동자도 죽일 수 있을 것 같았다.

"어서 오십시오."

"흐흐흐! 기다렸습니다."

음침한 음성, 혹은 카랑카랑한 음성…….

방금 전 발걸음을 떼어놓을 때까지만 해도 분명히 나무였는데 사람으로 변했다. 하얀 눈이 쌓여 딱딱하게 얼어붙은 곳에서도 사람이 튀어나온다.

옥진 도인과 무불신개 앞에 나선 사람은 기도(氣度)가 각기 다른 여섯 사내였다.

"마설송(馬雪松)이라고 합니다. 사곡(死谷), 부곡주(副谷主)죠."

졸린 듯한 눈을 가진 자다. 눈빛에는 독기가 일렁이지만.

"혈리파(血理派), 이금곤(李錦坤)입니다."

수염이 텁수룩하게 자란 사내는 도끼를 들어 보였다.

날이 두 뼘에 이르는 커다란 대부(大斧)다.

"잠룡조(潛龍爪)에서도 왔습니다. 이름은 노용상(路甬祥). 무림동도께서 잠룡일조(潛龍一爪)라는 무명을 붙여주었습니다."

중년에 이른 나이, 맑게 빛나는 눈.

익힌 무공도 겉모습만큼이나 깔끔할 게다.

비망사(悲忘絲)의 왕공안(王功安), 염라전(閻羅殿)의 장리생(張利生), 귀혈총(鬼血塚)의 관첩(關捷).

전혀 생소한 이름들이다.

이곳에 오기 전까지는 한 번도 들어보지 못했고, 관심도 갖지 않았다. 관심을 기울일 만한 가치도, 필요도 없다고 생각했다.

이들이 강한 자들인 것만은 틀림없다.

이들 여섯 명에게서는 살기가 풍기지 않는다. 산 전체를 휘감은 살기와는 무관하다는 듯, 싸움은 생각지도 않고 하지도 않겠다는 태도가 엿보인다. 대신 얼음처럼 차갑기도 하고, 무덤 속처럼 고요하기도 하며, 폭풍처럼 강렬하기도 한 전혀 다른 기도를 지녔다.

이들이 만약 직전제자이거나 문도였다면 흐뭇한 눈으로 바라볼 만큼 뛰어난 자들이다.

그러나 이들은 무림에 이름이 알려져 있지 않다.

무림에서는 이런 사람이 있다는 자체조차도 모르고 있다.

무림에 나가지 않고 무공만 닦은 사람들인가? 그렇지 않다. 이들은 팔부령에 모인 뭇 군웅들 그 누구보다도 더 많이 무림을 횡행한다.

이들은 손에서 피가 마를 날이 없다.

살수들이기 때문이다.

그렇다. 이들은 살수들이다.

하남성에 묵월광이 있다면 사천성에는 야이간이 끌어들인 청살괴가 있다.

마설송이라는 자가 왔다는 사곡은 섬서성을 휘어잡고 있는 살수 집

차도(借刀) 135

단이며 혈리파는 강서성(江西省)에서 죽음의 혈귀들로 통한다.

잠룡조는 산동성(山東省)을 장악했다. 비망사(悲忘絲)는 호광성(湖廣省)을 염라전(閻羅殿)은 절강성(浙江省)을, 귀혈총(鬼血塚)은 성(省)을 차지한 것이 아니라 남경(南京)에서 고관대작(高官大爵)의 고급 청부를 맡고 있다.

이들은 어둠의 세계, 살수계의 거물들이다.

구파일방은 손에 피를 묻힐 일이 있으면 이들을 이용하곤 했다.

이들은 거부하지 못한다. 대가가 돌아가는 것도 아니다. 목숨을 잃게 되면 누가 묻어주지도 않는, 그야말로 개죽음에 불과하지만 이들에게는 거부할 권리조차도 없다.

대가가 전혀 없는 것은 아니다.

이들이 암묵적으로나마 살수 행각을 버젓이 할 수 있다는 자체가 대가다.

군웅들은 팔부령을 포위하고 있으면 된다.

절정고수들은 살문 살수들이 빠져나가지 못하도록 길목을 틀어막고 있으면 그만이다.

목숨은 이들이 건다.

실패해도 상관없다. 이들이 몰살할 때쯤이면 아무리 강한 문파라 해도 다시 싸우기 곤란할 정도로 타격을 받았을 테고, 그런 상대를 처리하는 것은 여반장(如反掌)이나 마찬가지다.

구파일방은 손바닥을 뒤집는 것보다 쉬운 일에 장문인과 같은 항렬의 단승들과 백팔나한을 파견했다.

그들은 그래서 팔부령에 왔다.

살문을 완전히 제거하겠다는 확실한 의지 표현이다.

십망을 빠져나간 혈영신마, 섣불리 건드려 놓은 묵월광까지도 세상에서 흔적없이 지워 버리겠다는 의사다.

정도무림의 손상을 극소화시키면서 마도를 뿌리째 뽑아내는 길이니 오죽 좋은가.

십망을 선포한 혈영신마와는 전혀 다른 경우다.

혈영신마는 단신이었다. 천하제일 고수도 한 손으로 열 손을 막을 수는 없는 법이다.

예상되는 피해도 피해라고 할 수 없을 만큼 미비하다. 기껏해야 방심한 고수 한두 명이 죽는 선에서 끝날 것이니. 물론 일이 잘못되면 혈영신마 건처럼 망신만 당하지만.

지금과 같은 경우는 큰 피해가 예상된다.

종리추가 여우보다 약삭빠르고 무공 또한 만만히 볼 수 없는 상대이기에 그를 제거하기 위해서는 큰 피해를 무릅써야 한다.

그래서는 살문을 제거해도 곤란하다.

정도무림이 타격을 받는다면 어디서 어떤 마도의 싹이 다시 자랄지 모를 일이다.

살문 하나쯤은 구파일방 중 어느 문파가 나서도 몰살시킬 수 있다.

그러나 역시 막대한 피해를 입을 터이고 어쩌면 구파일방이라는 위치조차도 내놓아야 할지 모른다.

십시일반(十匙一飯) 식으로 구파일방에서 고수들을 추려낸다면?

그래도 피해를 입기는 마찬가지다. 몇십 년에 한 번 일어나는 일이라면 불사할 수도 있겠지만, 하루가 멀다 하고 튀어오르는 마도인을 일일이 피해를 감수하면서 상대했다가는 가랑비에 옷 젖는 격이 된다.

균열이 가기 시작한 성벽은 의외로 쉽게 무너진다.

장문인들은 조금의 균열도 원치 않는다.

구파일방 장문인들은 조금도 피해를 입지 않고 마도의 싹을 잘라내는 방법을 모색했고 좋은 길을 찾아냈다.

차도살인(借刀殺人).

살천문을 움직여 살문을 공격했듯이, 묵월광에게 살문을 공격하라고 지시했듯이.

옥진 도인과 무불신개는 자신의 일을 남에게 떠넘기는 것 같아 얼굴이 화끈거렸지만 문파를 위해서는 마음을 모질게 먹어야 한다.

"살문은 여기 있다."

무불신개는 현운자가 내준 지도를 펼치고 설명하기 시작했다.

 묵월광이 몰살하지 않았다.
 소고가 살아 있고 소여은과 적사가 살아 있다.
 그들과 같이 살수행을 벌였던 야이간으로서는 묵월광의 생존이 여간 부담스럽지 않았다.
 '미련한 놈들! 그만한 함정을 파고도 놓치다니.'
 야이간은 돌아갈 수 없는 강을 건넜다.
 자신은 다시는 묵월광, 혹은 살문과 얼굴을 맞대서는 안 된다. 얼굴을 맞대는 것뿐만이 아니라 그들이 살아 있는 한 언제 어디서 어떤 암습을 받을지 모른다.
 그들의 암습을 대비해야 한다.
 그들이 공격을 시작한다면 도저히 빠져나올 수 없는 올가미를 씌운 후일 것이다.

많이 보고 경험했지 않은가, 묵월광의 살수 행각을.

그들이 살아 있다면 세상은 지옥이 된다. 음식을 먹을 때마다 일일이 확인해 봐야 하며 아무리 갈증이 치밀어도 개울물조차 마음 놓고 마시지 못한다. 여자도 마음대로 품지 못한다. 시종을 두더라도 항상 감시의 눈길을 게을리 해서는 안 된다.

세상 모두를 의심해야 한다.

그것이 지옥이 아니고 무엇인가.

'요절을 냈어야 하는데! 너무 서둘렀어. 묵월광과 살문이 부딪친 다음에 기회를 봤어도 좋았는데……. 미련한 작자들! 그런 대가리를 가지고 구파일방 장로랍시고 거들먹거리는 꼴이라니…….'

야이간은 간단하게 행랑을 꾸렸다.

'시간이 별로 없어. 빨리 서둘러야 해. 소문이 퍼지기 전에. 놈들이 몰살했다면 몰라도 소문이 퍼지면 꽁꽁 숨을 거야. 땅속으로 숨어버린 두더지……. 찾을 수 없지. 그래서는 안 돼. 암.'

다행히도 야이간이 선택할 수 있는 행동은 많았다.

그런 것이 없었다면 소고에게서 등을 돌리는 행위도 좀 더 뒤로 미뤘을 테지만.

야이간은 불의를 보면 한달음에 달려와 목청을 높이는, 그러면서도 그렇게 매도하던 '죽일 놈'이 바로 지척에 있는데 달려들지 못하고 병기만 만지작거리는 뭇 군웅들 틈바구니를 걸었다.

그가 찾는 사람은 따로 있었다.

그는 별 볼일 없는 수백 명의 무인들보다 훨씬 강한 사람이다.

그와 맞선다면 곤륜파의 무공을 정통으로 익힌 자신도 장담하지 못한다. 옛날 방식대로 암습을 기도한다 해도 성공 가능성이 희박하다.
그는 당금 무림에서 진정으로 강한 몇 안 되는 고수 중 한 명이다.
그를 찾기는 쉬웠다.
'이런!'
야이간은 그를 보자마자 속으로 혀를 끌끌 찼다.
옷은 개방 걸개들보다 훨씬 더 지저분하고 얼굴은 씻지 않은 탓에 검은 때가 가득 끼어 있다.
모르는 사람이라면 개방도 중 한 명으로 착각하기 십상이다.
그는 개방도가 아니다. 야이간이 찾는 사람이다.
그는 지저분했지만 그의 주변은 깨끗했다.
그는 홀로 있지만 홀로 있는 게 아니었다.
그의 주변에는 눈에 귀기(鬼氣)를 띤 고수들이 한 치의 허점도 용납하지 않겠다는 듯 엄중한 호법을 서고 있다.
'하후명(夏候明)······.'
무공은 뛰어나지만 그의 행동은 한심스러워 보였다.
적이 코앞에 있는데 다가가지도 못하고 칼날만 세우고 있으니.
사람들은 하후명이라는 그의 이름을 부르지 않는다. 섬전신도(閃電神刀)라는 무명도 불려진 지 오래다. 그는 하후 가주라고 불린다.
하후 가주는 가문을 빛낼 자식 세 명을 고스란히 잃었다.
그들은 왜 죽어야 하는지도 모르고 죽었다.
어떻게 죽었을까? 살수들에게 죽임을 당했으니 암습을 받아 죽었을 게다. 그렇다. 그렇지 않으면 쉽게 죽을 자식들이 아니다. 비겁하게 등 뒤에서 찌르는 검을 맞아 죽었다. 그리고 놈은 영혼이 구천에 들지도 못하게 얼굴 가죽을 벗겨냈다.

하후 가주는 종리추가 자식의 인피를 썼다는 말을 듣는 순간부터 침식을 잊었다.

그는 모든 것을 버렸다.

제일 먼저 버린 것은 평생 일궈왔던 하후가다.

"이제부터 하후가는 존재하지 않는다. 난 복수의 혈귀(血鬼)일 뿐 가주가 아니다. 모두들 제 갈 길을 찾아서 가도록."

하후가는 이백여 명의 식솔이 있다.

그들 중 하후 성(性)을 쓰는 사내가 오십여 명이다. 그들은 모두 무인이고 강하다.

하후 성을 쓰지는 않아도 하후가에서 무공을 배운 사람들이 있다.

그들의 수가 거의 백여 명에 이른다. 또한 봉공(奉公)으로 머무는 고수도 십여 명이나 된다.

그들 모두 남았다.

아무도 떠나지 않았다.

하후 가주는 '하후가'를 버렸으나 사람들은 남았다. 버린 것은 돌과 나무로 지어진 저택뿐이다.

가주는 하후가의 무복도 벗어 던졌다. 대신 거렁뱅이나 입는 누더기 옷을 걸쳤다.

"자식의 영혼이 구천을 떠도는데 아비 된 자가 어떻게 매끄러운 옷을 입을까."

그를 따르는 사람들도 무복을 벗어 던졌다.

하후 가주는 한겨울 찬바람을 맞으며 한뎃잠을 잤다.

"자식이 어디에 묻혀 있는지도 모르는데, 차디찬 땅속에서 원한에 사무쳐 있는데 어떻게 따뜻한 잠자리에 들 수 있겠나."

그들도 그렇게 했다.

가주는 남이 버린 음식을 주워 먹었다. 들짐승을 잡아먹는 경우에도 익히지 않고 생으로 뜯어 먹었다.

"자식의 얼굴 가죽이 벗겨졌는데 아비 된 자가 무슨 염치로 따뜻한 요기를 할까."

하후가 무인들도 가주를 따라했다.

돈을 주고 사 먹지도 않았고 가주를 알아보고 대접하려는 사람들의 온정도 뿌리쳤다.

하후가 무인들은 거지 중에서도 상거지가 되었다. 그러나 아무도 그들을 거지로 보지 않는다. 두 눈에서 뿜어 나오는 독기 어린 눈길을 보고도 거지로 보는 사람은 없다.

하후가 무인들은 거지가 아니라 복수귀(復讐鬼)다.

야이간은 하후 가주 하후명을 알아보고 그에게 걸어갔다.

스윽! 스으윽!

거지 무리 중 두 명이 일어나 야이간의 앞길을 막았다.

"……."

두 사람은 아무 말도 하지 않았다. 지저(地底) 깊은 곳에서 응축시킨 한을 꺼내놓기라도 하듯 매서운 광망(光芒)을 줄기줄기 쏘아낼 뿐이다.

'이 작자들……! 정말 복수귀다! 피에 굶주렸어!'

비루먹은 망아지처럼 비쩍 마른 자들이 눈동자만 살아서 번들거린다는 것은 피가 그리워 울부짖는 것과도 같다.

살수들은 정파무인들을 한 수 아래로 본다. 절정고수들은 예외로 한 일반적인 무인들의 경우에.

그들은 굶주림을 모른다. 탁월한 무공을 편안한 조건에서 배웠다. 온실에서 자란 화초다. 파괴력이 강하고 검이 날카롭더라도 온실에서 자란 화초처럼 화려할 뿐이지 실전적이지는 않다.

정파무인들을 한 수 아래로 보는 이유다.

그래서 살수들은 자신보다 강한 무인을 암살하러 떠날 때도 두려워하지 않는다.

모든 것…… 편안함, 안락함을 버린 하후가의 무인들은 살수들 이상의 악조건 속에서 생활하고 있다. 그것이 그들을 사납게 변모시켰다. 이들을 보고 누가 정종무공을 익힌 정파무인이라고 할 것인가.

'잘됐어. 아주…….'

"흠! 가주님을 뵈러 왔소이다."

"……."

"소생은 현무길이라고 하오. 곤륜파 광운 진인의 제자올시다. 옥진도인과 무불신개 장로님께 묵월광의 실체를 알려준 사람이오."

"……."

"현재 묵월광과 살문은 같이 있소이다. 해서… 종리추를 잡을 비책(秘策)을 알려 드리러 왔소이다. 가주님의 은원을 알기에."

야이간은 하후 가주의 널찍한 등을 바라보았다.

말은 앞을 가로막은 두 무인에게 하고 있지만 하후 가주가 들으라고 한 소리였다.

하후 가주는 등을 돌리고 앉아 팔부령을 쳐다보고 있다.

심장이 폭발 일보 직전이리라.

자식들을 죽인 원수가 코앞에 있는데 구파일방은 산을 포위할 뿐 앞으로 나가는 것을 엄격히 금지시키고 있다.

하후 가주가 복수에 혈안이 되어 있다고는 하지만 그 역시 정파무림인, 구파일방의 장문인들이 심사숙고하여 내린 결정을 무시할 만큼 어리석지는 않다.

모든 것을 버린 그이기에 정파, 사파의 구분은 머리 속에서 지워진 지 오래다. 그가 장문인들의 결정을 좇아 팔부령 산기슭에 머물고 있는 것은 섣부른 행동이야말로 자칫 살문을 궁지에서 풀어주는 결과로 이어진다는 것을 알기 때문이다.

구파일방 장문인들은 어리석지 않다.

그들이 죽이고자 하는 자는 반드시 죽는다. 무림에 발을 붙이지 못한다.

하후 가주 자신이 나설 시기는 조만간 올 것이다.

그때까지는 답답하더라도 기다려야 한다. 하늘에 닿은 원한을 장문인들도 알고 있으니 종리추의 마지막 숨통은 자신에게 맡길 것이다.

장문인들을 믿는다.

그래도…… 답답하기는 마찬가지다.

도대체 무슨 일이 어떻게 진행되고 있는 것일까? 왜 팔부령을 포위만 하고 쳐 나가지는 않는 것일까.

하후 가주의 어깨가 꿈틀거렸다.

야이간의 생각대로 그는 등 뒤에서 들리는 소리를 흘려 넘기지 못했다. 곤륜에서 온 현무길이라는 말을 듣는 순간부터.

"데려와!"

하후 가주 하후명의 입에서 냉랭한 음성이 새어 나왔다.

야이간은 백여 명의 사내들이 까마득하게 멀어져 사라질 때까지 움직이지 않았다.

'됐어. 이걸로 이십팔숙은 끝이야.'

소고의 분신이라고 할 수 있는 이십팔숙의 처리는 간단히 끝났다.

이십팔숙이 숨어 있는 곳은 세상에서 가장 은밀한 비밀 중에 하나지만 준비하는 자의 눈길은 피할 수 없는 법이다.

이십팔숙의 제거……. 묵월광을 감싸주던 외벽의 제거.

이제 남은 일은 껍데기를 잃고 속 알맹이를 드러낸 소고의 막대한 금원(金源)을 집어삼키기만 하면 된다.

'당분간은 숨어 지내야겠군. 무림에 다시 나올 때는 분신(分身)을 해야 할 테고.'

야이간이 한참 즐거운 꿈을 꾸고 있을 때,

"현무길!"

느닷없이 하후 가주가 불렀다.

"예."

야이간은 태연하게 뒤돌아봤다.

하후 가주는 여전히 팔부령만 노려보고 있었다. 그런 상태에서 너무 차분하게 가라앉아 기분 나쁘기까지 한 음성으로 말했다.

"궁금한 점이 있었지."

'이 늙은이가! 뭐가 궁금한 거야, 궁금하기는.'

"하문하십시오."

"소고가 분심검급을 훔쳐서 도주했다고?"

"아! 예, 그렇습니다."

"혈암검귀의 혈뢰삼벽은 거의 무적이라던데 그런 무공을 익힌 소고가 왜 분심검급을 훔쳤을까?"

'여우가 또 한 마리 있었군.'

옥진 도인과 무불신개는 묻지 않았다. 당연히 물었어야 할 것을. 대답까지 준비해 놨었는데.

야이간은 준비했던 대답을 풀어놨다.

"혈뢰삼벽과 분심검공은 일맥(一脈)입니다."

"……."

"모두 곤륜 무공이죠."

"……."

웬만해서는 반응을 보일 법도 한데 하후 가주는 별다른 동요를 보이지 않았다.

"혈뢰삼벽은 양강(陽剛), 분심검공은 온유(溫柔). 둘 중 하나로는 무적이라고 할 수 없습니다. 혈암검귀가 혈뢰삼벽을 익혔는데도 십망을 받고 죽은 이유죠. 혈암검귀가 만약 분심검공까지 익혔다면 그리 쉽게 죽이지는 못했을 겁니다."

정도인의 자존심을 약간 건드렸다.

냉정한 이지(理智)를 흐트러뜨리는 데는 자존심을 건드는 방법처럼 좋은 것도 없다.

"두 번째 궁금한 점. 혈뢰삼벽을 익혔고 분심검급까지 가진 소고인데 왜 종리추가 사무령이 될 것이라고 생각했을까? 현무길, 소고가 살문과 손을 잡고 싶어한다고 했지? 종리추가 사무령이 될 것이라면서. 그럼 내 궁금증을 풀어줄 수 있겠군."

야이간은 찬물을 뒤집어쓴 기분이었다.

'위험하다!'

위기까지 느꼈다.

차도(借刀) 147

옥진 도인, 무불신개에게 했던 말을 되짚어온다 해서 위험을 느낀 것은 아니다. 자신이 했던 말인데 대답을 준비하지 않았을까. 조목조목 꼼꼼히 허점이 있나 점검을 거듭한 끝에 했던 말들인데.

야이간이 위기를 느낀 것은 옥진 도인, 무불신개가 아무 말도 물어오지 않은 데 있다. 그 자리에 있지도 않은 하후 가주가 물어올 정도라면 그들도 똑같은 궁금증을 느꼈다는 말이지 않은가.

궁금한 점이 있는데도 묻지 않았다?

무엇인가를 알고 있다는 말이 된다.

무엇을 알고 있을까? 안일한 생각은 금물이다. 모두 알고 있다고 봐야 한다.

'개방을 너무 간과했어. 모두 알고 있었군. 여우 같은 작자들.'

야이간에게는 생각할 시간이 많지 않았다. 그는 당장 눈앞의 늑대부터 피해야 한다.

"양과 음의 성질이 전혀 다른 무공을 한 몸에 지니기는 쉽지 않습니다. 더군다나 천하의 분심검공을 단지 비급만 가지고 익히려면. 소고는 무공을 익힐 시간이 필요했습니다. 곤륜파에 쫓기는 몸이다 보니 더욱 절실하게."

"평소…… 광운 진인을 흠모했지."

하후 가주가 야이간의 말을 중도에서 잘랐다. 더 들을 것도 없다는 듯이. 아니, 헛소리 그만 하라는 듯이.

'이제는 사부 이야기인가? 잘하면 분심분광검법까지 선보이라고 하겠군.'

"이제는 아냐. 이런 개자식을 제자로 거둔 광운 진인이라면 흠모할 가치가 없어."

'개, 개자식?! 죽이기로 작정했어!'

피할 구멍이 없었다.

하후가의 무인 백여 명은 이십팔숙을 제거하러 하남성으로 돌아갔지만 아직 오십여 명이 남아 있다. 그리고 그들은 슬금슬금 일어서고 있다. 눈에 핏발을 곤두세우고.

"차라리 말야, 조금 전처럼 소고와 종리추가 몸을 섞은 사이라고 말하는 것이 좋을 뻔했어. 그렇지 않아, 야이간?"

'야, 야이간!'

하후 가주의 입에서 '야이간'이라는 이름이 어떻게 나올 수 있을까? 그것은 이미 군웅들 대부분이, 아니면 절정고수들만이라도 야이간의 정체를 알고 있었단 말이 된다.

묵월광의 살수 야이간.

옥진 도인과 무불신개는 계략에 말려 묵월광을 친 것이 아니라 소고가 혈뢰삼벽을 익혔기에 친 것이다. 십망을 받은 자의 무공은 세상에 다시 나와서는 안 되는 무공이니. 십망이 깨졌다는 말은 퍼져서는 안 되는 말이니.

소고가 혈뢰삼벽을 익히지 않았다면 사로잡혀 소고에게 되돌려 보내지는 사람은 자신이었을 것이다.

'개방을 너무 얕봤어. 개방의 정보력은 천하제일이라더니…… 묵월광을 속속들이 들여다보고 있었어.'

야이간은 더 듣지 않았다.

그는 일생일대 최대의 위기를 느꼈다.

'옥진 도인 앞에서 써먹을 줄 알았는데 하후 가주 앞이라…….'

이런 상황을 예측하지 못한 것은 아니다.

처음 옥진 도인을 만났을 때 그는 이런 상황까지 몰리도록 말에 허점을 만들었다.

약간이라도 신경이 예민한 사람 같으면 허점을 파악할 수 있도록.

옥진 도인과 무불신개는 허점을 지나쳤다. 지나친 것이 아니라 예의 주시하고 있는 것이겠지만.

그런 면에서 그들은 하후 가주보다 한 수 위다.

하후 가주처럼 정면으로 파고들면 야이간이 쳐놓은 그물에 걸리게 된다.

야이간은 무너지듯 털썩 주저앉았다. 그냥 주저앉은 것이 아니라 무릎을 꿇었다.

"비굴한 놈이군. 너도 무인이냐!"

하후 가주가 가장 싫어하는 것이 무인이 무릎을 꿇는 모습이었던 것 같다. 하후 가주의 어깨가 부르르 떨리는 것으로 보아. 그것은 증오나 격정에서 오는 떨림과는 또 다른 분노에 기인한 떨림이었다.

'그래, 비굴하지. 하지만 진정으로 비굴한 자는 세상에서 가장 강한 자야. 자존심을 버리는 것처럼 힘든 일은 없으니까. 이것 하나만은 분명해. 나는 살고 넌 죽는다.'

"비굴하지 않습니다. 그래도 곤륜파에서 무공을 익혔습니다. 실수가 되기는 했지만 무인의 긍지는 가지고 있습니다."

이상한 노릇이다.

무릎을 꿇고 있기는 하지만 야이간의 전신에서는 무서운 기세가 뭉게뭉게 피어났다. 무공이 상승지경에 이른 사람만이 뿜어낼 수 있는 무형기(無形氣)다.

등을 돌리고 앉아 있는 하후 가주에게도 무형기는 전달되었다.

'후후! 함부로 죽이라는 명령은 내리지 못할걸. 명령을 내리면 내가 죽는다. 명령을 내리지 않으면 네가 죽어. 반드시… 반드시 내 손에 죽어.'

야이간은 생각할 틈을 주지 않겠다는 듯 재빨리 말을 이었다.

"가주님 같으면, 죽지 않고 필사적으로 살아야 할 절대적인 이유가 있다면 이런 상황에서 어떻게 하시겠습니까?"

"죽여랏!"

하후 가주는 냉정히 명을 내렸다.

"살기 위해서!"

야이간의 음성이 쩌렁 울렸다.

막강하게 뿜어져 나오던 무형기가 더욱 거세게 뿜어졌다.

하후 가주의 어깨가 다시 꿈틀거렸다. 이번 꿈틀거림은 지극히 미약했지만 하후 가주의 몸짓 하나에 전 신경을 곤두세우고 있는 야이간의 눈길을 피하지는 못했다.

'놀라고 있군. 후후! 좋아.'

일 대 일로 겨룰 만한 상대라는 것을 인식시킬 필요가 있다. 그래야 무릎을 꿇은 것에 대한 절대적인 이유가 생긴다.

"살기 위해서 무릎을 꿇었습니다. 하후가의 고수들이 강하지만, 저도 강하다고 자부합니다. 제 무공으로 포위망을 뚫고 도주하는 데 성공할 가능성은 반반."

"홍!"

"반반입니다. 하지만 그 반에 제 목숨을 걸 수 없습니다. 그런 모험은 할 수 없습니다. 전 살아야 합니다. 꼭! 가주, 닷새만 눈감아주십시오. 닷새 후면 저항없이 목숨을 드리겠습니다. 닷새 동안 어류해도 상관없습니다. 지금 수족을 잘라내도 상관없습니다. 전 눈만 있으면 됩니다. 소고와 종리추의 죽음을 볼 수 있는 눈만 있으면."

 하후 가주가 비로소 등을 돌려 야이간을 쳐다봤다.
 그가 본 것은 빨갛게 충혈된 야이간의 두 눈이었다.
 두 눈에서는 이글거리는 화염이 솟구쳐 나오는 듯했다.
 복수를 다짐한 사람의 눈빛은 두 종류다.
 하후 가주처럼 회색 빛으로 가라앉은 눈빛이 있는가 하면 야이간처럼 섬뜩한 혈안(血眼)이 되기도 한다.
 '복수인가?'
 하후 가주는 자세한 내막은 파악하지 못했지만 한 가지만은 확신했다.
 야이간은 종리추와 소고에게 철천지원한이 있다.
 야이간에게서는 한 점의 가식도 찾아볼 수 없다. 숱한 사람을 만났고 가지가지 종류의 사람들과 싸우기도 했던 하후 가주의 경륜이 내린 결론이다.
 복수를 맹세한 사람이기에 복수에 몸부림치는 사람을 알아볼 수 있다.
 "종리추와 소고라고 했느냐?"
 "연놈의 죽음을 보는 즉시 목숨을 맡기겠습니다. 닷새면, 닷새면 끝나리라고 생각합니다. 연놈들보다 먼저 죽을 수는 없습니다!"
 한동안 꿰뚫을 듯 쏘아보던 하후 가주가 다시 등을 돌려 팔부령으로 눈길을 돌렸다.
 무언의 승낙이다.
 '걸려들었군. 후훗! 늙은 여우, 넌 방금 네가 살 수 있는 길을 버렸어. 왜인 줄 알아? 나란 놈은 날 핍박한 인간들은 가만두지 않거든. 감히 나를 무릎 꿇게 했으니 넌 목숨으로 배상해야 돼.'

야이간은 속으로 웃었다.

실실 웃음이 새어 나오려는 것을 참느라 진땀을 흘려야 했다.

야이간은 몸을 일으켜 하후 가주의 등 뒤에 대고 포권지례를 취했다.

그가 물러나도 하후가의 고수들은 병기를 뽑아 들지 않았다.

◆第七十二章◆
편편(翩翩)

　팔부령을 벗어나는 데는 꼬박 사흘이 소요되었다.
　마음먹고 넘으면 하루면 족한 길을 사흘이나 걸려서 이동할 만큼 은밀한 움직임이었다.
　모진아와 혈영신마는 조금도 서둘지 않았다.
　천천히… 천천히…….
　팔부령 정상을 넘으면서부터는 그들도 긴장하는 듯 농담조차 주고받지 않았다.
　행동은 더욱 은밀해졌다.
　그들은 신호를 받지 않으면 절대 한 걸음도 떼어놓지 않았다.
　혈영신마는 군웅 천여 명에게 둘러싸인 곳에서도 당당하게 검을 들었던 사람이다. 모진아는 그런 혈영신마와 한 치도 부족함이 없는 맞상대였다.

이들 두 사람이면 무서울 게 없으리라.

그런데도 그들은 철저하게 사전 약속한 대로 행동했다.

'혈영신마는 살문 사람이 되었군.'

의심할 여지가 없다.

다른 사람은 몰라도 소고, 소여은, 적사는 혈영신마의 마음을 이해할 수 있다.

종리추는 혈영신공을 인정한다.

중원무인 모두가 마공이라 일컫는 무공을 종리추만은 정당한 무공이라고 인정해 준다.

무인에게 그보다 더 큰 지우(知友)는 없다.

종리추는 살문 문주다. 그러나 문주가 아니다. 살문 살수들은 종리추를 문주로 모시고 있으면서도 문주로 생각하지 않는다. 그들은 나이가 어린 데도 불문하고 종리추를 대형쯤으로 생각하고 있다.

목숨을 바꿀 수 있는 형제.

살문 살수들의 이런 맹목적인 충성심은 어디서 기인한 것일까?

아마도 혈영신마의 경우처럼 남들이 이해하지 못하는 무엇인가를 그는 이해하고 받아들인 것이 틀림없으리라. 그런 마음은 진심이었을 게고 진심이 사내들의 가슴을 촉촉이 적셨으리라.

인심술(人心術).

문파를 이끄는 데 가장 중요한 인심술을 종리추는 갖추고 있다. 책을 보고 익힌 것이 아니라, 세상을 살면서 요령으로 익힌 것이 아니라, 그의 타고난 성품 중에 그런 요소가 있었던 것 같다.

그는 일문의 문주가 지녀야 할 덕목 중 가장 큰 것을 가지고 있다.

소고는 많은 것을 배웠다.

자신이 살문과 같은 경우를 당했다면 수하들이 기약없는 기다림을 감수해 주었을까? 궁핍하기 짝이 없는 작은 섬에서.
소여은과 적사도 같은 생각을 했다.
자신들이 묵월광이 아닌 살문에 몸을 담고 있다면…… 아마도 다른 사람을 구해주기 위해 목숨을 건 모험은 하지 않았을 게다. 발등에 떨어진 불을 끄기도 급한 판에.

'종리추야!'
팔부령을 벗어날 즈음 묵월광 살수들은 앞장서서 길을 뚫는 사람이 누구인지 짐작해 냈다.
여산일호(廬山一虎) 포흥조(浦興祖), 외문(外門) 무공(武功)인 철포삼(鐵布衫)을 극성으로 익히면 어떤 경지에 이르는지 보여준 인물이다.
그의 육신은 쇳덩이처럼 단단하다.
그는 껴안는 것을 무척 좋아한다. 허리도 껴안고 머리도 껴안는다.
상대는 그리 좋지 못하다. 허리를 잡히면 척추가 부러지고 머리를 잡히면 머리가 으스러진다.
여산일호 포흥조는 더 이상 척추를 부러뜨릴 수 없다. 머리를 으스러뜨릴 수도 없다.
그는 죽었다.
소고, 소여은, 적사는 포흥조의 미간, 목젖, 심장, 단전…… 치명적인 사혈(死穴) 십여 곳에 깊숙이 틀어박혀 형체조차 보이지 않는 소도를 보았다.
매미 날개처럼 얇고, 길이가 짧으며, 자루가 없는 특이한 소도다.

두말할 필요도 없이 종리추의 소도다. 기인이사가 많은 무림이지만 이런 소도를 사용하는 사람은 단 한 명 종리추뿐이다.

자신들이 떠나올 때 종리추는 뒤에 남아 손까지 흔들어주었다.

종리추는 자신을 알리려 하지 않는다.

생색을 내며 겉에 나서기보다 뒤에 숨어서 은밀히 도움을 주는 쪽을 택했다.

"길을 열어주고 있군요. 진심이에요. 진심으로 우리가 빠져나가는 것을 바라고 있어요. 종리추란 사람…… 어떻게 대해야 좋을지 모르게 만드는군요."

소여은이 혼잣말처럼 낮게 중얼거렸다.

"풋! 미친놈, 자신을 죽이러 왔는데 구해주는 것도 모자라서 위험을 무릅쓰고 길까지 열어주다니."

적사도 자신에게 말하듯 중얼거렸다.

다른 사람에게 이야기하는 것이지만 자신에게 되묻고 싶은 것이리라. 자신이 이런 경우에는 어떻게 행동하겠냐고.

"위험? 종리추에게 그런 게 있기나 했던가? 그런 걸 생각하는 사람 같았으면 혈영신마를 구하지도 않았겠지. 군웅들이 지켜보는 앞에서 우리를 구하지도 않았을 테고."

"그러니까 미친놈이라는 거야."

"맘에 드는 미친놈이지?"

"……"

적사는 대답하지 않았다.

어떤 이유에서든 종리추가 무림고수를 죽이는 것은 천하무림에 선

전 포고하는 것과 다름없다.

 살문을 멸살시키기 위해 무림인들이 몰려왔다지만 그래도 한 가닥 살 길이 있다면 용서를 구하는 것이다. 적당한 대가를 지불하고 필요하다면 사지육신을 던져 주어서라도 목숨만은 구해야 한다. 그래야 뒷날을 기약할 수 있다.

 벌써 많은 무인이 죽었다.

 팔부령에서 죽은 무인들만 더듬어봐도 열여섯 명의 절정고수가 땅에 드러누웠다.

 이제 무림의 분노를 달랠 길은 없다.

 '어차피 길은 없었어.'

 무림은 종리추를 막다른 궁지로 몰아넣었다. 종리추 스스로 혈영신마를 구함으로써 막다른 궁지로 들어갔다.

 종리추처럼 영악한 사람이 왜 그런 행동을 했을까? 결과가 어떻게 될지 뻔히 보이는데.

 험한 산줄기가 그치고 야트막한 능선이 이어졌다.

 "팔부령을 벗어난 겐가?"

 적사가 말했다.

 "아직 안심하기는 이르네. 우린 여우를 피해 호랑이 굴로 들어온 거야."

 모진아가 적사의 말에 대답해 주었다.

 "호랑이 굴? 훗!"

 "웃는군. 웃을 일이 전혀 아닌데. 그래서 젊음이 좋은 겐가? 소림 백팔나한을 앞에 두고 웃을 수 있다니 젊음이 좋기는 좋은 모양이군."

"……?"

적시는 웃지 못했다.

방금 백팔나한이라고 했는가?

"그게 무슨 말이죠? 백팔나한이 앞에 있다니?"

소고가 무심치 못하고 물었다.

"백팔나한뿐 아니라 칠십이단승도 있지. 혜 자 돌림 무승들로 소림 방장의 사형제들. 참선이나 하며 웬만한 일에는 나서지 않는 초강고수들이 바로 저기 있어."

혈영신마가 으스름 안개에 깔린 마을을 가리켰다.

"치, 칠십이단승!"

누구도 태연하지 못했다.

백팔나한과 칠십이단승, 그들의 힘은 군웅 천여 명보다도 훨씬 강력하다.

하나하나가 초강고수들. 그들이 있기에 소림이 무림 태산북두의 자리를 차지하고 있다 해도 과언이 아닌 절대강자들.

아무도 입을 열지 못하는 가운데 모진아가 주위를 두리번거렸다.

살문 살수들을 찾는 것은 아니다.

팔부령을 벗어나면서부터 그림자처럼 따라붙던 살문 살수들의 느낌이 전달되지 않는다.

그들은 돌아간 것이 틀림없다.

무림고수 열여섯 명의 죽음을 본 끝이다. 여산일호 포홍조의 시신이 발견된 시점에서 그들의 느낌은 사라졌다.

이윽고 모진아가 목표로 한 것을 발견한 듯 잰걸음으로 달려갔다.

그는 커다란 고목 아래 멈춘 다음 썩어서 뻥 뚫린 구멍 속으로 손을 쑥 밀어 넣었다. 그리고 자그마한 목함을 꺼냈다.
목함에서 나온 것은 간단한 지도 한 장이었다.
누가 고목에 목함을 넣었겠는가. 종리추다. 그가 먼저 다녀갔다.
"따라들오게."
모진아가 앞장섰다.

모진아는 백팔나한과 칠십이단승이 머문다는 마을로 태연하게 걸어 들어갔다.
소고 일행은 누가 봐도 한눈에 뜨일 만큼 독특하다.
불구가 된 살혼부 살수들의 모습이 제일 먼저 눈에 들어온다. 촌구석에서는 한 명도 보기 힘든 미녀들이 줄지어 걷는 모습도 흔히 볼 수 있는 모습은 아니다. 어쩐지 한인과는 다른 듯 보이는 사령 살수들, 모진아의 모습도 평범하지는 않다.
소고 일행 중 평범해 보이는 사람은 공지장과 혈영신마뿐이다.
마을에는 아무도 없었다.
사람은 있었으나 집 안에 꼭 틀어박혀 나올 생각을 하지 않았다.
백팔나한은커녕 무인으로 짐작되는 사람은 눈을 씻고 찾아봐도 없었다.
죽음이 휩쓸고 간 마을, 텅 빈 마을처럼 느껴졌다.
"백……."
적사는 무엇인가 말하려다 입을 다물었다.
'백팔나한이 있기는 있었던 것이냐?'는 물음을 던지고 싶었지만 그들이 있었던 흔적은 곳곳에서 발견되었다.
우선 마을에는 향 냄새가 진동한다.

깊디깊은 산속 절간에서나 맡아볼 수 있는 향내다.

넓은 공지에는 무공을 수련한 듯 깊은 족적(足跡)이 패여 있다.

족적이 새겨진 모습은 다양했으나 종종걸음을 치는 듯 간격이 좁게 패어지다가 구척 신장을 가진 사람이 큰 걸음을 옮긴 듯 넓게 떼어진 것은…… 육안으로는 형체를 식별해 낼 수 없다는 소림 신법, 대나이(大那移) 신법(身法)의 전형적인 특징이다.

'고수들이다. 엄청난 고수들……!'

무공에 안목이 있는 사람이라면 하찮은 족적만으로도 상대의 무공을 짐작해 낼 수 있다.

그럼 그들은 어디로 갔는가?

문이 빼꼼이 열리며 마을 사람 한 명이 문틈으로 바깥 동정을 살폈다. 그러다 적사와 눈이 마주치자 황급히 문을 닫아걸었다.

'마을에 무슨 일인가 있었어. 소림승들을 일제히 움직일 만한 일이…….'

그 일이 무슨 일인지는 알 수 없지만 한 가지, 종리추와 무관하지 않은 것만은 확실하다.

마을에 어떤 일이 있었는지 어렴풋이 짐작할 수 있는 것이 발견되었다.

허리가 양단되어 죽은 뱀, 선장(禪杖)에 맞았는지 머리가 으스러져 죽어 있는 뱀…… 뱀, 뱀, 뱀.

얼핏 봐서는 눈에 띄지 않던 뱀들이 자세히 들여다보니 마을 천지가 뱀투성이였다.

이렇게 많은 뱀이 마을에서 인간과 같이 살리는 만무하다.

분명히 마을에 뱀이 모여들 만한 무엇이 있었거나, 아니면 누가 인위적으로 풀어놓았다는 말이 된다.

물론 전자보다는 후자가 더 가능성있었고 뱀을 풀어놓은 사람은 종리추이거나 살문 살수들이리라.

소림승들이 뱀을 쫓아갈 리는 없다.

그들은 뱀을 풀어놓은 사람을 쫓아갔다.

뱀을 풀어놓고 모습을 드러낸다는 것도 이상하다. 대체적으로 뱀을 풀어놓는 사람들은 자신을 드러내지 않으려고 한다. 힘이 있으면 앞에 나서서 싸울 것이지 뱀을 풀 필요는 없으니까.

유인책(誘引策)이다.

종리추는 경륜이 많은 소림승들마저 감쪽같이 속아 넘어갈 만큼 치밀한 계산 아래 행동했으리라.

모든 상황을 어렵지 않게 짐작할 수 있다. 모진아와 혈영신마가 태연하게 발길을 떼어놓는 것만 봐도.

"허허! 이런 말은 하고 싶지 않지만 오제가 자식 농사는 가장 잘 지은 것 같습니다."

비원살수는 적사가 옆에 있는데도 그런 말을 했다.

그렇다. 그들에게 소고, 소여은, 적사, 종리추, 야이간은 자식이나 다름없었다. 부모가 자식에게 쏟는 정성으로 그들을 대했다. 그들은 모두 자신들의 방식으로 자식 농사를 지었고, 그중에서 적지인살은 풍작을 거뒀다.

비원살수의 말에 아무도 대꾸를 하지 못했다.

청면살수가 들을 수 있으면 한마디 했으련만 그는 들을 수 없고 소천나찰은 입이 열 개라도 할 말이 없다. 미안공자…… 그는 소여은을 힐끔 쳐다보았을 뿐 별다른 감정을 드러내지 않았다.

중원에 들어올 때까지만 해도 모두 자신들의 자식이 제일일 것이라고 생각했다.

궁극적인 목적은 소고의 몸에 꼭 맞는 손발이 되게 만들려고 했으나, 혹 소고를 밀어내고 몸통이 되지 않을까 염려스러울 정도였다.

그들 모두 삼이도에서 만났으나 두 명은 싸웠고 두 명은 싸우지 않았다.

싸운 사람들은 소고의 수족이 되어 충실히 움직이고 있으나 싸우지 않은 사람들은 모두 소고에게서 벗어났다.

야이간은 보기 좋게 등을 돌렸다.

그렇게 해서 야이간이 무엇을 얻을지는 모르지만, 소고도 소천나찰도 살혼부주인 청면살수도 더 이상 야이간과 묵월광을 연결 지어 생각할 수 없게 되었다.

또 한 사람. 가장 걱정하지 않았고 가장 무시했던 종리추가 소고에게서 벗어났다.

이만큼 커버린 종리추에게 소고의 수족이 되라고는 할 수 없다. 그는 소고의 수족이었으나 소고가 떼어냈고, 떨어져 나가 스스로 자랐다.

종리추는 소고와 동등한 입장이 되어버렸다.

소고 일행이 마을을 막 빠져나왔을 때,

퍼엉!

멀리 삼, 사백여 장은 떨어진 곳에서 요란한 소리와 함께 폭죽이 치솟았다.

지금까지 느긋하기만 하던 모진아와 혈영신마의 행동이 급변했다.

"이제부터는 최대한 빨리 달려야겠소. 내가 멈출 때까지 쉬지 않고 달려야 하오. 뒤처지는 사람은 어쩔 수 없소, 버리고 가는 수밖에. 그러니 뒤처지지 않도록 명심하시오. 사령, 화령을 잘 챙기시오."

모진아가 다급히 말했다. 그리고 말이 떨어지기 무섭게 신형을 쏘아냈다.

묵월광 살수들은 시간이 지날수록 마음이 답답해 왔다.

폭죽, 그리고 모진아의 다급한 행동은 군웅, 혹은 소림승에게 종적이 발각되었음을 말해 준다.

종리추를 비롯하여 살문 살수들은 완전히 떨어져 나갔다.

폭죽이 솟구친 순간부터 묵월광은 혼자가 되었다.

묵월광 살수들은 보이지 않는 그물막을 감지했고 무서운 압박감으로 전신을 옥아왔다.

팔부령에서도 종리추는 곁에 없었다. 하지만 늘 곁에 있었다. 그들 옆에, 혹은 앞에서 자신들을 지켜보고 있었다.

현재 위험하기로 따지면 종리추가 훨씬 더 위험하다.

그는 천여 명에 이르는 군웅들, 소림의 모든 힘이라고 해도 과언이 아닐 백팔나한과 칠십이단승의 포위 속에 갇혀 있다.

그런데…… 이상한 일이지만 그는 걱정되지 않는다.

그의 곁에 있을 때는 불안한 마음이 들지 않았다. 자신들은 종리추보다 훨씬 덜 위험하지만, 그가 곁에 없으니 훨씬 더 위험하게 느껴진다. 꼭…… 올가미에 갇힐 것만 같다.

"조금만 더 빨리! 이제 일 리만 더 가면 되니까 힘을 내!"

모진아의 얼굴에도 조급함이 역력했다.

사령 살수들이 화령 살수들을 업고 있는 바람에 이동 속도가 훨씬 느려졌다.

"어디 목적지가 있는 거예요?"

소고가 물었다.

"주공 말씀대로라면 일 리만 더 가면 몸을 숨길 곳이 있소이다."

모진아가 뛰면서 답했다.

일 리…….

사령 살수들은 땀이 비 오듯 흘러내렸지만 사력을 다했다.

여인의 봉긋한 가슴이 등에 찰싹 닿아 있지만 그런 것에 신경 쓸 겨를이 없었다.

쫓아오는 사람은 보이지 않는다.

누가 추적을 시작했는지, 과연 종적이 발각되기는 한 것인지 그것도 불분명하다.

하지만 모진아가 뛰니 사력을 다해 뛰어야 한다.

여기까지 종리추의 계산이 숨어 있다.

그는 실수를 모르는 사람이다. 남들 같으면 벌써 죽었어야 할 사람이 아직도 살아 있다.

그가 말한다, 최대한 빨리 신법을 전개하라고.

일 리란 거리는 멀게 느끼는 사람에게는 한없이 멀고 가깝게 느끼는 사람은 눈 깜짝할 사이에 당도할 수 있는 거리다.

묵월광 살수들은 일 리가 천 리나 되는 것처럼 멀었다.

모진아가 말한 곳에서부터 거의 일 리 가까이 치달려 왔건만 은신처나 움막, 동굴 등등 몸을 숨길 만한 곳은 보이지 않는다.

얼마나 더 달려야 하는 것일까?

앞에 느릿느릿 움직이는 행렬도 눈에 거슬린다.

어느 처자가 혼인을 하는지 혼례 가마를 멘 장정들이 느릿한 걸음으로 움직이고 있다.

도주하는 입장에서는 목격자가 생긴 셈이다.

도주하는 데 왕도(王道)가 있다면 철저하게 사람을 피하는 방법도 그중 하나다.

보는 눈이 많으면 많을수록 도주하는 자에게는 흔적을 남겨놓는 결과가 된다.

'종리추가 왜 이런 실수를……. 하기는 관도를 치달려왔으니 지금까지 사람을 만나지 않은 것도 요행이지. 그런데 왜 이런 길을…… 차라리 산길을 탔으면 사람을 만나는 일은 없었을 텐데.'

달려오느라 생각하지 못했지만 정말 어리석은 도주로를 택했다.

사람 다니라고 만들어놓은 길을 달려왔으니 사람 눈에 뜨이는 것은 당연하지 않은가. 만약 뒤쫓는 사람이 있다면 천리안을 가진 사람처럼 쉽게 쫓아오리라. 그런데,

쉬이이익……!

바람처럼 치달린 모진아가 혼례 행렬 틈에 섞여들었다.

혼례 가마를 메고 가던 사람들, 혼수품을 들고 뒤쫓던 사람들도 바

쁘게 움직였다.

"소고!"

어느 부유한 집 총관(總管)쯤 되어 보이는 사람이 느닷없이 소고를 불렀다.

소고가 고개를 돌려 바라보자 그는 두툼한 보따리를 꺼내 던졌다.

소고는 엉겁결에 보따리를 받아 들었다.

"소여은!"

사내는 또 다른 이름을 불렀고, 어김없이 보따리를 집어 던졌다.

그사이 소고에게는 혼례를 따라가는 시녀로 보이는 어린 계집 두 명이 다가섰다.

"빨리 가마 안으로 드세요."

소고는 무엇인가 묻고 싶었지만 마음속에 묻어둔 채 가마 속으로 들어갔다.

텅 빈 가마였다.

시녀 두 명이 주발을 걷고 소고가 들고 있는 보따리를 빼앗듯이 가로채 풀었다.

안에는 혼례복이 들어 있었다.

어린 계집애들은 이런 일을 수천 번도 더 해본 듯 익숙한 솜씨로 혼례복을 입히기 시작했다. 족히 반나절은 공을 들여야 한다는 혼례복을 길가에서…….

하지만 소고가 무복을 벗고 혼례복을 입기까지는 촌각도 걸리지 않았다. 얼굴에 연지 곤지를 바르기까지 모두 일 다경(一茶頃)조차 걸리지 않았다.

어린 소녀들은 능숙했다.

화령 살수들은 하녀들이 입는 허름한 옷을 입었다. 그렇다고 그녀들의 빼어난 미모가 숨겨지는 것은 아니지만.

사령 살수들은 하인들로 분장했다.

살혼부 살수들은 혼례품을 실은 수레 안에 숨겨졌다.

준비를 철저히 했으니 그렇겠지만 겉에 있는 물건 몇 개를 들춰내자 텅 빈 공간이 나왔다. 수레 한가운데 빈 공간을 만들어놓고 물건들을 쌓은 솜씨라니.

모진아와 혈영신마가 소고에게 다가왔다.

그들은 변복을 하지 않았다. 팔부령을 떠나올 때의 차림새 그대로였다.

"우리는 여기까지입니다."

"……."

소고는 아무 말도 하지 못했다.

모진아가 서신 두 통을 꺼내 건네왔다.

"이건 새로운 소식입니다. 이 사람들이 가져온 정보니 현재로써는 가장 빠른 겁니다. 또 한 통은 주공께서 드리라는 겁니다."

"고마워요."

"마음에 들지는 않지만 주공 말씀을 존중합니다. 살문 살수들은 언제 어디서든 묵월광에게 양보합니다. 저희도 역시 마찬가지. 당연한 일이니 고마워하실 것 없습니다."

모진아는 사람 좋게 씩 웃어 보였다.

가는 눈이 더욱 길게 찢어지며 실눈이 되었다.

"그럼 저희는 이만."

모진아와 혈영신마는 지금까지 달려온 것처럼 다급히 신형을 날려 사라져 갔다.

 그들이 신형을 날린 곳은 팔부령 쪽이 아니라 멀리서도 볼 수 있는, 드넓게 펼쳐진 논이 있는 곳이다.

 소고는 주발을 쉽게 내리지 못했다.

 모진아와 혈영신마가 왜 논 한가운데로 뛰쳐나가는가.

 불길한 느낌이 들어 확인해 보지 않을 수 없었다.

 그런데… 천천히 이동하는 가마 행렬이 십여 장쯤 움직였을 때,

 쉬익! 쉬이익! 쒜엑……!

 허공을 찢는 바람 소리와 함께 사방에서 비조(飛鳥)가 날아들었다.

 비조가 아니다. 사람이다, 승복을 입은……. 소림 무승이다. 무적에 가깝다는 백팔나한과 칠십이단승들이다. 그들이 까맣게 멀어지는 두 점을 향해 신형을 날리고 있다.

 '역시… 유인이었어.'

 소림승 중 한 명이 다가와 총관에게 무엇인가를 물었다.

 "아미타불! 경사가 계시는 것 같군요. 어느 집 혼사이외까?"

 "네. 정운(町芸) 송(宋) 대인(大人) 댁 둘째 아가씨 혼사입니다. 건적(建迪) 가(可) 대인(大人) 첫째 아드님과 연분을 맺기로 했습니다. 그런데 무슨 일 있습니까? 소림 스님들 같은데……."

 "별일 아닙니다."

 "여기서 이렇게 뵌 것도 인연인데 시간있으시면 건적에 들러주시겠습니까? 소림 스님께서 축원을 해주시면 더없는 영광이겠습니다."

 "아미타불! 알겠습니다."

 대화 내용으로 봐서 단순한 가장 행렬이 아니다. 소림승은 정운과 건적에 사람을 보내 정말 혼례가 있는지 알아볼 것이고 진짜 혼례라는

답변을 들을 것이다.

종리추는 정말 치밀한 사람이다.

그가 이렇게 준비할 수 있는 힘은 어디서 나오는 것일까.

갑자기 긴장이 풀어졌다.

그녀는 종리추를 믿는다. 종리추가 안배해 놓은 것이니 무탈하게 장자까지 이동할 수 있으리라. 장자에서는 무사히 배를 탈 것이고, 하남에 들어서는 것은 시간문제다.

모진아와 혈영신마의 걱정도 하지 않았다.

그들을 뒤쫓는 사람들이 무림 최절정고수지만 종리추가 모진아와 혈영신마 같은 사람을 한낱 유인책의 먹이로 던져 놓고 방관하지는 않을 게다.

소림승이 행렬에서 떨어져 신형을 날린 다음에도 한참이 지나서야 소고는 모진아가 넘겨준 서신을 꺼냈다.

먼저 종리추가 남겼다는 서신부터 열어보았다.

서신은 두 장이었다.

한 장은 지도였다. 장자까지 가는 여정(旅程)이 세밀하게 그려져 있었다. 또한 장자까지 어떤 길을 따라갈 것이며, 중간중간 여장(旅裝)은 어디서 풀 것이며…… 소고가 궁금해하는 모든 것이 그 속에 담겨 있었다.

지도대로라면 장자까지 가는 데 닷새가 걸린다. 장자에서 하루를 머물고 배로 갈아타 하남까지 가는 데 사흘이 걸린다.

아흐레면 하남에 도착할 수 있다.

소고는 종리추의 치밀한 배웅에 격정이 치밀었다.

사내가 꼼꼼해도 이렇게 꼼꼼할 수 있는가.

또 다른 서신에는 짤막한 글귀가 적혀 있었다.

왕신지(王愼之)에게 통솔권(統率權) 위임(委任). 경거망동(輕擧妄動) 절대 엄금(嚴禁). 인(忍), 인(忍), 인(忍), 인(忍).

아마도 혼례 행렬을 인솔하는 총관 이름이 왕신지인 듯싶다.
아무려면 어떨까. 어차피 하남에 들어가기 전까지는 어떤 행동도 할 수 없는데. 하남에 들어가 이십팔숙과 묵월광의 또 다른 힘, 재력을 건사한 후 그 다음은……
종리추가 이렇게 '참을 인'을 강조하지 않아도 지금은 참는 수밖에 없다.
소고는 왕신지가 가져왔다는 서신을 펼쳤다.

하후가 무인 백칠 명, 하남으로 급행(急行).
도중 정체 모를 무인들이 합류. 총인원 백이십여 명으로 추정.
하후 가주와 야이간의 면담 이후 전격적으로 이루어진 행동.
목표는 이십팔숙으로 사료.

"뭐, 뭐얏!"
소고는 자신도 모르게 소리를 지르고 말았다.
서신을 들고 있는 손이 부들부들 떨렸다.
야이간이라면…… 그가 이십팔숙의 동태를 살폈다면 불가능하지만은 않다.
"와, 왕신지!"

소고는 총관을 불렀다.

왕신지가 다가와 가마 곁에 섰다.

"이, 이 서신… 어디까지 믿을 수… 있지?"

음성은 왜 이렇게 떨려 나오는지.

"거의 확실합니다."

왕신지의 대답은 비정했다.

"빠, 빨리 가야 돼. 빨리!"

"주공께서 서신을 드린 것으로 알고 있습니다. 제가 통솔권을 가지고 있으니 무공으로 제압하고 떠나신다면 어쩔 수 없겠지만 지금은 저를 믿으셔야 합니다. 이십팔숙은 이십팔숙의 운명을 믿어야겠죠."

"그, 그래도……."

"지금 여기서 모습을 드러내면 틀림없이 죽습니다. 중원무림의 뜻이 무엇인지 아십니까? 묵월광과 살문을 이 땅에서 지워 버리는 겁니다. 분명히 알아두셔야 할 것은 현재 묵월광은 십망을 선포받은 혈암검귀의 일맥으로 낙인찍혔다는 겁니다. 또한 역시 십망을 선포받은 살혼부의 후인들이기도 하고. 도저히 살 방도가 없습니다."

"그래도, 그래도 빨리 가야 돼."

"살문도 같은 입장입니다. 이건 싸움이 아니라 무림 전체와의 전쟁입니다. 아시겠습니까? 살문은 싸움을 시작했습니다. 한두 사람 죽는 것으로 끝나는 일이 아닙니다. 묵월광, 살문 두 문파 전부 지상에서 사라져야 끝나는 싸움입니다."

소여은과 적사도 가까이 다가와 왕신지의 말을 들었다.

이십팔숙과 천 노인이 관리하는 재력은 묵월광의 미래다. 그것을 믿고 하남으로 가려고 하는 게 아닌가. 그들이 잘못된다면 묵월광의 미래도 없다.

왕신지가 말을 이었다.

"이건 주공의 말씀입니다. 반드시 빨리 가려 재촉할 테고, 거부하면 독단으로라도 빨리 가려 할 테니 그때는 이렇게 말씀드리라고."

소고는 전신에 힘이 쭉 빠졌다.

이제야 알았다. 종리추가 왜 '인(忍)'을 그렇게 써냈는지.

그는 알고 있었다, 하후가 무인들이 이십팔숙을 치러 간다는 것을. 그것을 이제 와 말해 주는 것도 서신에 적힌 것처럼 경거망동할까 봐 우려해서였으리라.

'일살…… 미안해. 너를 믿어야겠어. 피해야 돼. 절대 부딪치지 말고 피해야 돼.'

소고는 개미굴 속에 들어간 듯 마음이 바글거렸지만 그녀가 할 수 있는 행동은 정말 없었다.

소고는 소여은을 쳐다봤다.

소여은이 미간을 찌푸리더니 고개를 살래살래 흔들었다.

이미 너무 늦었다.

하후가 무인들은 벌써 하남성에 들어서고 있다. 아무리 빨리 뒤쫓아도 그들보다 빠를 수는 없다.

전서를 사용할 수도 없다.

그놈의 전서구는 왜 아는 길만 찾아간단 말인가.

전서구를 사용하려면 하남에 들어서야 하고, 하남에 들어가기까지는 아흐레……. 아흐레면 모든 일이 끝나 있으리라.

소여은이 이를 악물며 말했다.

"언니, 우리 어쩌면…… 맨주먹으로 시작해야 될지도 모르겠네."

어쩌면 지금 이 상태에서 새롭게 출발해야 될지도 모른다. 이십팔숙을 모두 잃고 천 노인이 관리하는 재력까지도 잃어버리면.

십망을 받으며 목숨을 지탱해 온 청면살수, 그가 이룩한 모든 것이 물거품이 되어 사라진 상태에서 새롭게 출발해야 할지도.

"종리추는 혼자 시작했어. 혼자 살문을 만들었어. 소고, 오기가 생기는데…… 해봅시다. 맨주먹으로 시작하게 돼도……. 우선은 일살을 믿어봐야겠지."

적사도 이를 악물었다.

소고는 이제야 적사와 소여은이 자신에게 돌아왔다는 것을 느꼈다.

전에는 이렇지 않았다. 수하로 있었지만, 적사와 소여은에게는 정도 주었다고 생각했지만 이들에게는 늘 이들만의 길이 있었다.

소여은은 사내에 대한 어두운 그늘이 있다. 그것이 완벽한 충성을 방해해 왔다. 적사는 너무 강하다. 그의 강함이 무공으로 눌렸어도 좀처럼 인정하려 들지 않았다.

이제야 진정한 수족이 되었다. 아니, 형제가 되었다.

"그래, 시작할 수 있어. 호호! 일살이 그리 쉽게 당하지는 않을 거야. 일살은 적사만큼 강한 사람이거든."

이십팔숙……. 그들은 청면살수가 키운 사람들이다. 좀 더 정확히 말하면 청면살수의 무공으로 공지장이 키운 살수들이다. 형제들이 십망을 피하지 못할 경우를 대비해서.

그들은 강하다.

◆第七十三章◆
절수(切手)

송화장(松花莊)의 아침은 어느 날과 다름없이 시작되었다.

하인들은 새벽닭 울음소리에 깨어나 마당을 쓸었다. 하녀들도 분주히 청소를 시작했고 주방에서는 구수한 음식 냄새가 새어 나왔다.

날이 추워서인지 사람들의 움직임은 둔했다.

둔한 움직임을 나무라는 사람은 없었다. 특별한 일이 있는 것도 아니고 단지 새로운 하루를 맞이했을 뿐이다. 새벽닭이 울었다고는 하지만 겨울밤은 길다.

"오늘은 어째 날씨가 우중충하니 눈이라도 내릴 것 같구먼."

"그러게. 오늘은 날씨가 왜 이리 꾸물거려."

하인들은 급할 것이 없었다.

날이 밝아야 주인이 일어나는데, 날이 밝으려면 아직도 한 시진이나 남았다. 또 날이 밝는다 해도 마땅히 할 일이 없었다.

절수(切手) 181

한 해에 오천 석을 수확하는 갑부 송화장도 겨울 하루는 남들과 다를 바 없었다.

"그런데 이 친구는 아직도 자나?"

"누구?"

"얼마 전에 들어온 젊은 놈 말야. 하루 종일 말 한마디 안 하는 그 건방진 놈."

"아! 그놈. 어? 정말 안 보이네? 자는 모양이지 뭐. 놔둬, 그놈은 상종도 하고 싶지 않아. 눈꼬리가 쫙 째진 게…… 이구! 그놈 생각만 해도 소름이 오싹 끼치네. 마치 살인하고 도망 다니는 놈 같지 않아?"

"조용한가 싶더니 어찌 그런 놈이 들어와 가지고……."

"날씨도 추운데 그만 들어갈까? 이놈의 마당은 백날 쓸어도 이 모양인데 뭘."

"그럴까? 그만 들어가지 뭐. 이구! 추워!"

사람들이 새로 들어온 젊은 하인, 하인 주제에 건방지기 이를 데 없지만 눈초리가 워낙 매서워 상종할 생각도 나지 않는 청년의 죽음을 발견한 것은 날이 중천에 걸릴 무렵이었다.

아무리 꼴 보기 싫은 사람일지라도 해가 중천에 걸릴 때까지 잠자리에서 헤어나지 못하는 사람을 내버려 둘 수만은 없었다.

"이봐, 그만 일어나지… 헉!"

혹 시비가 붙을까 봐 조심스럽게 방문을 열어젖힌 늙은 하인은 벼락이라도 맞은 듯 몸이 굳어졌다.

오금이 저려 발을 떼어놓을 수 없었다.

"이, 이게……."

말도 제대로 새어 나오지 않았다.

눈앞에 드러난 광경은 그가 평생 보아왔던 모든 처참한 광경을 모두 합쳐도 모자랄 만큼 지독했다.

"사, 살인… 살인이얏!"

한참 만에야 목청이 트이며 고함이 터져 나왔다.

사람들이 몰려왔지만 모두 눈을 부릅뜰 뿐 너무 놀라 말을 잇지 못했다. 개중에 비위가 약한 사람은 토악질을 해댔다.

침상은 온통 피로 얼룩져 검붉게 물들었다.

청년의 모습은 보이지 않았다. 대신 사지가 잘린 몸통만이 덩그러니 누워 있다.

피가 모두 흘러나와 더 이상 빠져나올 피도 없었다.

흘러나온 피도 딱딱하게 굳은 것으로 보아 죽은 지 꽤 된 것 같은데…….

잘려진 팔다리는 침상 밑에 있다. 가랑이부터 베어낸 두 다리, 어깻죽지부터 베어낸 두 팔이 가지런하고 반듯하게 놓여 있었다.

청년의 잘린 머리는 주담자가 놓인 탁자에서 발견되었다.

물론 성한 머리는 아니었다.

사람들을 놀라게 한 것은 머리가 손상되었다는 것보다도 머리 옆에 놓여 있는 흉측한 살점들 때문이었다.

두 귀, 청년의 것으로 짐작되는 혀, 그리고 두 눈알.

마치 조각가가 조각을 하듯 탁자에 앉아 잘라낸 머리를 천천히 분해한 듯, 종류별로 가지런히 놓여 있는 모습에 기가 질려 버렸다.

"인간 백정이야, 백정……. 백정이 아니면 이럴 수 없어."

누군가 중얼거렸다.

채건문(蔡建文)은 새끼로 엮은 가마니를 뒤집어썼다.
황소가 이끄는 수레는 느리기가 굼벵이나 다름없고 혹한의 찬바람은 고스란히 옷섶으로 파고들었다.
차라리 걷는다면 땀이라도 흐르련만 수레에 앉아 찬바람을 고스란히 맞으려니 여간 고역스럽지 않았다.
"그렇게 웅크려 있지 말고 내려서 걸어, 이 사람아. 앉아서 얼어 죽을 일 있어? 송장 두 번 치우게 하지 마. 으휴!"
옆에서 터벅터벅 걷던 노삼(老三)은 죽은 청년의 모습이 생각났는지 부르르 치를 떨었다.
채건문은 노삼의 타박에도 대꾸하지 않았다.
여느 사람들 같으면 내려서 걸을 것이다. 하지만 그는 수레에 앉는 것을 고집했다. 발바닥에 종기라도 난 사람처럼 걷는 것을 마다하고 수레에 앉아 꾸벅꾸벅 졸았다.
장장 십오 년.
채건문이 수레에 앉아 존 세월이다.
송화장에서는 산간을 돌며 엽사(獵師)들로부터 모피를 사들여 오늘날의 부를 이루었다. 오천 석을 수확하는 널따란 땅도 모피를 팔아 산 것이다.
엽사들이 직접 시장에 내다 팔면 송화장에 파는 것보다 더 좋은 거래를 할 수 있겠지만 자질구레한 것 몇 장 팔려고 시장까지 내려올 수는 없는 일이다.
송화장에서 사들인 모피는 소상인(小商人)들에게 넘겨진다.

소상인도 이문이 남는다. 송화장에서 모피 값을 워낙 비싸게 매기는 관계로 큰돈을 벌지는 못하지만 작은 돈으로 시작할 수 있는 장사인 것만은 틀림없다.

노삼과 채건문은 벌써 십오 년 가까이 송화장과 거래하고 있다.

원래 수레에는 모피가 가득 실려 있어야 한다. 표사도 두어 명쯤은 붙어 있어야 한다. 하지만 오늘 수레는 텅 비었고 표사도 따라붙지 않았다.

송화장에서 일어난 잔혹한 살인은 송화장뿐만이 아니라 송화장에 생계를 붙여먹고 사는 소상인들에게까지도 영향을 미쳤다.

오늘 같은 날 모피 장사를 할 기분은 나지 않는다.

"어떤 인간이 사람을 그렇게 죽이는 거야. 부모를 죽인 철천지원수도 그렇게 죽이지는 못하겠다. 에휴! 말세(末世)가 아니랄까 봐……."

언제까지나 제자리걸음을 할 것 같던 황소가 벌써 오 리나 걸었다.

관도 옆으로는 올망졸망한 논들이 있고 논 너머에는 대여섯 가구의 집들이 보인다.

십오 년 가까이 오간 길이니 눈을 감고도 어디에 무엇이 있는지 알 수 있다.

"오늘은 기분도 그렇고 날씨도 우중충하고…… 어떤가? 우리 뱃속 좀 달래주고 갈까?"

채건문은 노삼이 뭐라고 하든 말든 꾸벅꾸벅 졸기에 바빴다.

그들은 늘 그랬다. 노삼은 말을 하지 않으면 직성이 풀리지 않는 사람이고 채건문은 잠귀신이 붙어 졸음에서 헤어 나오지 못했다. 그러니 노삼은 늘 혼자 말하고 혼자 결정을 내리곤 했다.

덜그렁, 덜컥, 덜컹……!

수레가 요란스럽게 삐걱거리며 굽어진 길을 돌았다. 그때,
"어!"
노삼은 무엇인가 눈앞을 휙 지나간다고 느낀 순간 정신을 잃고 쓰러졌다.

채건문은 졸음에서 깨어나 수레를 에워싼 죽립인들을 보았다.
어깨까지 뒤덮는 커다란 죽립을 쓴 무인들은 모두 다섯 명이었다.
채건문은 무인들이 자신을 에워싸고 있는 상황에서도 놀란 기미를 보이지 않았다. 그의 눈동자는 담담했고 얼굴에서도 표정 변화를 읽을 수 없었다.
"묵월광 이십팔숙. 남(南)에 정(井). 아니면 아니라고 말해."
"……."
채건문은 부정하지 않았다.
그의 입가가 일그러지며 씨익 잔소(殘笑)를 배어 물었다.
다 알고 온 상대다.
남(南) 익(翼)을 소리없이 죽인 자들이다.
그는 변명 대신 물음을 던졌다.
"사지를 자르고, 귀를 베어내고, 혓바닥을 자르고, 두 눈을 파낸 건…… 십망인가?"
"우리만의 십망이지."
"우리?"
"천외천."
"……?"
"너희 같은 놈들을 가장 잔혹하게 죽이기 위한 죽음의 안내자지."

채건문의 두 눈에 은은한 경악이 스쳐 갔다.

이들은 살수가 아니다.

묵월광 이십팔숙은 공식적으로 활동한 살수들이 아니기 때문에 혈배를 들고자 하는 살수들이라도 자신들을 노릴 까닭이 없다.

사파 인물도 아니다.

이들의 전신에서 뿜어 나오는 기도는 당당하게 싸우고자 하는 정정당당함이다.

정파 인물. 그렇다고 정통무가의 무인들이라고 할 수도 없다.

이들은 살수처럼 암살도 서슴지 않으며 하류잡배들이나 사용한다는 독살이나 미인계도 망설임없이 펼칠 자들이다.

이들에게는 계략이 없다.

이들에게는 용서, 자비가 없다.

있는 것은 오직 죽음뿐이다. 정종무공을 익혔으나 죽이고자 하는 자는 이유를 불문하고 무조건 죽이기 위해 병기를 든 자들이다.

무림에 새로운 족속이 나타났다.

묵월광은 이들의 등장을 까마득히 모르고 있다.

무림의 소식이라면 개방 못지 않게 빠르다고 자부하는 묵월광의 정보망에도 걸려들지 않은 자들.

'알려야 되는데…….'

생각은 치밀었지만 방법이 없다.

남 익의 죽음을 보았을 때부터 신변에 위협을 느꼈다.

남 익은 철저하게 혼자 살아온 사람이기에 누구에게 원망 살 일을 저지른 적이 없다. 그렇게 죽을 이유가 없다. 그렇게 처참하게 죽어야 하는 이유를 찾으라면 오직 하나 그가 청부 살수라는 전력이 드러났을

절수(切手) 187

경우뿐이다.

남 익이 죽었다는 것은 또 이십팔숙의 모두가 노출되었다는 것을 의미한다.

남 익이 죽은 어젯밤 하남성 곳곳에서는 살육이 벌어지고 있었으리라, 눈앞에 서 있는 이자들에 의해서.

누가 당했고 누가 살았는가.

지금은 서로 간의 안위조차 파악할 수 없다.

그만큼 이들의 공격은 신속하고 정확했다.

남 정, 채건문의 생각이 틀렸다면 천만다행이지만.

불행히도 그의 생각은 옳았다. 남 익이 죽고 곧바로 자신 앞에 모습을 드러내는 것으로 보아 묵월광을 잘 알고 있는 자들이다.

묵월광 이십팔숙은 두 명이 한 조를 이뤄 서로의 안위를 확인한다. 둘 중 한 명이 변괴를 당하면 남은 자에 의해 곧장 일살에게 보고된다. 두 명 모두가 변괴를 당하면 보고가 올라가지 않고 일살은 변괴당한 것으로 간주한다.

채건문은 보고할 틈이 없었다.

집으로 돌아가야 보고를 할 수 있는 전서구가 있는데 이들은 집에 가는 것조차도 용납하지 않는다.

이십팔숙이 누구인지, 어디에 은신해 있는지, 어떻게 유지되고 있는지 소상히 파악하지 않고서는 있을 수 없는 행동이다.

"천외천이라…… 못 들어본 놈들. 좋아, 자신있으면 공격해 봐. 어차피 빈손으로 돌아갈 놈들도 아니겠지만."

죽립인들이 천천히 다가와 수레를 에워쌌다.

채건문은 죽립인들의 병기를 보았다. 그리고 또 한 번 놀랐다.

대도(大刀), 그리고 번개 문양.

'하후가? 그렇군. 종리추가 혈영신마를 구하면서 벽도삼걸의 인피면구를 사용했다더니만…… 불똥이 여기까지 튄 거군. 오늘은 득보다 실이 많은 날이군.'

이런 경우에는 어떻게 대처해야 할까?

여러 가지 방도가 있겠지만 채건문이 가장 즐겨 사용하는 방법은 도주다.

삼십육계(三十六計) 중 가장 마지막 계책이 주위상(走爲上)이다.

주위상은 패전육계(敗戰六計) 중 하나로 패전할 수밖에 없는 상황에서 승리할 수 있는 마지막 비책이다.

도망가면 살 수 있다. 목숨이 부지해 있으면 후일을 노릴 수 있다. 도주란 용기없는 자가 행하는 것이 아니라 진정한 용기가 있어야만 행할 수 있다.

'다섯 명. 이들에게 강호 도의를 기대할 수는 없다. 일시에 합공할 게다. 처음 일 초(一招)가 중요하다. 일초식에서 도주하지 못하면 빠져나가지 못한다.'

채건문은 수레에 앉아 일어나지도 않았다. 어찌 보면 목숨을 포기한 사람처럼 보이기도 했다.

"쉽게 죽이지는 않겠다. 먼저 사지를 자르고, 귀를 자르고, 혓바닥을 도려내겠다. 눈을 가장 나중에 파내는 이유는 똑똑히 보라는 뜻이다. 누가 너를 죽이는지 얼굴을 똑똑히 봐둬."

'이놈들은 인성(人性)을 버렸다!'

채건문은 도주조차 용이하지 않을 것이라는 불길한 예감이 들었다.

사람 목숨을 파리 목숨처럼 하찮게 여기는 살수도 죽이는 사람의 눈

절수(切手) 189

은 가급적 쳐다보지 않는다. 죽이는 사람의 눈을 보면 삼 년간 재수없다는 소리도 있다. 꼭 그런 말이 아니더라도 비참하게 죽어가는 사람의 눈을 보는 것은 어쩐지 께름칙하다.
한데 이들은 그런 눈을 빤히 쳐다보면서 죽이겠다는 말을 한다.
인의(仁義), 협행(俠行). 정도의 모든 기치를 버리고 철저히 사마(邪魔)가 되겠다는 뜻이다.
"마지막으로 눈을 파내는 고통까지 겪어야겠지. 인간이 겪을 수 있는 고통을 모두 겪게 한 다음 목을 잘라주겠다. 남 익이 바로 그렇게 죽었어."
죽립인들이 수레 지척에까지 이르렀다.
'기횟!'
단 한 번의 기회다.
채건문은 발을 쭉 뻗어 수레 쳇대를 힘껏 걷어찼다. 순간 소의 목을 둘러 감은 끈이 뚝 끊어지며 쳇대가 땅바닥으로 떨어져 내렸다.
우우헝……!
소는 목 부근에 큰 충격을 받았는지 길게 울어댔다.
피잉! 피이잉……!
소 울음소리와 동시에 터져 나온 소리다.
양 바퀴를 수레에 고정시켜 놓는 역할을 하는 메뚜기(고정 핀)가 불룩 불거져 나오는가 싶더니 쏜살같이 튕겨 나갔다.
따앙! 탕! 탕!
죽립인들이 암기처럼 쏟아진 메뚜기를 대도로 받아넘겼다.
그 순간 채건문은 수레에 있지 않았다. 그는 전신 진기를 양발에 집중시켜 힘껏 박차 올랐다. 아니, 박차 오른다 싶었는데 그의 신형은 어느새 오 장 밖으로 쏘아 나가고 있었다.

실로 눈 깜짝할 사이에 벌어진 도주였다.

"흥!"

냉랭한 코웃음 소리가 터진 곳은 채건문의 앞쪽이었다.

'이건 또 뭐야!'

채건문은 살수답게 위험을 감지했다.

살수의 가장 기본적인 요건이 완벽한 매복이다. 적이 코앞에 이르도록 숨을 죽이고 숨어 있어야 한다. 가장 잘 숨을수록 가장 쉽게 죽일 수 있다.

이번에는 반대로 당했다.

그는 죽립인 다섯 명만 신경 썼지 그들 외에 또 다른 사람이 있으리라고는 꿈에도 생각하지 못했다.

채건문은 반사적으로 튀어 올랐다.

상대가 누구인지 파악할 틈도 없다. 그에게는 시간이 없다. 약간이라도 지체한다면, 아니, 머리 속으로 상대가 누구일까 궁금해하기만 하더라도 죽립인 다섯 명이 도주로를 차단하기에는 충분하다.

그런데…… 소리가 이상하다.

피이잉……! 피잉!

이것은 병장기가 허공을 찢는 소리가 아니다. 암기가 날아오는 소리다.

"제길!"

짤막한 말이 입에서 새어 나온 것과 양다리가 불에 지진 듯 화끈해지는 것은 거의 동시였다.

쿵!

"크윽!"

채건문은 더 이상 어찌해 보지 못하고 비명을 지르며 나뒹굴었다.

살수로서는 초절정 반열에 들었고 진신 무공도 무림고수를 당당히 상대할 만큼 강했지만 느닷없이 나타나 암기를 발사한 고수는 터무니없이 강했다. 아니, 그렇게 강한 고수가 숨어 있었던 것조차 감지하지 못한 것이 실수다.

"끄응!"

힘들게 몸을 일으켜 통증이 치미는 곳을 쳐다봤다.

두 다리가 허벅지부터 깨끗하게 잘려 나가 보이지 않았다. 잘린 부위에서는 자기 것이라고 믿을 수 없을 만큼 깨끗한 선혈이 펑펑 쏟아져 나왔다.

전신이 끓는 기름 가마에 들어간 듯 화끈거렸다. 현기증이 치밀어 세상이 핑그르르 돌았다.

채건문은 정신을 수습하고 자신을 이토록 간단히 제압한 상대를 쳐다보았다.

노파였다.

옷차림이 소박하고 단정하며, 이목구비가 맑고 깨끗한 노파. 하얀 백발만 아니라면 중년 부인이라고 해도 의심할 여지가 없는 노파.

노파의 손에는 손바닥만한 작은 원반이 요사한 기운을 내뿜으며 번들거렸다.

"월영반! 비영파파!"

"호오! 나를 아는구나. 내 목숨도 청부되었더냐?"

비영파파는 예전의 비영파파가 아니었다. 그녀의 안색은 차디차게 굳어 있어 만년빙굴(萬年氷窟)에서 갓 튀어나온 빙녀(氷女) 같았다.

"하하! 하하하하하!"

채건문은 앙천광소를 터뜨렸다.

십오 년을 함께 생활한 노삼도 숨은 내력을 모를 만큼 신분을 철저히 숨겼고 평소 수레에 암기를 장치해 놓을 만큼 신변에 대한 안전도 예민하게 신경 써왔는데……

그래도 다행이다. 비영파파 같은 고수에게 당했으니 억울하지는 않지 않은가.

'알려야 해. 천외천…… 이들은 살수란 살수는 모두 죽이려고 해. 협약이고 묵인이고 필요없어. 이들에게 걸리면 죽어. 살수들은… 살수들은 독자생존해야 돼.'

생각은 간절했지만 그에게는 기회가 없었다.

"천외천의 이름으로 명한다. 십망을 시행하라."

비영파파의 명이 떨어지기 무섭게 죽립인이 작은 톱을 들고 다가섰다.

톱이다. 칼이 아니라 톱이다.

쓰극……!

'아아악……!'

채건문은 새어 나오려는 비명을 억지로 참아 넘겼다.

톱날이 살과 뼈를 갉아내는 고통은 이루 말할 수 없었다. 하지만 극기(克己)로 다져진 살수의 모습을 꼭 보여주고 싶었다. 그것만이 지금 채건문에게 남은 자존심이었다.

"지독한 놈들이군. 그래, 그래야지. 그래야 네놈들을 죽이는 기분이 나지. 이렇게 지독한 놈들이니 반드시 죽여 없애야 해. 무림 평화를 위해서."

양팔이 썰려 나가고 귀가 떨어졌다. 혓바닥까지 뜯겨 나갔다.

그래도 채건문은 비명을 지르지 않았다. 몇 번이고 혼절을 했지만,

생의 끈을 놓고 싶은 생각이 간절했지만 마지막까지 참아 넘겼다.

자신이 당했으니…… 이제 남 익과 남 정이 변괴를 당했으니 보고는 올라가지 않을 것이다. 이들이 전서구를 발견하여 날린다 해도 전서 표기는 오직 일살과 당사자만이 알고 있는 약호(略號)이니, 변괴 소식만 빨리 알려줄 뿐이다. 하지만 과연 일살은 무사할까?

눈이 뽑히고 이윽고 목이 잘리기 시작했다.

그는 느꼈다. 톱날이 목을 썰어오는 것을. 그리고 그렇게 놓지 않으려던 이승의 끈을 놓고 말았다.

"지독한 놈들입니다. 남 익도 그렇고 이놈도 그렇고. 이렇게 독한 놈들은……"

"그게 살수네."

비영파파가 말을 잘랐다.

"살수를 인간으로 생각해서는 안 되네. 삼류무공으로 일류고수를 죽일 수 있는 사람이 살수. 그러려면 무공을 대신하는 것이 있어야겠지. 그게 뭔지 아시는가?"

"……"

"독기(毒氣). 독기일세. 독기로 똘똘 뭉친 인간이 바로 살수라네. 조금이라도 방심하거나 손속에 사정을 두었다가는…… 육천군같이 되고 말지."

말을 잇는 비영파파의 얼굴에 어두운 그늘이 드리워졌다.

육천군……. 그들 중 사천군의 죽음은 비영파파에게 사지가 잘린 느낌을 안겨주었다.

사삭! 사사사삭……!

들고양이처럼 행동이 날렵한 인영들이 수림 사이를 헤치고 나갔다.

그들의 수는 얼핏 봐서도 삼백여 명에 이르렀다.

복장은 각기 달랐다.

흑의(黑衣)를 입고 역시 흑색의 복면을 한 인영들이 있는가 하면 백의(白衣)를 입은 사람들, 혹은 평소 자주 볼 수 있는 일반 무복(武服)을 입은 사람들도 있었다.

제일 앞서 달리던 사람이 손을 들어 올리자 인영들은 약속이라도 한 듯 일제히 멈춰 섰다.

그는 흑의에 흑의복면을 한 자였다.

흑의복면인이 검지를 곧추세워 앞쪽 나무 위를 가리켰다.

뒤따르던 인영들 중 흑의복면인 두 명이 소도(小刀)를 꺼내 입에 물고 재빠르게 나무 위를 기어올랐다.

몸이 나무에 찰싹 달라붙은 듯 부드럽고 유연한 몸놀림이었다. 잠시 후,

패에엥……! 우르릉…… 콩!

허공을 찢는 날카로운 소리, 바위와 바위가 부딪치는 듯한 굉음이 동시에 터져 나왔다.

소리가 일으킨 변화는 즉시 눈으로 확인되었다.

나무 위에서 그물이 떨어져 내려 인영들 앞길에 활짝 펼쳐졌다. 그리고 그 위로 목창(木槍)이 빼곡히 뒤덮였다. 땅도 꺼졌다. 인영들의 앞길에는 눈 덮인 산길이 사라지고 깊은 구덩이가 모습을 드러냈다.

무턱대고 앞으로 나갔다면 벌집이 되어 쓰러졌으리라.

지시를 내렸던 흑의복면인은 품에서 지도를 꺼내 잠시 살펴본 후 구덩이를 피해 옆으로 발길을 떼어놓았다.

다른 인영들은 사방을 날카롭게 주시하며 경계를 풀지 않았다.

이윽고 흑의복면인이 구덩이 저쪽으로 건너가자 그제야 인영들은 움직여 뒤를 쫓았다.

"음……! 천우진이 뚫리고 있습니다."

적지인살이 침통한 표정으로 말했다.

도끼로 거목을 베어내는 것보다 훨씬 더 큰 소리가 팔부령을 뒤엎는다.

나무 위에, 산길, 바위 틈새…… 온갖 노고를 기울여 설치해 놓은 함정들이 너무 간단하게 무너지는 소리다.

삼현옹은 대답하지 않았다.

자신이 직접 설치했고 날마다 점검했던 노방이 무너지고 있어도 거들떠보지도 않았다. 그는 멀거니 산 너머를 바라볼 뿐 대답할 기색이 없었다.

"이보게, 어떻게 잠시라도 시간을 끌 수 없을까? 난 이런 면에는 문외한이지만 문주가 올 때까지만이라도 버텨야 할 것 같은데."

보다 못해 용금화까지 나섰다.

현재 살문 본채라고 할 수 있는 곳에는 아녀자들과 그들 세 명밖에는 없다. 그나마 무공을 사용할 줄 아는 사람은 적지인살과 벽리군, 어린, 배금향 정도에 지나지 않는다.

천우진이 뚫린다면 도륙당하는 것은 시간문제다.

"무슨 수로."

"응? 그게 무슨 말인가?"

"무슨 수로 막아!"

"자네, 그걸 말이라고……."

"저놈들은 천우진을 속속들이 알고 있어. 기관이 어디 하루 이틀에 만들어지는 것인 줄 알아! 기관이란 무섭기 이를 데 없지만 아는 사람을 만나면 종이호랑이보다도 못한 게 기관이야."

"……."

적지인살도 용금화도 할 말을 잃었다.

그들은 삼현옹이 천우진을 설치하기 위해 쏟은 정성과 노력을 알고 있다. 아마도 지금 이 순간 가장 허탈한 사람은 삼현옹 본인일 게다.

적지인살이 몸을 일으켰다.

"어디 가려고……?"

용금화가 큼지막한 눈을 끔벅거리며 물었다.

"어떻게든 해봐야죠. 이대로 앉아서 당할 수만은 없지 않습니까. 저놈들 중에 기관을 아는 놈은 한 명일 겝니다. 그자만 죽이면……."

"쓸데없는 수작 부리지 말고 앉아!"

삼현옹이 버럭 노성을 질렀다.

"기관이 사람을 알아보는 줄 알아! 네놈이 간다고 뾰족한 수가 생길 것 같아? 아마 근처에 가기도 전에 벌집이 되고 말걸! 기관을 아는 놈이 하나라고? 하하핫! 멍청한 작자 같으니. 그런 머리로 지금까지 살아온 게 용하군."

삼현옹의 독설은 폭포수처럼 쏟아졌다.

적지인살도 초로에 접어든 나이다. 하지만 삼현옹에게는 어린아이 취급을 당하고 있으니.

새삼스러운 일도 아니다. 삼현옹은 사람을 사람으로 보지 않는다. 평생을 살아오면서 몇 명한테나 예의를 지켰을까? 살문 사람들은 남녀노소 막론하고 삼현옹에게 욕을 얻어먹지 않은 사람이 없다.

유회는 돼지 같은 놈, 혈살편복은 오뉴월에 빌어먹다 뒈질 놈이란 소리를 들었다.

오직 예외가 있다면 종리추와 어린이다.

사람을 벌레처럼 쳐다보는 삼현옹이지만 종리추와 어린에게만은 따뜻한 눈길을 보냈다.

"하지만 이대로 가만히 있으면……."

"……."

용금화가 적지인살의 옷자락을 살며시 잡아당겼고 적지인살은 주춤 다시 앉고 말았다.

삼현옹은 그를 쳐다보지도 않았다. 무슨 생각을 하는 것일까? 그가 보는 곳은 여전히 산 너머였다.

쾅! 콰아아앙……!
장정 십여 명이 감싸 안아야 될 만큼 큰 아름드리 고목이 부러져 나갔다.
파아아앗……!
그 속에서 무수한 비침(飛針)이 터져 나와 사방으로 비산했다.
'타탁!' 거리며 바위, 나무, 땅에 박히는 비침 소리가 등골을 오싹하게 만들었다.
팔부령을 파괴하고 있는 인영들은 바위 뒤에, 커다란 고목 뒤에…… 각기 몸을 숨길 만한 곳에서 머리카락까지 숨기고 시간이 지나기를 기다렸다.
사방에 고요가 밀려들었다.
나뭇가지가 흔들리는 소리도, 비침이 나는 소리도, 땅에 박히는 소리도 들리지 않았다.
그래도 인영들은 나오지 않았다.
그들은 귀를 기울여 다른 소리가 들리기를 기다렸다.
파아앗……! 타타타타닥……!
드디어 기다리던 소리가 들려왔다.
천우진이 시작된 곳에서 백 장을 들어서면 이차 기관으로 옮겨진다.
그물, 목창, 노방 그런 것이 아니라 폭발이 있고 비침이 있는 기관이다.
땅은 언제 꺼질지 모르고 하늘에서는 언제 무엇이 날아들지 모른다. 나뭇가지에 옷자락이 걸린 것 하나만으로도 목숨을 잃을 수 있다.

이차 기관이 더욱 무서운 것은 기관을 피했다고 생각하는 순간 기관이 재차 발동한다는 점이다.

그것이 현실이 되어 나타났다.

흑의복면인이 살며시 고개를 쳐들어 사방을 살펴봤다.

산속은 온통 가시밭이었다.

몇 개나 될까?

셀 수도 없을 만큼 수많은 비침이 빼곡하게 박혀 있다.

나무들은 처음부터 가시를 품고 자란 것 같다. 바위는 고슴도치처럼 가시를 곤두세우고 있었다.

"음……!"

흑의복면인이 신음을 흘렸다.

청부살인을 하다 보면 용담호혈(龍膽虎穴)에 기어드는 것은 하루 일과나 다름없다.

하지만 이런 곳에는 다시 오고 싶지 않다.

기관 파해가 그려진 지도를 들고 있지만 그것조차도 믿을 수가 없게 되었다.

흑의복면인이 몸을 일으켜 조심조심 발을 떼어놓았다.

나무에, 바위에, 땅에 박혀 있는 비침에는 가볍게 찔리기만 해도 즉사하는 독약이 묻어 있다고 한다.

발을 떼어놓다가 자칫 날이 곤두선 비침을 밟을지도 모르잖은가.

이마에서 흘러내린 땀이 복면을 흥건히 적셨다.

흑의복면인은 조심을 거듭하며 가시 폭풍이 휩쓸고 간 폐허를 지나갔다.

"휴우!"

안전하다고 생각되는 곳에 이르자 자신도 모르게 깊은 한숨이 새어 나왔다. 그때,

탁! 타탁! 타타탁……!

신경을 건드리는 소리가 들렸다.

'응?'

그의 본능은 위험을 알려왔다.

살수로서 다져진 본능이다.

쉬익!

흑의복면인은 반사적으로 신형을 띄워 커다란 고목 위로 올라섰다. 그러나,

"헉! 크윽! 끄으윽……!"

흑의복면인은 목을 움켜잡으며 발버둥 쳤다.

교수형을 당하는 사람처럼 숨이 막혀 견딜 수 없다는 몸짓이었다. 그 와중에도 나무 밑으로 떨어지면 비침에 찔릴 수 있다는 것을 되새긴 듯 양발을 나뭇가지에 얽어놓았다.

"끄으으윽…….""

흑의복면인의 발버둥은 오래 지속되지 못했다. 그의 육신은 물먹은 솜처럼 축 늘어져 잠잠해졌다.

입에서 피를 토한 듯 빨간 피가 복면을 흥건히 적셨다.

소리는 들렸지만 소리뿐이었다. 암기가 발사되거나 땅이 꺼지는 일은 없었다. 대신 나무에 비침이 거꾸로 박혀 있다.

지도에는 경고가 적혀 있었다.

이차 기관에 들어서서는 절대 나무 위로 올라가지 말라고. 나무 위에 올라가는 즉시 목숨을 잃게 될 것이라고.

절수(切手) 201

흑의복면인은 순간적인 판단 착오로 경고를 망각했다.
그의 잘못만은 아니다. 누구라도 흑의복면인 입장이었으면 똑같은 행동을 했을 게다. 숨어 있던 인영들도 소리가 들리는 순간 다시 머리를 처박았으니까.
"제길! 암기가 발사되는 소리인 줄 알았는데……."
눈빛이 날카롭고 눈꼬리가 밑으로 쳐져 졸린 듯한 눈을 가진 사내가 헛바람을 찼다.
무불신개, 옥진 도인에게 사곡 부곡주 마설송이라고 자신의 신분을 밝힌 자다.
그가 명을 내렸다.
"잠룡조에 피해가 생겼으니 이제 사곡이 맡는다. 사호(四虎)!"
"넷!"
"앞장서!"
마설송 뒤에 있던 자 중 몸이 날쌔 보이는 사내가 바위를 타 넘었다. 그리고 흑의복면인이 그랬던 것처럼 조심스럽게 사위를 살피며 길을 뚫었다.

"현운자! 현운자……."
느닷없이 삼현옹이 한 사람의 외호를 불러댔다.
"크크크! 크크크크……! 왔군, 현운자. 죽지 않았어. 살아 있었어. 크크크크……."
실성한 사람이 이럴까?
삼현옹은 인상을 찡그리기도 하고, 눈에서 독기를 뿜어내기도 하고, 순진한 소년처럼 이를 활짝 드러내고 웃기도 했다.

"그렇지, 그래. 그럼, 그렇고말고. 크크크! 그랬어. 현운자가 왔어. 크크크! 암! 현운자만이 천우진을 뚫을 수 있지. 기관이란 곧 지형. 지형을 무시한 기관은 있을 수 없지. 이치는 같으나 지형에 따라 수백 수천 가지로 달라지는 것이 기관. 크크크! 절대 똑같을 수 없는 천우진을 누가 뚫을 수 있는지 궁금했는데…… 크크! 현운자야, 현운자. 그가 왔어."

용금화와 적지인살은 삼현옹이 중얼거리는 소리 중 절반쯤 알아들었다.

그중에서 현운자가 왔다는 말은 충격이었다.

전설의 기인, 너무 오래되어 세인들에게 잊혀진 기인 현운자가 아직까지 생존해 있단 말인가. 삼현옹이 중얼거린 것처럼 그가 이곳에 왔고 천우진을 뚫고 있단 말인가.

"무리수를 둬야겠군. 크크크! 현운자의 머리를 깨려면 무리수밖에 없지. 이러고 있을 시간이 없어. 빨리 움직여야 돼. 빨리!"

삼현옹은 갑자기 다급하게 서둘렀다.

"천우진, 천우진, 설명을 들었지만 정말 대단합니다."

무불신개가 감탄을 터뜨렸다.

"겨우 십여 명으로 당당하게 나설 때부터 짐작은 했지만 이 정도일 줄은……. 하긴 이런 게 있으니 나설 수 있었겠지요."

무불신개와 옥진 도인은 협곡이 잘 내려다보이는 산등성이에서 아래를 쳐다보며 연신 감탄했다.

협곡에는 또 원래의 모습과는 전혀 다른 길이 생기고 있다.

길이다. 그렇게 말해야 한다. 땅이 푹푹 꺼지며 새로운 지형을 만들어내고 있다.

　살수들이 파해하고 있는 천우진은 그만큼 오밀조밀하게 짜여졌으며 가공했다. 무공만 믿고 사람 수만 믿고 무작정 쳐 나갔다면…… 생각만 해도 소름이 돋았다.

　휘이익!

　가벼운 경풍과 함께 개방 산양 분타주가 그들 등 뒤에 내려섰다.

　"준비 끝났습니다."

　무불신개가 고개를 끄덕이며 말했다.

　"소림에서는 연락이 없더냐?"

　"모진아와 혈영신마가 탈출을 시도한 듯하나 실패하고 다시 팔부령으로 돌아섰다는 전서가 있었습니다."

　"묵월광은?"

　"묵월광 살수들은 보이지 않았답니다."

　무불신개와 옥진 도인이 거의 동시에 산양 분타주를 쳐다봤다.

　"뭐라고? 묵월광 살수들이 보이지 않았다고?!"

　"네."

　"허허! 허허허!"

　무불신개는 어처구니없다는 듯 너털웃음을 터뜨렸다.

　백팔나한과 칠십이단승을 가볍게 볼 수는 없다.

　그들이 지키고 있는 산 저쪽으로는 개미새끼 한 마리 빠져나갈 수 없다. 또 개방 문도가 잘못 보지도 않았다. 파천신군이 죽는 시점에서 분명히 묵월광 살수들은 이동하고 있었다.

　팔부령 정상을 넘어 반대 편으로 이동했으나 산을 빠져나가지는 못했다는 결론이 된다.

"산양 분타주, 여산일호와 횡강비도(宏剛飛刀) 사이의 거리는 얼마나 되는가?"

옥진 도인이 문득 무엇인가 생각난 듯 물었다.

무림고수 열일곱 명이 허무하게 죽었다.

그들은 경탄할 만한 무공을 지녔지만 누구 한 사람 제대로 싸워보지도 못하고 죽었다.

제일 나중에 죽은 사람은 횡강비도다. 반면에 위치적으로 가장 낮은 곳에 잠복했던 무인은 여산일호다.

묵월광 살수는 여산일호를 죽이고 탈출을 꾀했으나 여의치 않자 방향을 돌렸고 거기서 횡강비도를 만났다.

"거리로는 백여 장에 불과하지만 산이 험준해서 평지로 치면 삼백여 장 정도로 봐야 합니다."

"삼백여 장……. 횡강비도 다음에는 누가 있지?"

"없습니다."

"음……!"

무불신개도 무엇인가 생각난 듯했다. 하지만 곧 고개를 흔들었다.

여산일호는 팔부령을 벗어나는 가장 끝 자락에 위치했다. 횡강비도는 여산일호보다 백여 장 앞, 협곡으로 들어가는 길에 자리 잡았다.

그들이 죽은 것으로 보면 묵월광 살수들은 산을 내려와 여산일호를 죽이고 방향을 바꿔 협곡으로 진입했다.

팔부령을 빠져나가는 길이 아니라 다른 산으로 들어가는 길이다. 또한 그곳은 죽음의 절곡, 천음곡처럼 막힌 곳이다. 만약 막히지 않았다면 횡강비도 앞에 또 다른 무인이 자리를 잡고 감시의 눈을 번뜩였을 게다.

묵월광 살수들은 다시 기어나와야 하고 자신들이 죽인 무인들을 하나하나 되돌아보며 돌아와야 한다. 협곡에 그냥 머물러 있을 수도 있고 소림승들이 지키고 있는 관도를 뚫고 빠져나가는 길도 있다.

하지만 묵월광 살수는 다시 돌아오지 않았다. 소림승을 뚫고 나가지도 않았다. 그렇다면 협곡에 은신해 있다는 소리인데…….

"묵월광이 협곡에 데였는데 또 협곡으로 들어갈 리는…….."

"등잔 밑이 어두운 법이지요. 확인해 봅시다. 산양 분타주, 매화검수 좀 불러주시겠소?"

"네."

산양 분타주가 경쾌한 신법을 펼치며 산등성이로 치솟아올라 갔다.

군웅들은 산등성이에서 협곡을 내려다보고 있었다.

협곡이 환히 내려다보이기는 하지만 쉽게 달려갈 수는 없는 위치다. 협곡에서 길을 뚫고 있는 무인들이 곤궁에 빠져도 어떻게 손을 쓸 수가 없다.

한 시진.

적어도 한 시진은 잡아야 한다. 산을 내려가 협곡에 당도하려면.

그들은 길을 뚫고 있는 사람이 누구인지 모른다. 팔부령에 모인 군웅들 중 일부인 것으로 생각하고 있다. 그런 연유로 군웅들은 가슴 조리며 협곡을 내려다봤다. 한편으로는 가공할 기관을 가볍게 파해하는 그들의 모습에 감탄을 터뜨리면서.

그들이 무불신개와 옥진 도인에게 받은 명령은 단 하나였다.

―호적이 울리면 지체없이 공격하라.

호적이 울리기 전까지는 그저 지켜보는 도리밖에 없다.

그중에 화산파 매화검수들도 섞여 있었다.

매화검수들은 산양 분타주의 전갈을 받자 곧 신형을 날려왔다.

"지금 바로 백장곡(白藏谷)으로 가거라. 묵월광 살수들이 숨어 있을 공산이 크니 각별히 조심하고. 특히 소고는 혈암검귀의 무공을 익혔으니 맞상대할 생각을 하지 마라. 명심해야 한다. 맞상대하지 말고 발견하는 즉시 폭죽을 쏘아 올리도록 해라."

"넷!"

매화검수들이 힘차게 대답했다.

그들은 꿈에도 생각하지 못했다, 묵월광 살수들이 벌써 팔부령을 벗어나 장자로 향하고 있다는 것을.

◆第七十四章◆
감물(感物)

종리추는 구류검수를 불렀다.

"이곳은 막다른 곳이야. 외통수지. 여기를 빠져나가는 길은 저 만장단애(萬丈斷崖)를 기어올라 가는 것하고 우리가 왔던 길을 돌아가는 것뿐이야."

"주공, 왜 그런 말씀을……?"

"난 이곳에서 살문의 힘을 보여줄 생각이었어. 어차피 싸워야 한다면 기선을 제압하는 게 중요하니까. 전력을 다하지 않으면, 큰 피해를 감수하지 않으면 살문을 칠 수 없다는 것을 무림에 보여줘야 해."

"알고 있습니다. 주공, 걱정 마십시오. 자신있습니다."

"아니, 난 자신없어."

"……?"

구류검수뿐만 아니라 살문 살수들 모두가 고개를 돌려 쳐다봤다.

감물(感物) 211

종리추의 입에서 '자신없다' 는 말이 나오기는 처음이다.
지금보다 더한 상황에서도 종리추는 '자신없다' 는 말을 하지 않았다. 항상 방법을 생각했고 활로(活路)를 뚫었다.
"여기서 싸움을 벌이면 난 한 사람의 죽음을 봐야 해."
"주공… 그 말씀은……!"
"구류검수, 너의 죽음을 봐야 한단 말이지."
구류검수의 안색이 하얗게 탈색되었다.
"주공, 그럼……?"
"내 생각이 맞는다면 여기로 달려올 사람은 화산파 매화검수야."
"제길!"
혼세천왕이 큼지막한 주먹으로 나무를 후려쳤다.
'쿵!' 하는 소리와 함께 솔잎이 우수수 떨어졌다.
살문 살수들 중에서 구류검수가 매화검수였다는 사실을 모르는 사람은 아무도 없다. 구류검수가 왜 화산파를 뛰쳐나왔는가. 그가 걸머진 업보는 어떤 것인가.
화산 문도는 구류검수를 가장 손쉽게 죽일 수 있다.
그들이 죽이고자 한다면 구류검수는 도망칠 것이고, 도망칠 수 없는 막다른 궁지에 몰리면 선 채로 검을 맞을 것이다.
싸우지 말고 뒤로 물러서 있으라는 말도 할 수가 없다.
그는 화산파에 대한 애정이 깊다. 사문(師門)이 싫어서 뛰쳐나온 사람이 아니다. 오직 사랑 때문에… 사매를 사랑했기 때문에 업보를 짊어졌고 화산파를 나왔다.
화산 문도가 살문 살수들에게 죽어가는 것도 그에게는 고통이다.
한 명씩 피를 흘리며 쓰러질 때마다 자신의 살점이 떨어져 나가는 고통을 느끼리라.

그렇다고 살문 살수들이 죽기를 원하겠는가.

구류검수는 이 자리에 있어서는 안 될 사람이다. 그러나 그는 있다. 물러서지도, 숨지도 못할 막다른 곳에서 두 눈 시퍼렇게 뜨고 존재한다.

"주공, 야속하군요. 미리 말해 줄 수도 있었을 텐데."

구류검수가 힘이 빠지는지 털썩 주저앉았다.

화산 문도는 그 누구를 막론하고 구류검수를 보는 즉시 죽이려고 달려들 게다. 문파에서 파문당한 사람, 더군다나 그들이 매화검수라면 구류검수와는 사형제 간이다. 어쩌면 구류검수가 강간한 사매도 그들 속에 있을지 모른다.

"이렇게 만나서는 안 되는데……."

구류검수가 힘없이 중얼거렸다.

'아직 만날 준비가 안 돼 있어.'

종리추는 구류검수의 애환을 어느 정도는 이해할 수 있을 것 같았다. 그에게도 사랑하는 어린과 세상에서 누구와도 바꿀 수 없는 부모가 있으니.

구류검수가 강간한 사매의 이름은 여숙상(呂淑湘)이다.

그녀는 팔부령에 와 있고 매화검수들 속에 있었다.

그녀는 매화검수라는 화산파 최고의 영예와 동시에 독심미화(毒心美花)라는 그리 아름답지 못한 무명(武名)도 지녔다.

천성이 순한 여인이다. 그러나 구류검수에게 강간을 당한 이후 그녀는 무섭게 변했다. 그녀는 부드러운 여자다. 그러나 지금은 꺾이지 않는 강한 성격만 드러내고 있다.

죽음을 두려워하지 않고 악을 원수처럼 미워하는 정의의 검.
그녀는 그렇게 변했다.
살문 살수들은 죽을 날을 조금도 예측하지 못한다.
오늘을 넘길 수도 있고 이렇게 말을 나누다가 암습을 받아 죽을 수도 있다.
'한(恨) 없이 죽게 해야 돼.'
종리추는 살문 살수들의 마음속에 깃든 한을 풀어줄 심산이었다. 가급적 빠른 시일 안에.
팔부령에 모인 군웅들을 상대해야 하지만 그와 동시에 살문 살수들의 심한(深恨)도 풀어주어야 한다. 상황이 급하면 급할수록 심한을 풀어주는 일도 급하다.
'살문에서처럼…… 그렇게 허망하게 죽게 해서는 안 돼.'
천왕검제는 조금 나은 편이다. 그는 싸울 만큼 싸웠고 죽일 만큼 죽인 후 죽었다.
쌍구광살은 처와 자식이 있다. 무려 다섯 명이나 되는 자식들. 쌍구광살이 죽었으니 종리추가 그들을 돌봐줘야 한다. 평생 넉넉히 살 만한 은자를 건네주었지만 그 정도로는 성이 차지 않는다. 그들이 어떻게 자라는지, 곤란한 일에 직면하지는 않았는지 끊임없이 돌봐주고 싶다.
산화단창의 원한도 풀어줘야 한다.
엽사였던 산화단창이 무림에 나온 데는 그만의 숨은 이유가 있다.
누구도 두려워하지 않았던 산화단창마저 복수를 꿈도 꾸지 못하게 만든 절정고수. 이름만 말하면 무림인이 아닌 사람도 알 수 있을 만큼 유명한 그 사람이 산화단창의 부모를 죽였다.

인면수심(人面獸心)의 표본이다.

산화단창은 살수가 되어 그를 죽이려 했으나 기회조차 잡지 못하고 죽었다.

이제 또다시 그런 일이 반복되어서는 안 된다.

다행히 팔부령에는 여숙상이 와 있다.

종리추는 좋은 기회라고 생각했는데 구류검수는 정작 용서를 구한다면서도 여숙상과 만나는 것을 꺼리고 있다.

'모든 걸 버리지 못했어. 마음속에 바람이 있는 거야. 여숙상이 용서해 주고 받아들여 주었으면 하는. 그런 바램을 버리지 못하는 한 영원히 만날 수 없을 거야.'

종리추는 안다.

지금 구류검수와 여숙상이 만나면 구류검수는 반드시 죽는다. 그가 알아본 바에 의하면 여숙상은 구류검수를 용서하지 않았다. 오히려 좌절에서 일어나 원한의 검을 들었다.

그래도 만나게 해줄 생각이었다.

이 자리에서 죽는다 해도 한을 안고 세상을 사는 것보다는 나을 듯싶어서. 또한 그를 죽게 내버려 두지 않을 자신이 있어서.

그러나 본인이 준비가 되어 있지 않으면 만나도 의미가 없다.

자칫 죄책감만 더 깊어질 수 있다.

종리추가 명을 내렸다.

"오늘 싸움은 피해야겠군. 모두 준비해. 절애(絶崖)를 넘는다."

"예?"

시선이 모아졌다. 너무 뜻밖의 말이다.

등 뒤를 가로막아 선 절애는 험난하기 이를 데 없다. 무공을 익힌 고수도 넘을 생각이 나지 않는다. 손으로 붙잡을 것은 고사하고 풀 한 포기 자라지 않는 석벽이다.
"지, 지금 저기를 넘는다고 하셨습니까?"
유구가 기막히다는 표정으로 물었다.
"주공, 저기를 어떻게……."
구류검수가 말했다.
화산파와 부딪칠 수 없지만 종리추의 말에도 동의할 수 없다.
"진인사대천명(盡人事待天命)."
간단한 말 한마디를 던진 종리추는 성큼성큼 걸어 석벽으로 다가갔다.

허공을 가르는 바람에게도 길이 있다.
바람이 불지 않는 무풍지대(無風地帶)에도 바람이 지나갈 길은 준비되어 있다.
종리추는 바람의 소리를 들었다.
자유로움……. 걸림이 없는 모든 것으로부터 자유로운 이상(理想)의 소리.
물에도 길이 있다.
흐르는 물에 길이 있다는 것을 모르는 사람은 없다. 하나 사발에 담긴, 정체되어 있는 물에도 길이 있다는 것을 아는 사람은 얼마 되지 않을 것이다.
물은 하나가 아니다.
수없이 작은 물방울이 모여 물을 이룬다.
수백 명이 모여 한 무리가 되었는데 한 명으로 보는 것과 같다.

모인 것에는 당연히 길이 있다.

사람에게도 길이 있다. 몸짓, 음성, 눈빛, 호흡……. 안으로 들어가면 살결, 뼈, 오장육부에까지 모두 길이 있다.

길과 길이 원활하게 이어지면 자연에 부합되는 사람이 되는 것이고 조금이라도 길이 어긋나면 자연을 등진 사람이다. 많고 적고의 차이는 있지만.

바람은 질서가 없는 듯하나 질서가 있다.

바람은 꼭 정해진 길을 따라 흐른다. 그러면서도 똑같은 소리를 단 한 번도 지르지 않는다.

'길을 찾으면 돼.'

종리추는 진기를 끌어올려 양손에 운집했다.

그가 가장 처음 익힌 금종수다.

퍼억!

다섯 손가락이 석벽을 파고들었다.

"정말 기막혀서 말이 안 나오네. 나 방금 이상한 생각이 든 것 있지? 이렇게 이걸 넘느니 차라리 매화검수를 도륙하는 편이 훨씬 쉽게 느껴져."

혈살편복이 방절편을 허리에 둘둘 감으며 말했다.

"구류검수, 너 이 자식! 술만 안 샀다가는 내 손에 뒈질 줄 알아."

유회가 양손에 침을 퉤! 뱉으며 말했다.

화산파 매화검수를 도륙하는 것도 쉽지 않다.

개개인의 무공이 구류검수에 버금간다는 점도 있지만, 다섯 명이 일조(一組)가 되어 펼치는 매화검진(梅花劍陣)은 날카롭기로 소문나 있다.

감물(感物) 217

그러나 그래도 그들을 상대하는 게 쉽게 느껴진다.
"퉤! 살다 살다 별짓 다 해보네."
연신 궁시렁거리던 유회가 종리추가 찍어놓은 손가락 구멍에 손가락을 찔러 넣었다.
종리추는 벌써 십 장 넘게 올라가고 있었다.

무공고수도 올라갈 생각이 나지 않게 만드는 절애.
절애가 평평하지 않기 때문이다.
밋밋한 절애라면 벽호공(壁虎功)을 펼칠 수도 있지만, 이놈의 절애는 중간중간 움푹 파인 곳이 많다. 어떤 때는 머리 위에 바위를 지고 있는 형상이 되기도 한다.
종리추는 잠시 숨을 고른 다음 석벽에서 손가락을 뺌과 동시에 발로 석벽을 걷어찼다.
쉬익!
종리추의 신형이 허공으로 둥실 떠올랐다.
길이는 무려 반 장.
석벽에 달라붙은 상태에서 몸을 허공에, 그것도 뒤로 반 장을 날려야 한다. 신형이 밑으로 하강해서는 안 된다. 반 장을 뒤로 날리다가 위로 솟구쳐야 한다.
퍼억!
손가락이 낫처럼 꺾인 바위 끝에 걸렸다.

"제길! 이거 떨어지면 어떻게 되는 거야? 완전히 콩가루 되겠는데. 이건 담력 시험 하는 것도 아니고."

종리추가 어떻게 낫처럼 꺾인 절애를 타고 올랐는지 보았으면서도 시도할 엄두가 나지 않았다.

종리추처럼 조공(爪功)에 능숙한 것도 아니고 종리추가 찍어놓은 손가락 구멍을 정확히 찾기도 어렵다. 그러나 정확히 찾아야 한다. 구멍을 찾지 못하면 오십여 장이나 되는 저 아래 협곡으로 추락하고 만다.

"아! 구류검수! 여아홍(女兒紅)이다! 그저 아무 술이나 술 한 독 얻어먹으려 했는데 안 되겠어. 빌어먹을! 야! 빨리 말해!"

"알았습니다!"

십여 장 아래서 구류검수가 대답했다.

"몇 년 묵은 것?"

"십 년 이상은 되어야지요."

"이십 년 이상!"

"알았습니다!"

"안주는?"

그때 유회 바로 밑에 있던 유구가 말했다.

"너, 빨리 안 뛰어! 대롱대롱 매달려 있으니까 기분이 좋은가 보지? 그건 그렇고… 구류검수, 너 분명히 말했다. 이십 년 이상 된 여아홍이다."

"하하! 형님들도 참…… 힘들어 죽겠소. 빨리 좀 움직이쇼."

음양철극이 고함질렀다.

"차앗!"

유회가 거친 고함을 터뜨렸다.

석벽을 힘껏 박차고 뒤로 튕겨 나간 신형이 정확히 반 장쯤 날아갔을 때 두 손을 다급히 올려 작은 구멍에 찔러 넣었다.

감물(感物) 219

투두둑……!

구멍이 넓혀지며 돌 부스러기가 떨어져 눈 속으로 들어갔다.

곰처럼 우람한 덩치를 가진 유회가 허공에 대롱대롱 매달려 있는 모습은 무척 위태로워 보였다.

유회는 연신 눈을 끔뻑거려 눈물을 흘려냈다.

그가 위로 올라가며 말했다.

"신형을 날리면서 바위에 머리 부딪치지 않도록 조심해! 바위 끝에 다다르면 구멍이 보여. 조금만 방심하면 손을 뻗어도 구멍을 잡을 수 없으니까 재빨리 반응하고!"

한두 살 먹은 어린아이들이 아니다. 그들 모두 이제는 이름만 들어도 우는 아이가 울음을 그친다는 살문 살수들이다.

그래도 유회는 말해야 했다.

조금이라도 도움이 된다면 이보다 더한 잔소리도 했을 것이다.

"저놈들이…… 사람인가!"

백장곡에 들어선 매화검수 서른네 명은 까마득한 절애를 바라보며 감탄을 터뜨렸다.

죽여야 할 자들이다. 하나 그들이 절애를 타는 모습만은 적이지만 감탄을 자아내게 만든다.

"사형, 저들이 할 수 있으면 우리도 할 수 있어요. 올라가요."

매화검수 중 한 명이 나서며 말했다.

여인이다. 빙옥(氷玉)으로 깎아 만든 듯 이목구비가 뚜렷하고 살결이 무척 깨끗하다.

하지만 정녕 옥에도 흠이 있는가.

여인은 너무 차가웠다. 웃음기가 없는 정도가 아니라 독기가 풀풀 피어났다.
"안 돼. 돌아간다."
"사형!"
"사매! 정신있는 거야! 저들이 절벽 위에 올라가서 기다린다면 모두 죽엇!"
"……."
여인은 까마득히 멀어져 가는 살수들을 노려본 후 찬바람나게 등을 돌렸다.

적지인살은 삼현옹을 등에 업고 동분서주했다.

여인들도 쉬지 못했다. 어린, 배금향, 벽리군, 이제 갓 무공을 배우기 시작한 구맥까지 신법을 전개할 수 있는 사람은 모두 달라붙었다.

남만에서부터 어린 뒤를 따라온 비부는 상당한 도움이 되었다.

살문 살수들처럼 살행에 참여하지는 못하지만 무거운 짐을 지고 신법을 전개하는 정도는 충분히 소화해 냈다.

비부는 살문 여인들의 수족 노릇을 했다.

나무를 해오고 움집 부서진 곳을 수리하고…….

어린이 종리추의 여인이 되었지만 그는 조금도 개의치 않았다.

그가 하는 말은 노상 같았다.

"어린, 너는 홍리족 여인이잖아. 홍리족 전통을 따를 게 분명해. 그렇지? 그럼 난 포기 안 해. 종리추가 죽으면 그때는 받아줄 거지? 난 지금 같이 살아도 좋지만……. 중원인들은 참 이상한 풍습을 가지고 있어. 왜 여자는 한 남자하고만 살아야 되는 거지? 남자들은 오히려 여러 여자하고 살고 말야."

비부. 홍리족에서였더라면 용사가 되었을 사내였지만 살문에서는 허드렛일밖에 할 것이 없었다.

그러나 분명한 것은 그에게도 용사의 피가 흐른다는 것이다.

비부는 자신도 싸움에 가담할 수 있게 된 것을 기뻐했다. 그가 하는 일이란 것은 고작해야 무거운 짐을 지고 달리는 정도다. 하지만 비부는 기관이란 것이 설치된 수림 한가운데를 뛰어다닌다는 게 싸움 한복판에 있는 기분이 들어 즐거웠다.

"여기!"

수림 한가운데서 삼현옹이 고목 위를 가리켰다.

배금향이 날렵한 신법을 전개해 고목 위로 뛰어올랐다. 비부는 등에 짊어진 보따리에서 거무칙칙한 물체를 꺼내 휙 던져 올렸다.

"저기도 설치해."

삼현옹이 잡초가 우거진 곳을 가리켰다.

벽리군이 한달음에 달려가 땅을 팠다.

비부는 보따리에서 거무칙칙한 것을 꺼내 벽리군에게 던졌다.

같은 일은 반복되었다.

적지인살은 삼현옹을 엎고 숲을 헤집고 다녔고, 네 여인은 삼현옹이 지시한 곳에 거무칙칙한 것을 설치했다.

일은 대단히 정교한 손길을 요구했다.

만약 삼현옹에게 시간이 있었다면 다른 사람에게 맡기지 않고 자신이 직접 설치했으리라.

숲에는 온갖 매복 장치가 난무한다.

어떤 것은 노방을 건드리는 장치고, 어떤 것은 비침, 화살과 같은 암기를 발사하는 장치다.

그것들은 하나의 지점을 중심으로 모두 연결되어 있다. 어느 것이든 하나만 건드리면 연달아 작동하게.

말 그대로 천우(天雨), 진의 중심에 있는 사람은 하늘에서 쏟아져 내리는 죽음의 비를 맞게 된다.

빠져나갈 구멍은 없다.

신법이 아무리 빠르더라도 사방에서 쏟아지는 암기 세례를, 땅은 꺼지고, 하늘에서는 커다란 그물이 뒤덮어 상하, 전우좌우가 밀폐된 공간에서 빠져나갈 수는 없다.

여인들은 그런 기관을 건드리고 있다.

아주 약간이라도 힘을 더 주거나 집중력이 떨어져 다른 부분이라도 건드리는 날에는…… 모두 죽는다.

쾅! 콰르릉! 콰당……!

지척에서 벌목꾼 수십 명이 일시에 나무를 베는 듯한 소리가 들려왔다.

귀청이 멍멍할 정도로 큰 소리였다.

삼현옹 일행과 공격해 오는 인영들의 거리가 아주 근접했다.

약 일 다경 정도만 가만히 있으면 얼굴을 식별할 수 있을 정도로 가까워질 게다.

"됐어! 이제 빠져나가."

삼현옹이 잔인한 미소를 지으며 말했다.

사곡의 사호는 핏물을 토하며 쓰러졌다.

순식간에 얼굴이 검은색으로 변하더니 혈맥이 부풀어 올랐다. 입에서는 연신 검은 핏물이 새어 나왔다.

그는 충분히 조심했지만 신경을 곤두세우는 작업을 연속적으로 하기에는 무리였다. 주의력이 분산되면서 날아오는 비침에 얼굴을 스치고 말았다.

스쳤다. 그것뿐이다.

얼굴에는 손톱으로 살짝 할퀸 정도의 상처밖에 나지 않았다.

자세히 보지 않으면 상처가 있는지도 모를 정도였다.

그런데 독기가 발작했다, 사호가 걸음을 채 세 걸음도 걷기 전에.

"사곡은 물러선다!"

마설송이 명령을 내렸다.

그는 사호가 죽었지만 내심으로는 안도의 한숨을 불어냈다.

이런 싸움은 앞에 나서서 득이 되는 게 전혀 없다.

그들도 살문에 대한 소문은 들었다. 묵월광에 대한 소문도 들었다. 하남 살수계를 장악했고 다른 성(省)의 살수 문파와 어깨를 나란히 했던 살천문이 일거에 몰살했을 때는 살문과 묵월광을 다시 봤다.

그런 문파를 공격하는 일이다.

물론 이 싸움은 이기게 되어 있다.

전에도 이런 일이 몇 번 있었지만 항상 이겨왔다.

한 손으로 열 손을 막을 수 있는가? 없다. 살수 문파들이 연합하여 공격하는데 어찌 당하겠는가.

무인의 싸움이 아니다. 살수의 싸움이다.

누가 완벽하게 숨어서 공격하느냐 하는 싸움이다.

어떤 때는 상대를 몰살하기까지 한 달 이상 걸리기도 했다.

이기게 되어 있는 싸움……. 하지만 선봉으로 나선 문파는 치명적인 타격을 입는 것도 사실이다. 싸움에 나선 살수 대부분이 몰살한다고 봐도 무방하다.

산동성 혈검파(血劍派) 공격은 큰 교훈이다.

그 사건으로 살수 무림은 큰 지각 변동이 있었다.

당시도 여섯 문파가 합심하여 혈검파 한 문파를 몰살시켰지만 실제로 멸절한 문파는 세 문파다.

혈검파가 몰살한 후 잠룡조가 그 자리를 차지했다.

혈검파 공격에서 문주가 죽는 불의의 일격을 당한 귀령천(鬼靈川)도 멸문했다. 귀령천이 멸문하기를 기다리기라도 했다는 듯이 염라전이 들어섰고.

호광성도 변화를 맞이했다.

귀령천처럼 문주가 죽거나 한 것은 아니지만 호광성 마사찰(魔寺刹)은 살수 절반이 죽는 큰 피해를 입었다.

그 정도라면 이미 병든 노인과 같다.

숨죽여 있던 비망사가 고개를 쳐들었고 마사찰은 비망사와 일 년여에 걸친 싸움 끝에 몰살했다.

이런 싸움은 어쩔 수 없이 참여하기는 하지만 될 수 있는 한 뒷전에 물러나 있어야 한다.

사곡이 물러서자 비망사의 왕공안이 나섰다.

삼국시대(三國時代) 장비(張飛)처럼 거친 수염이 난 자다.

그가 살수 무림계에 이름을 떨치기 시작한 것은 마사찰과의 싸움이 시작된 이후로, 마사찰 살수 열 명과 맞서 몰살시켰다.

그는 누가 뭐래도 초강살수다.

"청사(青絲)! 지도 다 외웠냐?"

"넷!"

"짜식. 그래, 가봐!"

청사라고 불린 자가 사호의 시신을 뛰어넘어 앞으로 나갔다.

단애를 기어올라 정상에 선 종리추는 땀을 식힐 시간도 없었다.

지렁이처럼 구불구불 이어진 길.

그 길은 새로 난 길이다.

살문이 위치한 곳으로 직선(直線)을 그리고 있으며 조금씩 조금씩 길이 길어진다.

'공격이 시작됐어!'

이건 전혀 예측하지 못한 상황이다.

천우진이 있는 한 천 명 아니라 이천 명이 몰려든다 해도 막을 수 있다고 믿었다. 팔부령에 군웅들이 밀집해 있지만 거들떠보지도 않았다.

한데 길이 계속 이어지고 있다는 것은······.

'천우진이 파해당하고 있어. 어떻게 이런 일이!'

삼현옹과 함께 수림을 돌며 기관이 설치된 것을 직접 살펴보았다. 그런 후 삼현옹이 물었다.

"문주, 문주 같으면 얼마나 진입할 수 있겠나?"

대답해 주었다.

"절반."

삼현옹이 말했다.

"흥! 네놈, 자신을 너무 과신하는 거 아냐?"

"천우진……. 말은 거창하지만 십이살(十二殺)을 응용한 것에 지나지 않는군. 열두 방향. 열두 방향에 있는 기관이 모두 작동하려면 열두 장치가 움직여야 된다는 말이 되지. 찰나에 불과한 시간이지만 몸 하나 빼기에는 충분한 시간이지."

"말로야 태산이라도 움직이지."

보여주었다.

쉬익!

신법이 펼쳐졌다.

비호무영보가 아니다. 분운추월과 경신법 내기를 하면서부터 줄곧 연구하고 수련해 오던 경신법이다. 천부에서 바람을 알게 된 후 바람의 길을 가미하여 자유로움을 더한 길이다.

바람의 길은 심법(心法)이다.

"있으면 불고 없으면 멈춘다. 멈추고 싶어서 멈추는 것도 아니며 움직이고 싶다고 움직이는 것도 아니다. 멈출 때가 되면 멈추고 움직일 때가 되면 움직인다. 가벼운 자극에는 가볍게 강한 자극에는 강하게. 역(逆)이 아니라 순응이다. 인위(人爲)가 아니라 자연(自然)이다. 몸도 마음도 구속되어서는 안 된다. 진기란 것도 마음이 일으킨 구속. 모든 것을 벗어나 자유로워야 한다."

종리추는 우아한 새가 되어 나무 사이를 누볐다.

어떤 때는 땅에 찰싹 붙어 엎드렸고 어떤 때는 나무 위로 솟구쳐 올랐다.

제일 먼저 작동하는 기관과 정반대 위치로, 두 번째 기관이 작동될 때쯤에는 은신처로, 세 번째 기관이 발사될 때는 완전히 숨는다.
 첫 번째 기관이 어디에서 발사되는지, 어떤 종류인지 알아야 펼칠 수 있는 신법이다.
 삼현옹은 종리추의 움직임을 자세히 관찰했다. 그런 다음 웃었다.
 "하하하하! 하하핫!"
 "……."
 "문주, 왜 웃는지 아시오?"
 존칭이 시작되었다.
 "문주는 천우진의 묘리를 깨달았소. 완벽히 깨닫지는 못했지만 잠깐 보고 이 정도 안 것만도 경이롭소. 문주 말대로 절반은 뚫고 들어오겠군. 용금화, 그 늙은이의 말을 들었을 때는 믿지 않았는데…… 좋소. 살문이 거지 같은 놈들이 모인 곳이라도 머물겠소."
 "강요는……."
 "머문다니까!"
 "……."
 "왜인 줄 아시오? 문주는 머리가 있소. 난 머리가 있는 인간이 좋아. 보통 머리로는 안 되지. 뛰어난 머리를 지닌 자만이 사람 대접을 받을 수 있지. 천재, 수재 정도로는 안 돼. 그놈들은 돼지를 갓 벗어난 놈들이지. 천하를 볼 줄 아는 머리라야 사람 대접을 받을 수 있는 거요."
 사람들은 삼현옹이 왜 종리추만 사람 대접을 하는지 모르지만 그런 사연이 있었다.
 삼현옹은 스스로를 천하를 오시하는 사람이라고 생각한다. 그런 만큼 천우진에 대한 믿음도 확고하다.

한데 진이 깨지고 있다. 천우진이 파해당하고 있다. 파해당하는 속도는 느리지만 대신 확실하게 깨지고 있다. 뒤에 따라오는 사람은 아무런 저항도 받지 않고 웃으며 걸어올 수 있을 만큼 확실하게.

"휴우! 주공, 십년감수했습니다."

유회가 단애를 기어올라 오며 엄살을 부렸다.

"휴우!"

유구도 올라서자마자 큰 숨부터 들이쉬었다.

단애에서 내려다보는 팔부령은 아름답기 이를 데 없는 비경(秘境)이었다.

유구와 유회는 종리추가 대답을 하지 않자 그를 쳐다보았다. 그리고 종리추의 눈길이 머문 곳을 찾아갔다.

"엇! 저, 저긴!"

"저, 저건 뭐야! 누가 나무를 베어내는 것 같은데? 아냐…… 노방! 노방이야! 노방이 작동했어. 주공, 살문이 공격당하고 있습니다!"

"……."

종리추는 대답하지 않았다.

그는 또 바람을 느꼈다.

단애 위에 부는 바람은 사람을 날려 버릴 듯 강했다.

'삼현옹은 무엇을 하고 있을까? 기관이란 오랜 시간을 두고 설치하는 것. 깨진다고 쉽게 보완할 수 없다. 그것보다 누가 있어 천우진을 깨는 것일까? 기관진식의 달인이라면…… 천기신군 호종악?'

옷자락이 펄럭인다. 볼을 스치는 바람이 칼바람이다. 눈을 똑바로 뜰 수도 없는 강풍이 몰아친다.

'아냐, 천기신군 호종악은 천우진을 깨지 못해. 그럼……'

바람이 한 사람의 이름을 실어왔다.

'현운자? 맙소사! 그 사람이 살아 있단 말인가? 이미 백수가 넘었을 텐데?'

살문 살수들이 하나둘 모습을 드러냈다.

제일 마지막으로 뒤쫓았던 혼세천왕의 머리가 쑥 올라왔다.

살문 살수들은 침통한 표정으로 협곡을 내려다보고 있다. 노방이 작동한 곳을, 계속 이어지는 새로운 길을.

바람은 모두의 육신을 고루 어루만진다.

머리끝부터 발끝까지 일시에 스쳐 지나간다.

'삼현옹은 무리수를 둘 거야. 다른 사람도 아니고 현운자라면 반드시 이기려 들 테니. 힘들게 생겼군. 일진(一陣)은 막아도 이진(二陣)은 못 막는다.'

무리수라는 것은 강력한 힘을 발휘하지만 기관진식이 모두 망가지게 된다.

보수를 하지 못한다. 재설치도 힘들어진다.

'화약! 화약이야! 화약을 사용하면 일시에 불귀의 객을 만들 수 있어. 틀림없이 화약을 사용할 거야.'

그때였다.

콰앙! 콰아앙! 화르륵……!

엄청난 폭음이 팔부령을 뒤흔들었다. 동시에 뜨거운 화염이 협곡을 뒤덮었다. 그리고 또 화염은 연쇄 폭발을 불러왔다.

콰앙! 콰콰콰쾅……!

종리추의 음성이 쩌렁하니 울렸다.

"유구, 유회, 혈살, 음양!"
"넷!"
문주와 살수로 돌아갔다. 모두 싸움 직전의 팽팽한 긴장 상태가 되었다. 지금 상황은 일촉즉발(一觸卽發)의 위험을 알리고 있다.
"지금 즉시 저기로 내려간다."
종리추는 새로운 길이 시작된 곳을 가리켰다.
"존명!"
"새로 진입하는 자는 건들지 마라. 단, 돌아 나오는 자는 살려두지 마라."
"존명!"
"시간은 지금부터 두 시진. 한 시진 안에 내려가 한 시진 동안 버틴 다음 오곡동(五谷洞)으로 이동하라."
유구, 유회, 혈살편복, 음양철극이 쏜살같이 치달려 내려갔다.
"혼세천왕!"
"넷!"
혼세천왕은 어느새 낭아추를 꺼내 들고 있었다.
"넌 지금 즉시 살문으로 들어가라. 모두 안전하게 철수시켜라."
"오곡동입니까?"
혼세천왕이 확인했다.
자신도 싸우고 싶다느니 그런 소리는 하지 않았다.
모두 백전(百戰)에 능통할 만큼 능통해 있다. 싸움을 어떻게 시작해야 하며 어떤 방식으로 마무리 지어야 하는지 아는 사람들이다.
이 싸움은 어떤 싸움인가?
택전(澤戰)이다.

진흙탕에서는 빨리 탈출해야 한다.
당서(唐書) 배행검전(裴行儉傳)에 보면 택전을 소개하면서 배행검이 했던 말이 기재되어 있다.

"앞으로는 내 명령을 준수하라. 내가 어떻게 기상 변화를 알았느냐고 묻지 마라."

싸움에서는 이유 불문하고 명령을 쫓아야 한다.
싸우는 사람이 있으면 뒤를 지원하는 사람도 있다. 검을 들고 싸우는 것만 싸움이 아니다. 어떤 때는 고문을 받아 죽는 한이 있더라도 무공을 숨기고 평범한 사람으로 죽을 경우도 생긴다.
모두 싸움이다. 이것이 살수들의 싸움이다.
"오곡동이다. 즉시. 잊지 마라, 즉시! 살문에 미련두지 말고 즉시 이동시켜라. 우리는 한 시진 동안 버틴 다음 오곡동으로 이동할 것이다. 같이 움직여서는 안 된다. 살문 식솔은 적어도 반 각 안에 이동을 끝내야 한다."
"알겠습니다!"
"혼세천왕! 그들이 죽고 사는 문제를 네게 맡긴다."
"염려 놓으십시오!"
혼세천왕이 힘차게 대답한 후 선불맞은 멧돼지처럼 달려 내려갔다.
광부, 좌리살검, 구류검수, 후사도.
그들은 종리추를 바라봤다.
종리추의 눈길이 구류검수에게 향했다.
"똑같은 상황이다. 한 번은 피했지만 이번은 피하지 못한다. 화산파

감물(感物) 233

매화검수. 검자를 들 수 있겠나?"

스르릉……!

구류검수는 대답 대신 검자를 꺼냈다.

톱니처럼 뾰족뾰족한 검자가 악마의 이빨처럼 으스스한 한기를 발산했다.

"화산파 문도를 만나게 될지는 나도 모른다. 하지만 이것만은 명심해라. 이번 싸움은…… 누구 한 사람 목숨을 가볍게 해서는 안 된다. 한 사람이 일당백(一當百)으로 싸워야 할 터. 나를 버리고 살문을 위해서 싸워야 한다."

구류검수가 날선 검자를 어깨에 올렸다.

염려 말라는 표시다.

'실수했어. 혼세천왕 대신 구류검수를 보내는 건데. 하지만……'

살문 식솔이 이동하는 데는 힘센 사람이 필요하다. 살문에 있는 은자도 옮겨야 하고 당장 먹을 끼닛거리도 옮겨야 한다. 그런데 정작 옮길 사람은 없다.

혼세천왕은 쌀 네 가마를 들 수 있는 천하역사다.

할 수 없는 선택이었다.

종리추는 검자를 힐끔 쳐다본 후 신형을 날렸다.

네 명의 살문 살수들이 곧바로 뒤쫓았다.

◆第七十五章◆
혼탁(混濁)

　수림을 파고들던 인영들은 땅에 배를 깔고 엎드린 채 좀처럼 일어서지 못했다.
　귓청이 떨어져 나가는 듯한 폭음 소리가 아직도 귓전을 맴돈다.
　이건 설명되지 않은 부분이다.
　천우진에 이런 공세는 포함되어 있지 않았다.
　"빌어먹을! 뭐야, 이건! 완전히 지옥으로 들어가는 길이잖아!"
　비망사의 왕공안이 인상을 잔뜩 찡그리며 불평을 털어놓았다.
　청사. 앞서서 길을 뚫던 청사의 육신은 흔적조차 남기지 않고 사라졌다.
　청사는 눈 덮인 땅을 살살 파내 노방으로 이어진 줄을 찾아냈다.
　지금까지 경험으로도 그렇고, 지도에 적힌 대로도 그렇고 하나의 줄은 수십 개의 줄과 연결되어 있다.

살수들의 생각으로는 어느 줄이나 하나만 건드리면 나머지 기관을 모두 제거할 수 있을 것 같았다.

하지만 지도에는 순서가 기재되어 있다.

효과는 거의 똑같았지만 어느 때는 나무 위로 기어올라 가게 만들고 어느 때는 지금처럼 땅을 파라고 적혀 있었다.

이유는 모른다.

지도에 파해법을 누가 적어놓았는지도 모르는데 이유를 어떻게 알겠는가.

살수들은 지도에 기재되어 있는 대로 행동했다.

피하라는 곳은 피했고, 물러서라는 곳에서는 물러섰고, 자르라는 곳은 잘랐다.

청사는 땅속에 묻힌 밧줄을 잘라냈다.

쿠웅!

어김없이 땅이 꺼지며 노방이 드러났다. 그리고 곧 이어 하늘을 빼곡히 메운 암기 세례가 쏟아졌다.

오장 범위 안에서는 개미 한 마리 살 수 없을 만큼 지독한 암기 공세다.

그것으로 끝나야 한다. 수림을 뒤흔든 소리들이 잠잠히 가라앉은 다음 몸을 일으키고 청사는 다음 기관을 찾아 나서면 된다.

그런데 그렇지 않았다. 노방이 드러나는 것을 보고 회심의 미소를 짓는 순간 엄청난 폭발이 일어났다.

피하고 말고 할 틈도 없었다.

청사는 줄을 자름과 동시에 미리 봐두었던 은신처로 몸을 날렸지만, 그의 두 발이 땅에 닿기도 전에 그는 다시 튕겨 올랐다. 거센 철벽으로 휘둘려 맞은 사람처럼 손발에 힘을 잃고 무기력하게 훨훨 날았다.

그 다음은 아무도 보지 못했다.

시뻘건 화염이 수림 전체를 휘감는다고 느낀 순간 모두 고개를 처박았다.

한동안 폭음이 계속되었다.

은신처도 안전하지 않았다. 은신처라는 곳이 무엇인가. 겨우 바위 뒤, 나무 뒤, 움푹 구덩이가 파인 곳에 불과하다.

폭발은 강력한 파괴력을 일으켰다. 가로막는 것은 무엇이든 날려 버리는 엄청난 바람이다. 나무도 갈가리 찢겨 뿌리째 뽑혀 나갔고 바위도 부서져 내렸다.

비명 소리가 끊이지 않았다.

폭발의 파괴력을 피한 사람은 두 번째 공격, 화염으로부터 자신을 지켜야만 했다.

일장 소란이 가라앉고 난 장내는 아수라장으로 변했다.

왕공안은 재빨리 수하들을 수습했다.

그가 인솔해서 데리고 온 살수들은 비망사의 총력의 절반인 마흔다섯 명이다.

무림은 항상 이 정도를 요구했다.

그들은 살수 문파의 힘이 어느 정도인지, 문도는 몇 명이나 되고 어떤 청부를 맡았는지 모든 것을 속속들이 알고 있어서 속일 수가 없다.

왕공안이 문도를 수습해 본 결과 스물한 명이 사라졌다.

일부는 시신이 되어 드러누웠고 일부는 상처를 입고 신음한다.

상처를 입어 제 몸 하나 간수하지 못하는 살수는 이미 살수가 아니다. 부상자는 다른 살수들의 목숨까지 위태롭게 만든다. 그래서 살수들은 부상자를 사망자로 간주한다.

인간의 정리로 생각하면 부상을 입었으니 보살펴 줘야 한다.

같은 문파에서 한솥밥을 먹은 처지가 아닌가. 그중에는 시기하는 자도 있지만 남달리 두터운 교분을 쌓은 자도 있다.

하나 지금은 싸움 중이다.

부상자를 돌볼 여력이 없다.

'스물네 명…… 절반이 사라졌어. 제길!'

살문, 묵월광과는 아직 검도 맞대보지 않았는데 절반이 죽었다.

문제는 그것이 아니다. 지도에도 없고 설명도 듣지 않은 폭발이 일었으니 이제 지도를 믿고 나아갈 수 없다.

비망사가 손실을 입으면 귀혈총이 인계받기로 되어 있다.

하지만 귀혈총의 관첩도 쉽게 명을 내리지 못했다.

귀혈총도 막대한 피해를 입은 것은 마찬가지. 귀혈총 살수 서른두 명 중 열다섯 명이 죽었으니.

여섯 살수 문파의 책임자가 한자리에 모였다.

폭발은 큰불을 일으키지 않았다. 아직도 수림에 불기가 남아 있지만 작은 불길이 타닥거리는 정도다. 그것도 차가운 겨울바람, 대지의 차가운 지운에 눌려 시간이 흐르면 자연히 꺼질 불이다.

"화약이었던 것 같은데…… 엄청난 화약이야. 이제 지도를 믿을 수 없어."

서로의 눈길이 마주쳤다.

진(進)이냐, 퇴(退)냐.

"퇴."

도끼를 든 혈리파 이금곤이 말했다.
"나도 퇴."
잠룡조의 노용상이 말했다.
다른 사람들도 퇴를 말했다.
의견이 일치되었다.

당연히 물러서야 한다. 살수에게 가장 중요한 것은 안전이다. 목숨을 부지하는 안전이 아니라 공격을 반드시 성공시키기 위한 안전이다. 공격이 성공되기 전까지는 무슨 일이 있더라도 안전을 생각해야 된다.

적을 죽일 수만 있다면 내가 죽는다 하더라도 안전한 게다. 반면에 적을 죽일 수 없으면 아무리 은밀한 곳에 숨어 있어도 안전하지 않은 것이다.

여섯 사람이 판단하기에 지금 상황은 안전하지 않다.

그러나 여섯 사람은 의견일치를 보았으면서도 쉽게 물러서자는 의견을 내지 못했다.

구파일방……. 그들이 문제다. 그들은 죽는 순간까지 앞으로 나아가기를 바랄 것이다. 어차피 살수 문파에서 동원된 살수들은 화살받이에 불과하니까.

"폭발을 봤을 테니…… 기다려 보지."

결국 사곡 마설성이 그런 의견을 내놓았다.

"저, 저런!"
"앗! 화약이 매설되었다는 말은 없었는데……."

무불신개와 옥진 도인은 태연히 흘러가는 구름을 지켜보다 느닷없이 터진 폭발에 심꺽 날갔다.

시간문제였다, 살수들이 살문을 짓뭉개는 것은. 잘하면 해가 떨어지기 전에 가능할 것 같았다.

"음, 저 정도 폭발이라면 타격이 컸겠는데요."

"계속 나간다면 몰살할 거요."

무불신개와 옥진 도인은 이 상황을 타개할 방도가 없었다.

그들은 천우진이 어떤 것인지 알지 못한다. 사람 모습조차 볼 수 없는 산등성이에서 내려다보는 정도로는 현실감도 떨어진다. 그들은 살수들만큼 천우진에 대해서 느끼지 못하고 있다.

그렇다고 살수들의 위기를 모르지는 않는다.

현운자가 설명한 것과 다르다는 사실만으로도 살수들의 위기를 감지할 수 있다.

"아무래도 현운자가 직접 나서야겠소이다."

워낙 연로한 사람이고 무공도 모르는지라 함께 오지 않았는데…….

"분타주!"

무불신개가 산양 분타주를 불러 명을 내렸다.

옥진 도인은 백장곡에서 돌아온 매화검수들을 만났다.

"단애를 타고 올라갔다?"

옥진 도인도 그 말을 듣고는 놀란 표정을 지었다.

협곡 이름이 왜 백장곡이던가. 겉으로는 어느 협곡과 다를 바 없지만 한 겹만 벗겨내면 하얀 백석으로 뒤덮인 협곡인지라 그런 이름이 붙었다.

한마디로 바위로 이루어진 협곡이다.

단단한 바위도 아니다. 하얀 바위란 오랜 세월 동안 풍우(風雨)에 씻겨 삭을 대로 삭은 흔적이다.

매화검수들이라면 목숨이 절체절명에 처한 순간이라도 백장곡 단애를 올라가는 미련한 행동은 하지 않으리라.

"묵월광을 이끄는 자가 소고라고 했던가? 여인의 몸으로 대단한 담력을 지녔군."

옥진 도인은 단애를 올라간 살수들이 묵월광이라고 확신했다.

"오늘 밤은 여기서 보내야 할 터. 푹 쉬어라. 긴 밤이 지나면 피비린내를 맡게 될 테니."

군웅들의 싸움은 내일이다.

오늘 저녁쯤으로 생각했는데 아닌 밤중에 홍두깨 격으로 느닷없이 터진 폭발이 발길을 잡았다.

현운자가 개방 걸개들의 부축을 받으며 산등성이로 올라선 것은 해가 뉘엿뉘엿 넘어갈 무렵이었다.

팔부령 정상에서 보는 석양은 아름다웠다.

일출도 아름답지만 세상이 붉게 물드는 광경을 보자면 단연 일몰이 으뜸이리라.

일출은 생기를 머금은 붉음이다. 일몰은 포근함을 담고 있다.

"휴우! 꽤 험한 산이군."

현운자는 산을 타기가 힘든 듯 소매를 들어 이마에 흐르는 땀을 닦았다.

협곡은 어둠이 짙었다.

하루에 한두 시진만 햇볕이 스며드는 깊은 협곡이다. 석양이 넘어갈 무렵이면 협곡은 한밤중이나 다름없다.

"폭발이 있었다고?"

"저 부근입니다."

무불신개가 협곡 한 점을 가리켰다.

어둠에 잠긴 협곡이지만 폭발이 일어난 곳을 찾기는 쉬웠다.

노방이 모습을 드러낸 곳은 더욱 짙은 어둠에 물들어 기다란 선을 그리고 있다. 그리고 그 끝에 널찍한 검은 반점이 그려져 있다. 뻥 뚫린 공지(空地)라는 편이 옳으리라.

"흐흐흐! 삼현옹이 무덤을 팠군. 그렇게 급했나, 삼현옹."

현운자는 알지 못할 소리를 했다.

궁지에 빠진 사람은 오히려 살수들인데, 폭발이 일어나 한 발자국도 움직일 수 없는데.

"피해는?"

"네?"

"피해는 얼마나 입었어! 쯔쯧, 젊은 나이에 귀까지 먹어가지고는 꼭 늙은이에게 두 번 말하게 한단 말이야."

현운자는 상당히 기분이 좋아 보였다.

"……"

무불신개는 대답을 하지 못했다.

"크큭! 그렇군. 쓰레기를 썼군. 그것도 괜찮은 방법이지. 크크큭!"

무불신개와 옥진 도인은 얼굴이 화끈거렸다.

두 사람은 이번 일에 자부심을 갖지 못했다. 살수 문파를 처단하는 일에 살수들을 동원했다는 것이 아무래도 께름칙했다. 이런 일은 정도인(正道人)이 할 짓이 아니다.

"그럼 뭘 망설여?"

"네?"

"어차피 쓰레기들이잖아? 오히려 더 잘됐어. 저렇게 폭발을 일으키면 기관이란 기관은 모두 무용지물이 되지. 천우진에 구멍이 뚫린 거야. 크크! 화약을 쓸 바에는 뭐 하러 고심해서 기관을 설치하나? 뚫어. 안심하고."

살수들을 사람으로 보지 않을 때나 할 수 있는 발상이다.

"날씨가 좋군. 아마도 내일 동이 틀 무렵에는 삼현옹을 만날 수 있겠군. 아주 날씨가 좋아."

날씨는 좋지 않았다. 매서운 칼바람이 팔부령을 할퀴고 지나갔다.

'차마……'

무불신개는 곤혹스런 표정을 지으며 옥진 도인을 쳐다봤다. 옥진 도인이 무불신개의 눈길을 의식하고 고개를 돌렸다.

무불신개는 고개를 가로저었다.

옥진 도인도 고개를 가로저었다.

두 사람은 살수들을 만난 적이 있다.

다른 장소, 다른 시간에 만났다면 목숨을 빼앗았을지도 모를 흉악한 자들이다.

하지만 두 사람이 그들과 만났을 때 살수들은 흉악한 자가 아니라 두 사람의 충실한 충복이 되어 나타났다.

앉으라고 하면 앉고, 서라면 서고, 죽으라는 명령을 내려도 서슴없이 죽을 수 있는 세상에서 다시없는 충복이다. 이 순간이 지나면, 팔부령을 벗어나면 효력이 없어지는 한시적인 충성이지만.

그들에게 죽으러 들어가라는 재촉을 차마 할 수 없었다. 하지만 해

혼탁(混濁) 245

야 한다, 어쩔 수 없이.
"분타주!"
무불신개는 신경질적으로 분타주를 불렀다.

산양 분타주는 하루 종일 바쁘게 뛰어다녔다.
군웅들을 추스르는 것도 그의 몫이었고 현운자를 데려오는 것도 그가 할 일이었다.
해가 져 잠자리에 들어갈 무렵 그는 가장 큰 임무를 맡았다.
가슴까지 설레어 왔다.
칠결 매듭. 자신이 올라가기에는 까마득한 곳에 있는 분들은 자신 같은 사람들이 상상할 수도 없는 비밀을 갖고 있다.
수림이 우거진 협곡을 뚫고 있는 자들이 그렇다.
그들은 팔부령에 모인 군웅들이 아니다. 그렇다면 벌써 산양 분타주인 자신이 명단을 파악했을 게다.
산양 분타주인 자신조차도 파악하지 못하는 무인들이 살문을 치고 있다.
이제 그들이 누군지 알 수 있다.
장로와 비밀을 공유할 수 있게 된 게다. 장로만이 알고 있는 비밀을 알게 된다.
'누굴까? 어느 파에서 파견된 고수들인데 죽음을 두려워하지 않고 저 속에 들어갔을까?'
궁금하기 이를 데 없었다.
산양 분타주는 마음속에서 궁금함이 치밀수록 신법을 빨리했다. 생각처럼 몸을 움직일 수 있다면 벌써 달려 내려갔으리라.

그는 또 다른 생각도 했다.

'이런 일은 좀체 없는 일인데…… 왜 나를 시켰지?'

아무리 머리를 굴려봐도 그 부분에 대한 해답은 찾을 수 없었다.

산을 어떻게 내려왔는지 모른다.

어쨌든 무공을 배운 이래 가장 빠른 신법을 전개해 내려간 것만은 분명하다.

그러다 산양 분타주는 이상한 점을 느꼈다.

흥분은 흥분이고 이상한 점은 이상한 게다.

산양 분타주는 신법을 멈추고 사방을 경계했다. 어둠에 물들은 풀 한 포기까지 놓치지 않고 샅샅이 훑었다. 분타주까지 오를 수 있게 해 준 그의 무공, 이성이 심상치 않은 기운을 감지하게 만들었다.

문도가 보이지 않는다.

여기에 세 명이 있어야 한다.

그들은 암중에 숨어 산을 오르내리는 사람들을 살펴야 한다. 한 명이 당하면 즉시 보고를 하는 임무도 갖고 있다.

산양 분타주는 문도들이 숨어 있는 곳으로 걸음을 떼어놓았다.

폭죽도 꺼내 손에 들었다.

만약 일이 잘못되어 개방 문도 세 명이 변고라고 당했다면……. 그럴 가능성도 배제하지 못한다. 상대가 누군가. 전문적으로 사람을 암살하는 살수 집단이지 않은가.

사방을 경계하며 진기를 가득 끌어올린 채 걸음을 떼어놓던 산양 분타주가 걸음을 멈췄다.

다시 한 번 사방을 살펴봤다.

주위에 아무도 없다는 것을 확인한 그는 그래도 경계를 풀지 않은 채 손을 땅에 대고 무엇인가를 찾았다.

그가 찾는 것은 쉽게 찾아졌다.

손에 힘을 주어 들어 올리자 땅거죽이 벌컥 들어 올려졌다.

개방 문도는 땅을 파고 안에 들어가 있다.

움집이나 토굴에서 생활하는 데는 이골이 난 개방 문도들이다. 아무 곳에나 땅을 파고 거적때기 정도로 위를 덮으면 금방 코를 골며 잘 수 있다.

움푹 파인 구덩이는 보이는데 예상했던 문도의 모습은 보이지 않았다.

개방 문도는 나무를 잘라 뚜껑을 만들었다.

그 위에 흙을 덮었고 다시 눈을 덮었다.

구덩이 안과 밖을 연결시켜 주는 것은 동정을 살필 수 있는 작은 구멍뿐이다.

일결제자도 이런 구덩이 안에서 사나흘 정도는 버틸 수 있다.

그런 인내가 개방을 정보 제일 문파로 키운 힘이다.

'확실히 무슨 일인가 있어!'

그는 다른 구덩이를 향해 걸음을 옮겼다.

역시 사방을 예의 주시한 채 언제라도 폭죽을 발사할 수 있는 태세를 갖추고.

덜컹!

두 번째 뚜껑이 들어 올려졌다. 동시에,

슈욱!

전혀 뜻밖의 손님도 모습을 드러냈다.

너무 시커매 모습조차 파악할 수 없는 검 한 자루가 불쑥 솟구쳐 나왔다.

"흥!"

미리 준비하고 있던 산양 분타주는 고개를 뒤로 젖혀 검날을 피했다. 오른손으로는 땅바닥을 쳤다. 신형을 뒤로 물리기 위한 행동이다. 왼손은 하늘을 가리켰다. 폭죽을 터뜨리기 위해서다. 그런데…….

고개를 뒤로 젖히는 순간 뒤쪽에 무엇인가 어른거리는 것을 보았다. 아니, 느꼈다.

'쳇! 걸렸군.'

생명의 위기를 느꼈다.

죽음이 두렵다는 생각은 들지 않았다. 이상한 일이다. 정녕 그런 생각은 들지 않았다. 그의 머리 속에는 폭죽을 쏘아 올려야 한다는 생각만이 가득했다.

피융……!

허공을 찢는 소리가 그의 생각마저 찢어발겼다.

"크……!"

왼 손등에서 극심한 통증이 일었다.

폭죽이 손에서 빠져나갔다. 쉽게 볼 수 없는 암기, 표도(鏢刀)가 손등에 깊이 틀어박혔다.

비명도 흘리지 못했다. 땅에서 솟구친 검은 검이 방향을 꺾어 입속으로 틀어박혔다.

검은 이빨을 부수고 들어와 뒷골을 뚫고 빠져나갔다.

"알고나 죽어. 살문의 좌리살검이다."

"후후! 이 몸은 후사도라고 하지."

후사도가 산양 분타주의 손등에서 표도를 뽑아냈다.

여섯 사람은 건너편 산등성이를 쳐다봤다.
반대 편 산에는 많은 사람들이 있다.
그들이 누구인지는 확인하지 않아도 알 수 있다. 팔부령에 모인 무림군웅들이다. 물론 산등성이에서 사람이 있다는 흔적을 발견할 수는 없다. 횃불도 켜져 있지 않고 두런거리는 소리도 들리지 않는다.
산속에서는 말소리가 넓게 퍼져 나간다.
아무리 작은 소리라도 자신이 상상한 것 이상으로 널리 나간다.
음식 냄새는 말할 나위도 없다. 사람들이 모여 사는 곳에서는 집 밖으로 나가지도 않은 냄새가 산에서는 십 장, 이십 장…… 후각에 따라서는 상당히 먼 곳에서 나는 음식 냄새도 맡을 수 있다.
여섯 사람은 살수다.
말소리도 음식 냄새도 풍기지 않지만 사람이 있다는 것만은 분명히 느낄 수 있다.

"후후후! 곧 밤이 되는군."

염라전의 장리생이 말했다.

"저놈들이 생각하는 것은 뻔해. 빨리 뒈지라는 거지. 화약이라… 미완성 지도 하나 달랑 던져 주고 화약 속으로 들어가라 이거지."

비망사의 왕공안이 거칠게 말했다.

"흐흐흐! 좋은 기회일 수도 있지."

사곡 마설송이 졸린 듯한 눈을 번쩍였다.

"여기 매설된 화약은 정말 엄청나지. 이 정도라면 화약을 구하기도 힘들었을 거야. 좋은 점도 있지. 시신을 남기지 않는다는 것."

"지금 그 말뜻은……."

"나는 수하들을 물리고 싶은데…… 그쪽은?"

"물리고 싶은 생각이야 간절하지만……."

왕공안이 아직도 이해하지 못하는지 시큰둥하게 대답했다.

"자세히 말하지. 이놈의 화약은 한 번 터지면 반경 오 장을 휩쓸어 버려. 죽음은 피할 수 없지. 하지만 오 장이야. 한 번에 오 장. 이놈의 숲이 아무리 넓다 해도 살문이 있는 곳까지 사십 장밖에 남지 않았어. 여덟 명만 죽으면 되지."

"음……."

"우린 길만 뚫어주는 거야. 정파라는 놈들을 위해서 목숨까지 버릴 필요는 없지. 여덟 명을 제외한 나머지는 물리는 거야. 쥐도 새도 모르게. 우린 모두 폭사(暴死)한 거지."

"……."

쉽게 대답이 나오지 않았다.

혼탁(混濁) 251

생각은 좋지만 몇 가지 어려운 점이 있다.

먼저 구파일방은 살수 문파의 힘을 낱낱이 알고 있다. 여기서 물리는 것은 좋지만 문파로 돌아가면…… 아무래도 구파일방의 질책을 피할 수 없을 것 같다.

또 여기서 나가는 것도 쉽지 않다.

개방 문도가 눈에 불을 켜고 있다. 그들의 눈이 무섭지는 않지만, 모두 그만한 은신술(隱身術)은 지니고 있다고 자부하지만 일이 잘못되어 한 명이라도 발각되는 날에는 상당히 곤란해진다.

여섯 사람은 고민했다.

그들 중 팔부령에서 수하 전부를 잃을 생각을 한 사람은 아무도 없다. 정작 그런 경우를 당하면 당장 문파가 곤란해진다. 지금도 혈배를 들고자 호시탐탐 기회를 노리는 자들이 얼마나 많은가.

구파일방은 일만 부려먹었지 뒤탈까지는 책임져 주지 않는다.

세력이 약해져 문파의 존립이 위태로워질 경우 그들은 나 몰라라 등을 돌린다.

결국 문파를 지키는 사람은 그들 자신이다.

"좋아. 나도 물리겠어. 물린 다음 일단 숨겨놔야 되겠지. 나머지는 장문인과 상의해 봐야겠고."

혈리파 이금곤이 마설송의 생각에 동의했다.

일은 쉽게 해결되는 듯했다.

유구는 철수(鐵手)를 꺼내 손에 끼었다.

그 옛날 대외산 살문 시절, 살문에 잠입한 살천문 살수를 죽이고 전리품으로 챙긴 철수다.

손가락 관절 부근을 마음대로 움직일 수 있게 제작된 철수.

품에서 목함도 꺼냈다.

안에는 흑거미가 들어 있다.

남만에 서식하는 뱀의 종류는 모두 백삼십삼 종(種)이다. 그중 백삼십일 종이 독사다.

그럼 거미는 몇 종류나 서식할까?

알 수 없다. 너무 많다. 천 종까지는 헤아린 적이 있지만 그 이상 넘어가면서 헤아리기를 포기했다.

거미는 철저한 육식성으로 살아 움직이는 것만 먹는다. 거미줄을 이용하여 걸려든 먹이를 잡아먹는 거미가 대부분이지만 파리잡이거미나 농발거미는 거미줄을 치지 않고 돌아다니며 먹이를 찾는다.

흑거미는 후자다. 성격이 난폭해서 먹이를 잡을 때뿐만이 아니라 살아 있는 생물은 모두 죽인다.

거미의 천적은 개구리, 도마뱀, 새 등이 있으나 뭐니 뭐니 해도 가장 무서운 것은 대모벌이다. 대모벌은 거미를 독침으로 잡은 후 거미의 몸에다 알을 낳는다. 차후 알에서 깨어난 새끼는 이 거미의 몸을 먹고 자란다.

유구가 가지고 있는 흑거미는 천적이 없다. 흑거미가 잡아먹히는 모습을 본 적이 한 번도 없다. 거미의 천적인 대모벌조차도 흑거미에게는 먹이에 불과하다.

그러나 이렇게 강한 놈도 자연의 섭리 때문인지 수가 많이 불어나지는 않는다.

흑거미끼리도 상대를 적으로 간주하기 때문에 암수가 만나도 교미를 하기는커녕 잡아먹기에 바쁘다. 정말 어쩌다 교미를 하게 되는 경우에도 교미가 끝난 후에는 둘 중 하나가 잡혀 먹힌다. 더군다나 보통 거미는 한 번에 천 개에서 삼천 개 정도의 알을 낳지만 이놈은 단 한 개만 낳는다는 것도 수가 늘어나지 못하게 하는 원인 중 하나다.

목함을 열고 흑거미를 꺼냈다.

전에는 상당히 조심했지만 철수를 얻은 다음에는 아주 손쉽게 넣었다 꺼냈다 할 수 있게 되었다.

흑거미 몸통을 묶은 은잠사 끝을 왼 손목에 감은 후 흑거미를 풀어 놓았다.

유회는 중원에 나와 참 많은 것을 배웠다.

무공도 암연족 시절에는 상상할 수 없을 만큼 높아졌다.

그러나 가장 크게 배운 게 있다면 역시 비정함이다.

암연족 전사일 때도 비정함은 몸에 배었지만 중원에 나온 후 더욱 단단히 고정되었다.

그렇게 된 데는 역석의 죽음이 큰 역할을 했다.

역석이 죽을 줄은 몰랐다. 그렇게 자신만만하던 자식이, 암연족 전사에게도 한 치 물러섬이 없던 패기만만한 놈이.

'살문을 건드리는 놈은 모두 죽인다. 주공께 무례한 놈은 모두 죽인다. 살점이 흩어져 가루가 되는 한이 있어도 모두 죽인다.'

뚱뚱한 몸집에 항상 웃는 얼굴을 하고 있는 그였지만 마음속은 누구보다 비정했다.

그가 몸을 움직였다.

첫 번째 놈은 땅에 납작 엎드려 살금살금 기어가는 놈이다.

놈은 마치 지네처럼 팔다리를 허우적거리며 기어간다. 아주 조금씩.

너무 살살 기어가기 때문에 옷자락이 끌리는 소리조차 나지 않는다.

'살수군.'

유회는 어느새 살수의 냄새를 맡을 수 있는 지경에 이르렀다.

처음에는 살수와 무인을 구분하지 못했지만 지금은 할 줄 안다.

무인과 무인의 싸움에서는 무공이 약한 쪽이 진다. 질 때에도 반드시 죽는다고 볼 수는 없다. 손속에 사정을 두면 아무리 죽일 놈이라도 살 경우가 생긴다.

살수와 살수의 싸움은 먼저 발견되는 놈이 죽는다. 그가 착한 일을 하는 놈이든 천하의 악인이든 상관없다. 요행을 바랄 수도 없다. 지는 쪽은 무조건 죽는다.

이번에는 적이 먼저 발견되었다.

휘익!

유회의 뚱뚱한 몸이 허공에서 뚝 떨어져 내렸다. 정확히 기어가는 놈의 등 위다.

놈은 이상한 기미를 느낀 듯 꿈틀거렸지만 그때는 이미 늦었다.

바람 소리조차 흘리지 않고 떨어져 내린 유회의 몸뚱이가 놈의 몸뚱이를 깔아뭉갰다. 아마도 오장육부가 터지는 기분일 테고 어쩌면 정말 터졌을지도 모른다.

유회의 큼지막한 손이 놈의 입을 틀어막았다. 반대 손은 놈의 머리를 잡고 획 뒤로 잡아끌었다.

우득!

맑고 경쾌한 소리가 흘렀다.

놈은 풀쩍 뛰려는 듯했지만 축 늘어지고 말았다.

유회는 미끄러지듯 옆으로 이동했다. 다른 먹이를 찾아서.

혼탁(混濁)

방절편(方節鞭)은 채찍과 흡사한 모양새를 가지고 있지만 용법(用法)은 전혀 다르다.

휘두른다는 점에서는 같다. 하지만 마디마디를 활용한다는 점에서는 채찍보다 삼절편(三節鞭)에 가깝다. 또 마디가 강한 철로 이루어져 있어 창이나 검의 효용도 볼 수 있다.

혈살편복은 큰대(大) 자로 누웠다. 막대기처럼 길게 늘어진 방절편을 오른손에 꼭 쥐고.

그는 잠이라도 자는 듯 느긋하게 누워 기다렸다.

하늘에 별이 보이기 시작했다.

반 각이 흘렀다.

이제 반 각만 더 지나면 약속한 한 시진이 된다.

꽈앙! 우르릉…… 화와악……!

요란한 소리가 들리며 땅이 들썩였다.

적이 공격을 재개했다.

산을 내려와 자리를 잡고 드러누울 때까지만 해도 조용하기만 했는데 다시 폭음이 울린다.

거처에 대한 미련은 없다.

거처로 따지자면 대외산 살문에 있을 적이 가장 편하고 화려했다. 아마도 일생에 걸쳐 그처럼 호사를 누려본 적도 없을 게다. 앞으로는 그럴 수 있을까? 그러지 못할 것 같다. 호강은 대외산 살문 시절로 끝난 것 같다.

정처없이 떠돌거나 자리를 잡게 되더라도 초라한 움막에서 기거하는 것이 보통이리라.

그럴 수밖에 없다.

무림군웅들을 이렇게나 자극했는데 어찌 편하기를 바라겠는가.

실망.

무림이 실망을 언제 선포할지…….

그렇게 되면 살문은 천하무림의 공적이 되고 살문 살수들은 잠잘 적에도 편히 발을 뻗지 못하겠지만…… 정해진 수순이다.

시비는 저쪽에서 먼저 걸어왔다.

대외산 살문 총단을 살천문만 공격해 왔다면 모를까 공동파까지 가세했다. 그럼 두 손 놓고 죽어야만 하는가?

응전은 당연했으나 무림은 받아들이지 않는다.

혈영신마저 구했으니 명분은 넘치도록 준 셈이다.

스윽……!

벌레가 기어가는 듯한 감촉이 전달되어 왔다.

'다섯 명째. 도대체 몇 놈이나 있는 거야?'

혈살편복은 오른손을 힘껏 쳐올렸다.

촤르륵…… 거걱……!

쇠줄 감기는 소리가 조용한 산중을 울렸다. 그리고 곧 이어 진한 피비린내가 물씬 풍겨 나왔다.

적은 돌아볼 필요도 없다. 손에 걸린 감촉으로 필살(必殺)을 느낄 수 있다.

혈살편복은 와둔공(臥遁功)을 펼쳐 두 발만으로 몸을 움직였다.

거미가 거미줄을 펼치듯 그는 또 다른 장소로 이동해 적이 걸려들기를 기다린다.

음양철극의 병기는 살수들의 병기라기보다는 군대를 지휘하는 장군의 병기라는 편이 옳다.

실제로 쌍극을 사용하는 무인은 거의 없다.

음양철극도 소지가 간편하고 파괴력이 높은 병기를 택했고, 그래서 선택한 것이 단극(短戟) 두 개였다.

종리추의 권유로 쌍극을 취하기는 했지만 자신의 병기를 아직 길들이지 못했다. 그러기에는 단극에 너무 익숙해진 손이다.

무게도 전혀 다르다.

단극은 경병(輕兵)인 반면 쌍극은 무게가 스무 근이나 되는 중병(重兵)이다.

당연한 말이지만 용법도 천양지차다.

종리추는 왜 전혀 다른 병기를 취하라고 했을까?

날이 머리칼로 베어낼 만큼 날카롭다고 하지만 그건 이유가 되지 않는다. 날카롭기로 따지면 쌍극보다 더 날카로운 병기들이 많다.

병기를 얼마나 자신에 맞게 사용할 수 있느냐를 따져야지 병기의 날카로움만 봐서는 안 된다.

종리추는 무공에 병기를 맞추지 말고 병기에 무공을 맞추라는 묘한 말을 했다. 그것은 몸에 병기를 붙이지 말고 병기에 맞도록 무공을 바꾸라는 말과도 같다.

일반적인 무리(武理)와는 전혀 다른 생각이다.

음양철극은 그런 소리를 듣자 얼굴이 화끈거렸다.

창피해서 형제들을 볼 수가 없었다.

병기는 상승의 경지로 올라서는 하나의 과정이지 목표가 되지 못한다.

종리추는 무공의 한계를 지적하고 있다.
더 이상 발전하지 않는 무공. 아니다, 발전하지 않는 무공은 없다. 무공에 정진하면 풀 한 포기로도 천하제일의 무인이 될 수 있다.
종리추는 정확히 말하면 정진하지 않는 태도를 지적했다.
현재 무공에 안주하여 발전할 기미가 없으며, 그렇다고 지금 무공이 뛰어난 것도 아니라는 뜻.
병기를 바꾸라는 말은 거기서 나왔다.
새로운 병기를 손에 길들이려면 부단한 노력을 해야 한다. 그러다 보면 전에는 스쳐 지나갔던 부분들을 새삼스럽게 깨우치는 일도 있을 게다.
단극을 들든 쌍극을 들든 상관없다.
종리추의 말뜻을 알아들었으니 굳이 쌍극을 손에 익힐 필요도 없다. 손에 익은 단극을 들고 부단히 무공 수련에 정진하면 종리추의 뜻에 부합된다.
그래도 음양철극은 자신의 외호를 만들어준 철극을 버리고 쌍극을 취했다.
그만큼 자신을 혹독하게 몰아붙이기 위함이다. 익숙해진 단극을 들고 무공 수련을 하다 보면 자칫 타성에 젖어버릴 수 있지 않을까 하는 우려 때문이다. 사실 그런 타성 때문에 수련을 게을리 했지만.
살수와 살수의 싸움에서 손에 익지 않은 병기를 들고 나선 것은 큰 모험이라 할 수 있다. 더군다나 살수의 싸움에서는 음양철극의 쌍극처럼 크고 무거운 중병은 거추장스럽기만 하다. 차라리 길에서 흔히 볼 수 있는 단검이나 소도가 더 큰 효험을 발휘할 수 있다.
음양철극은 기다리는 것보다 움직이는 쪽을 택했다.

쌍극의 효용을 최대한 발휘하려면 움직여야 한다.

살수의 싸움에서는 반 푼 정도 깎이고 들어가는 행동이지만 어쩔 수 없다.

쉬익!

음양철극은 살수가 숨기에는 최적의 장소에 내려섰다.

자신이 적이라면, 이런 지형에서 몸을 숨긴다면 바로 이곳에 숨으리라. 비탈지고 안으로 휘어진 나무뿌리가 있어 손쉽게 신형을 솟구칠 수 있고…….

쒜에엑……!

어둠 속에서 검 한 자루가 불쑥 튀어나왔다.

음양철극은 쌍극의 창대로 검을 퉁겨 올리고 쌍극을 휘돌려 내리찍었다.

퍼억!

쌍극의 날이 머리를 부수고 들어갔다.

캄캄한 밤에 핏물은 검은색으로 보인다.

검은 핏줄기가 분수처럼 솟구쳐 올랐다.

'어리석은 놈, 조금 더 기다렸어야지. 적이 알고 찾아왔어도 정확한 위치를 파악하려면 시간이 걸리는 법. 촌각이야. 촌각만 참았으면 네가 이겼어. 왜냐하면… 난 네놈 있는 곳으로 움직일 생각이었으니까.'

적은 좋은 곳에 숨었다.

음양철극은 나무뿌리에 웅크리고 있을 줄은 몰랐다. 그곳보다는 뿌리 앞쪽에 뭉툭한 검은 물체를 노렸다. 만약 검은 물체를 쳤다면…… 적의 승리다.

음양철극은 조금 느려서 이겼고 적은 조금 빨라서 졌다.

검은 물체도 역시 사람이었다, 그러니 착각할 수밖에.
화염에 그슬린 시신 한 구가 징그러운 몰골로 누워 있었다.

'한 시진. 이제 물러선다.'
긴 사냥을 끝낼 때가 되었다.
종리추는 한 시진 동안 나오는 적을 몰살시키라고 했다.
몰살시켰는지 못 시켰는지는 모른다. 하여간 죽이기는 상당히 많이 죽였다.
목함으로 돌아온 흑거미는 독액을 너무 많이 뿜어내서인지 기진맥진해 보였다. 그렇다고 방심은 금물이다. 놈은 주인도 알아보지 못한다. 근처에서 움직이는 것은 사람이든 동물이든 무조건 물고 보는 놈이다.
유구는 흑거미를 조심스럽게 목함에 담아 품속에 갈무리했다. 그리고 두 손을 입에 모아 밤부엉이 소리를 냈다.
"꾸욱! 꾸우욱……!"
종리추는 몇 가지 동물들의 소리를 가르쳐 주었다.
참새 소리, 늑대 소리, 호랑이 소리…… 그중에 부엉이 소리도 끼어 있다.
부엉이 소리는 야간에 사용하며 퇴각하라는 신호다. 낮에는 참새 소리를 사용한다.
종리추가 어릴 적 기억을 되새겨 만들어낸 것으로 살문 살수들에게는 무공 못지 않게 중요한 밀마(密碼)다. 적지인살이 십망을 받고 구파일방에게 쫓길 때 하오 문도들은 부엉이 소리를 사용해 서로를 확인했지 않은가.

"꾸욱! 꾸우욱……!"

유구는 다시 한 번 부엉이 소리를 흘려 퇴각을 알린 후 소도를 꺼내 입에 물었다.

적은 몇 명이나 남았을까?

이제부터는 신속하게 퇴각해야 한다.

적이 많이 남아 있다면 자칫 포위당할지도 모른다. 그럴 경우 싸우는 데까지 싸우겠지만 죽음을 피하기는 어렵다.

그래서 살수 대 살수의 싸움은 마지막 한 명이 죽을 때까지 지속되어야 한다.

종리추는 이런 점을 누구보다도 잘 안다.

그런데 왜 한 시진만 버티다 퇴각하라고 했을까? 적이 몇 명이나 죽었는지, 얼마나 남았는지 짐작도 못하는데.

타다닥……!

누군가가 앞쪽에서 부리나케 뛰쳐나갔다.

신법을 보아하니 쾌속하기 이를 데 없어 작심하고 뛰쳐나간 것 같다.

'바보!'

제일 앞서서 나가는 사람은 그만큼 표적이 되기 쉽다.

그 몫은 유구 것이었으나 누군가가 가로챘다. 아니나 다를까,

쉬익! 쉬이익……!

여기저기서 검은 그림자들이 뛰쳐나와 앞선 자를 뒤쫓았다. 살문 살수들은 아니다. 살문 살수는 몇 명 되지 않으니까.

'죽게 할 수 없어.'

유구는 신형을 날렸다.

◆第七十六章◆
저립(佇立)

음양철극은 쌍극을 비껴 들고 치달렸다.

종리추가 한 시진을 버티다 오라던 오곡동(五谷洞)은 산 뒤편에 있다. 산을 넘어 벼랑을 타고 내려가면 벼랑 한가운데 뻥 뚫린 동혈이 나오는데, 그곳이 오곡동이다.

원래는 아무 이름도 없는 빈 동혈에 불과했다.

그곳을 발견한 사람은 모진아다.

모진아는 불철주야 짬만 나면 무공을 수련했다. 하루라도 수련을 거르는 날이면 좀이 쑤시는 듯 눈보라가 휘몰아쳐도 거르지 않았다. 마치 무공에 걸신 들린 사람처럼.

그날도 모진아는 무공을 수련하기 위해 산 정상에 있는 작은 공지를 찾았다.

워낙 높고 험한 곳이라 수련에 지장을 주는 사람도 없는 곳이다.

그곳에서 모진아는 편안함을 찾았다. 무공 수련도 마음껏 할 수 있고 세상 전체를 굽어보며 지금은 잊어버린 옛날의 야망을 떠올릴 수도 있다. 마음 편히.

그날 모진아는 무공 수련을 했고 여느 날처럼 조그만 바위에 엉덩이를 걸치고 앉아 넓게 펼쳐진 팔부령을 굽어보았다.

생각해 보면 젊은 시절이 참 덧없게 지나갔다.

허황된 야망은 아니었다. 남만을 통일시키고 강력한 왕권을 갖춘다는 야망은 젊은 사람이라면 누구나 한 번쯤 가져볼 만했다. 또 가능성도 있었다.

그러던 것이 좌절된 것을 보면 역시 한 나라의 왕은 하늘이 점지해 주는 모양이다.

남만에 두고 온 처도 생각했다.

모두 암연족에 남았다. 그들은 남편 대신 암연족을 택했다. 하기는 남의 노예가 된다는데 기꺼이 따라와 줄 사람이 누가 있겠냐만.

그런 면에서 보면 지지리 인복(人福)도 없다.

아니다, 유구가 있지 않은가. 유회가 있지 않은가. 종리추를 만났고 아직 설익은 산딸기 같은 어린이 있지 않은가. 그리고…… 구맥도 있다.

모진아의 가슴속에는 구맥에 대한 인상이 자리 잡기 시작했다.

어쩌면 아무도 없는 산 정상을 찾는 이유가 그것 때문일까? 구맥에 대한 마음을 들키기 싫어서?

구맥은 아름다운 여인이다. 홍리족 제일의 미녀였다.

그녀도 인복이 없기는 마찬가지다. 남편이 그렇게 많았는데도 중원으로 따라나서는 사람이 없었으니.

　모진아는 지난 세월을 회상하기도 하고 구맥을 떠올리기도 했다.

　구맥이 어린의 어머니라는 사실, 종리추의 장모라는 사실은 중요하지 않다.

　남녀가 만나서 서로 좋아하면 그만이다.

　남녀에 관한 생각은 짧은 중원 생활로 뜯어고쳐질 성질의 것이 아니다.

　모진아를 망설이게 하는 것은 암연족과 홍리족의 풍습이 전혀 다르기 때문이다.

　암연족은 일부다처(一夫多妻), 홍리족은 일처다부(一妻多夫).

　어느 한쪽은 뜻을 굽혀야 하는데 모진아는 일처다부를 용납할 수 없다.

　그래서 그는 말도 꺼내지 못하고 혼자 생각만 한다. 차라리 그것이 속 편하니까.

　그러던 중 희귀조(稀貴鳥)를 보았다.

　날개가 빨간색이고, 부리는 노란색, 정수리 부근에 까만 점이 촘촘히 박혀 있는 새다.

　산에서 평생을 살았고 온갖 동물들을 보아온 그였지만 생전 처음 보는 새였다.

　순간 그의 머리 속에 하나의 생각이 스쳐 갔다.

　살문에는 알맞은 문양이 없다.

　'저 새의 형상을 문양으로…….'

　모진아다운 생각이다.

　암연족이나 홍리족이나 막연한 것은 절대 쫓지 않는다. 눈에 보이는 현실적인 것을 중시한다. 하다못해 이름을 지을 때도 주변에 있는 사물 이름을 본따서 짓는다.

모진아는 희귀조를 잡기 위해 벼랑을 타고 내려갔다.

그러다 발견했다, 오곡동을.

희귀조는 오곡동에 둥지를 틀고 있었다.

삼현옹은 즉시 오곡동에 기관을 설치하기 시작했다.

"이렇게 좋은 장소는 정말 드물어. 봐. 팔부령 다섯 계곡이 환히 내려다보이잖아? 여기는 일당천을 상대할 수 있는 요지야."

삼현옹은 방어할 수 있는 기관만 설치한 것이 아니라 몸을 드러내지 않고 청부를 받을 수 있는 기관도 설치했다.

그곳이 바로 대래봉 정상이다.

살문이 일반인들에게 청부를 받는 장소다.

오곡동에서 동혈을 타고 올라가면 대래봉 정상이 나온다.

한 사람은 석벽에 뚫린 구멍으로 청부자를 주시하고 또 한 사람은 석벽 밑에서 말을 한다.

모진아가 우연히 발견한 오곡동은 살문이 세상에 다시 나오는 계기를 만들었다.

'이대로 물러서면 오곡동이 들키게 돼. 그래선 안 되지. 후후! 한 명은 희생양이 되어야 해. 그래도 내가 낫지. 오늘 한바탕 피바람을 일으켜 보는 거야.'

음양철극은 오곡동과는 정반대 쪽으로 치달렸다.

유구, 유회, 혈살편복이 바로 뛰쳐나오는 일은 없어야 한다. 넉넉잡아 일 다경(一茶頃) 정도만 눌러 참으면 거치적거리는 것 없이 오곡동으로 돌아갈 수 있을 게다.

음양철극은 반반에 승부를 걸었다.

정에 이끌려 뛰쳐나올 것이라는 데 절반, 살수로서의 능력이 누구보다 뛰어난 살문 살수들이니 문주의 명령을 충실히 지킬 것이라는 데 절반.

쒸이잉……!

예리한 경기가 옆구리로 쏘아져 왔다.

'자식들! 제법이네.'

음양철극은 신법을 멈추지 않고 횡행일참(橫行一斬)이란 초식을 전개했다.

오른손으로 중단(中段)을 잡고 파단(把段)은 겨드랑이에 낀다. 그 상태 그대로 상반신을 비틀며 오른손을 바깥쪽으로 쳐낸다.

쌍극 같은 병기만이 전개할 수 있는 초식이다.

써걱!

기분 좋은 감촉이 손끝에 전해졌다.

싸울 때는 역시 적을 베는 것처럼 기분 좋은 일이 없다.

적을 베어내긴 했지만 음양철극도 신법을 멈춰야만 했다.

'빠른 놈들이군…….'

음양철극의 예상보다 훨씬 빠르고 많다.

그는 기껏해야 대여섯 명 정도 따라올 줄 알았다. 하지만 따라온 자들은 스무 명이 넘는다.

앞을 가로막은 자는 두 명.

그들은 음양철극보다 늦게 신형을 날렸으나 앞서 길을 막았으니 신법으로는 단연 우세하다.

'쳇! 피바람을 일으키기는커녕 피를 뒤집어쓰게 생겼네.'

음양철극은 옅은 미소를 지었다.

"쌍극. 강서 건창에서 살인이 있었지. 백조쌍극이 죽고 애병은 사라졌어. 시신을 감쪽같이 은폐시켰지만 우리 눈을 속일 수는 없지. 네놈이군, 음양철극이란 놈이."

"……!"

음양철극은 심중으로 크게 놀랐지만 겉으로 표시하지는 않았다.

"네놈은?"

앞선 두 명 중 한 명이 도끼를 들어 보였다.

"이게 내 답이야."

'도끼? 도끼가 답이라…… 실수 중에 도끼를 쓰는 자는 광부……. 혹시! 아냐, 설마…… 맞아. 저자가 혈리파의 이금곤이란 자군. 어디서 온 놈들인가 했더니 혈리파였군.'

음양철극은 투지가 끓어올랐다.

상대가 피라미가 아니라 월척이라는 데 흥분이 치솟았다.

'저놈만 죽이면 남는 장사야. 죽어도 여한이 없지. 이럴 줄 알았으면 음양쌍극을 가져오는 건데.'

음양철극은 처음으로 후회했다.

생애 마지막 싸움이다. 최선을 다하려면 아무래도 손에 익지 않은 쌍극보다 전에 사용하던 음양쌍극이 훨씬 낫다.

음양철극은 횡행일참을 전개하던 모습 그대로 오른손으로는 쌍극의 중단을 잡고 파단은 겨드랑이에 끼었다. 전단(前端)은 오른쪽으로 조금 벌려 땅에 늘어뜨렸다.

'차앗!'

소리없는 고함이 들렸다.

등 뒤쪽에 있던 자가 허공에 둥실 떠올랐다. 놈은 진기가 가득 실린 대도(大刀)를 하늘 높이 치켜들고 있으리라. 건방지게 일도양단(一刀兩斷)이라니.

쒜에액……!

번개같이 휘둘러진 쌍극이 사선을 그으며 뒤쪽 허공을 베었다.

뒤를 베려니 신형을 돌릴 수밖에 없다.

음양쌍극은 빙그르르 반 바퀴 도는 순간, 허공에 떠 있는 자를 봤고 그를 쳤다. 그리고 다시 신형을 반 바퀴 돌려 혈리파 이금곤과 마주 보고 섰다.

찰나간에 섞은 일합(一合)이다.

뒤에서 쿵! 하고 묵직한 소리가 울렸다.

'차앗!'

또 고함 소리가 터졌다.

이번에는 등 뒤가 아니라 전면이다.

혈리파의 이금곤이 대부를 치켜들고 황소처럼 돌진해 왔다.

촤라락……!

쌍극으로 한 바퀴 원을 그렸다. 일차적으로는 이금곤의 허리를 노리고, 이차로는 달려드는 속도를 저지하기 위함이며, 삼차로는 그렇게 함으로써 쌍극을 사용하기 적합한 거리를 유지시키기 위해서다.

카앙!

날카로운 쇳소리와 함께 번갯불이 튀었다.

놀라운 부법(斧法)이다. 이금곤은 쌍극을 신법으로 피하지 않고 도끼로 받아쳤다.

이금곤은 대부를 사용할 줄 안다.

대부에 관한 한 달인이란 소리다.

장병(長兵)은 거리에 이득을 보는 대신 반응 속도가 느리다. 단병은 거리에서는 손해 볼지언정 초식을 전개하는 속도가 빠르다. 범인(凡人)들이 보기에는 모두 똑같아 보일 만큼 속도 차이가 없더라도 무인들의 경우에는 생과 사를 가를 만큼 큰 차이가 벌어진다.

까앙! 깡! 깡……!

쇳소리가 계속 터져 나왔다.

음양철극은 쌍극을 연속적으로 내려쳤다.

그가 지금 취할 방법은 둘밖에 없다. 반격 속도를 빨리하거나 거리를 벌리거나. 거리를 벌리려면 뒤로 물러서야 한다.

그는 빠른 반격 쪽을 택했다.

연속적으로 쌍극을 휘두를 수는 있으나 경력을 가득 싣지는 못하는, 무인이라면 쓰고 싶지 않은 목숨이 생사기로에 섰을 때나 마지못해 사용하는 허우적거림이다.

이금곤은 입가에 잔인한 미소까지 배어 물었다.

단병으로 경력이 실리지 않은 쌍극을 쳐내기는 쉽다. 게다가 음양철극은 똑같은 초식만 반복한다. 이처럼 쉬운 싸움이라니.

음양철극의 가슴이 활짝 열렸다, 너무 넓어 마차가 지나가도 될 정도로.

쒺이익!

이금곤의 부세(斧勢)가 돌변했다.

지금까지는 아래에서 위로 올려쳤는데 갑자기 방향을 틀어 왼쪽 옆구리를 찍어왔다. 거리는 가깝고 물러설 곳은 없다. 음양철극의 뒤에는 혈리파, 잠룡조의 살수들이 원한에 불타는 눈으로 허점을 노리고 있다.

음양철극의 눈가에 미소가 어렸다.

'병신아, 이게 바로 주공께서 가르쳐 주신 치전(致戰)이야. 유인하라. 그러나 유인당하지 마라. 백전은 이런 싸움에서도 통용되는 법이야, 병신아.'

죽음을 생각한 사람에게 무서울 것은 없다.

동귀어진(同歸於盡)을 하려는데 방법을 생각할 필요가 없다. 적을 죽음으로 끌어들이면 된다. 적이 나와 같이 죽을 장소로 들어서게 하면 성공이다.

그는 음양쌍극을 사용할 시절에도 극히 정제되어 군더더기가 없는 무공으로 정평났다. 사람을 죽일 수 있는 가장 빠른 거리를 알고 있고, 어떤 병기, 어떤 종류의 무공을 가진 자와 부딪쳐도 죽일 수 있는 해법을 찾아냈다.

지금은 뒤엉켜야 한다.

음양철극은 쌍극을 집어 던졌다. 그리고 재빨리 소도를 꺼내 달려들었다.

"엇!"

이금곤은 몹시 놀란 듯 헛바람을 내질렀으나 반응은 기민했다. 뒤로 주르륵 물러나는 모습이 꼭 누가 뒤에서 잡아당긴 것 같았다.

쒜에엑……!

음양철극의 소도는 꼭 머리카락 하나 차이로 이금곤의 심장을 비껴갔다.

'제길!'

음양철극은 헛손질을 느낀 순간 쾌속하게 신법을 전개해 이금곤의 옷소매를 잡아챘다.

찌익……!

옷소매가 뜯겨져 나갔다.

옷소매를 잡는 데는 성공했지만 화들짝 놀란 이금곤이 황급히 뿌리치는 바람에 애꿎은 옷만 찢어졌다. 그 순간 음양철극의 소도는 다시 한 번 허공을 그었고, 이금곤의 어깨에서 뭉툭한 살점을 베어냈다.

이금곤도 당하고 있지만은 않았다.

휘리릭!

대부가 풍차처럼 휘돌았다. 한 손으로 자루를 잡고 대부를 휘돌리는 것만 봐도 엄청난 신력이 느껴진다.

쒜에엑……!

대부는 어김없이 머리를 쪼개왔다.

음양쌍극과 이금곤은 손만 뻗으면 닿을 거리다.

대부가 날아오는 속도는 번개에 버금갔고 음양쌍극도 피할 생각이 없었다.

슈우욱……!

음양쌍극은 오히려 대부에 머리를 들이밀면서 소도를 힘껏 찔러 넣었다. 정확히 심장을 향해.

"엇!"

다시 헛바람이 새어 나왔다.

이금곤은 초식을 풀어버리고 뒤로 훌쩍 물러섰다. 그는 동귀어진을 당하는 것이 싫었다. 그럴 필요도 없었다. 물러선 김에 아예 전권(戰圈)

밖으로 신형을 날려 버렸다.

　주위는 더욱 어두워졌다.

　밤이 깊어지면서 팔부령 협곡은 눈앞에 들어 올린 손가락도 보이지 않을 만큼 짙은 어둠에 휘감겼다.

　"동귀어진…… 지독한 놈이군."

　이금곤의 눈에서 불길이 솟구쳤다.

　음양철극은 그가 듣기에는 살문의 일개 살수밖에 되지 않는다.

　일개 살수에게 혈리차 부혈주(副血主)가 승패를 가르지 못했으니 음양철극의 무공은 높이 살 만하다. 아니, 동귀어진도 불사하는 정신을 사줄 만하다. 하나 이금곤에게는 치욕이다.

　"이노옴……! 내 네놈의 머리통을 으깨주지. 퉤!"

　이금곤은 손바닥에 침을 뱉어 대부를 고쳐 잡았다. 그때,

　"후후! 도끼라면 나하고 붙어야지. 나도 도끼라면 자신있거든."

　음양철극을 에워싼 살수들의 등 뒤에서 컬컬한 음성이 들려왔다.

키가 작고 통통하여 귀여워 보이나 밝은 곳에서 보면 거칠게 자란 수염에 주름살이 깊어 도저히 귀여울 수 없는 사람이 여유만만하게 걸어왔다.

"오제(五弟)!"

음양철극은 광부가 나타난 것이 놀라웠다. 하지만 곧 사태가 자신이 바란 대로 진행되지 않았다는 것을 깨달았고 인상을 찡그렸다.

"오제가 여긴 어쩐 일로?"

"형님, 그걸 말이라고 하십니까? 목숨을 가볍게 여기지 마십시오. 이런 놈들에게 죽을 형님이었다면 형님으로 모시지도 않았을 겁니다. 형님이라고 겨우 한 살 많아가지고는."

"뭐야!"

"형님, 발작은 나중에 해요. 주공께서 계십니다."

'주공'이 있다는 말에 음양철극은 양순해졌다.

성난 사자에게 갑자기 순한 양이 된 듯한 느낌이었다.

어둠 속에서 차분히 가라앉은 음성이 들려왔다.

"음양철극, 싸움을 끝내도록 해."

음양철극은 그 소리를 듣자 씩 웃었다. 그는 집어 던진 쌍극을 주워 들었다.

"후사도, 저 옆에 있는 자는 잠룡조의 이인자 잠룡일조 노용상이야. 목숨을 거둬."

"존명!"

힘찬 대답 소리와 함께 무인 냄새가 전혀 풍기지 않는 사내가 걸어 나왔다.

정말 평범했다. 범인들 속에 섞어놓으면 무공을 익힌 무인이라고 할 수 없을 만큼 평범했다. 얼굴도 특이한 구석이 없었고 체격도 두드러진 구석이 없다.

힘센 장정 같으면 얕보기 딱 좋은 사내다.

"구류검수."

"넷!"

"고맙다고 해야 되나?"

"무슨 말씀이신지……?"

"구류검수 덕에 매화검수들과 싸움을 피했잖아. 덕분에 이자들과 쉽게 만났고. 새옹지마(塞翁之馬)라는 말이 실감나는군."

"……."

"그래도 오늘 밥값은 해야지?"

"하명만 하십시오!"

"음양철극으로부터 좌로 이십 보. 두더지 한 마리가 숨어 있어. 귀혈총의 관첩이라고…… 꽤나 무공이 강한 자야."
"알겠습니닷!"
구류검수는 더 듣지 않았다.
대답을 하는 즉시 신형을 띄웠다.
"유구, 유회, 혈살, 좌리, 광부."
"주공, 혈살편복입니다. 제발 끝까지 좀 불러주십시오."
"좌리는 없는데요? 좌리살검은 있어도."
"장내를 정리해, 싸우기 편하게."
"존명!"
어둠 속에서 다섯 사내가 솟구쳐 살수들을 향해 짓쳐갔다.

유구와 유회는 척퇴비침에 상당히 능숙해져 있다.
신발 속에 감춰진 칼날은 적의 병기를 막을 수도 있고 치명적인 타격을 줄 수도 있다. 무엇보다 신발 속에 칼날이 숨어 있다고 생각하는 사람이 적기 때문에 치명적인 기습을 가하는 데 아주 요긴하다.
유구와 유회는 성난 들개처럼 날뛰었다. 그에 반하면 육대살수문파의 살수들은 꼬리 만 강아지 꼴이었다.
광부는 새로 얻은 벽력사부를 팔랑개비처럼 휘둘렀다.
부우욱! 퍼억! 퍽퍽퍽……!
그는 단 한 번의 도끼질로 끝내는 법이 없었다. 광부의 부법에 당한 자는 쓰러지기까지 적어도 대여섯 번은 더 난자당해야 비로소 쓰러질 수 있었다.
무불신개와 옥진 도인이 종적을 찾아낼 정도로 살수로서의 능력도 뛰어나지 않은 살수들이다.

살수 문파의 현실이 그렇다.

중원무림은 살수 문파가 커지는 것을 방관하지 않는다.

적당한 선에서 유지하기를 바라고 무인들의 청부는 달갑게 여기지 않는다. 무인들의 청부를 받아들이더라도 무림에 지장을 주지 않는 선에서 그치기를 원한다.

살혼부처럼 무림삼정 중 일 인인 구지신검을 죽인다거나 하면 당장 십망을 발휘한다.

약간 강해지는 것은 용납한다.

오늘처럼 써먹을 곳이 있으니, 피로 물들여야 할 곳이 있으나 무림 정대문파가 나서서는 곤란할 때 아주 훌륭하게 써먹을 수 있으니.

혈살편복의 방절편은 살아 있는 영사(靈蛇)처럼 꿈틀거렸다.

한 번 허공을 가를 때마다 피가 튀고 뼈가 으스러졌다.

살수의 기예(技藝)를 발휘해서 싸울 때는 전혀 다른 싸움이 되겠지만 무공으로 겨뤄서는 상대가 되지 않는다.

좌리살검은 죽은 천왕검제의 천왕구식을 이어받았다. 폭풍처럼 몰아치는 천왕구식은 현란하기까지 했다. 검에서 묵린(墨燐)이 반짝일 때마다 처절한 단말마가 야공을 찢었다.

삼십(三十) 대(對) 오(五).

정확히 헤아릴 수는 없지만 서른 명 가까이 되는 살수들이 단 다섯 명을 당적하지 못하고 쓰러졌다.

유구, 유회, 혈살편복, 좌리살검, 광부는 아무런 일도 없었던 것처럼 손을 툭툭 털고 돌아왔다.

"좀 지저분하지만 장내는 청소했습니다."

"그래, 지저분해. 다음부터는 깨끗이 청소해."
"끄응!"
살문 살수들은 여유가 넘쳐흘렀다.
'빨리 끝내야 해. 시간이 없어.'
종리추의 마음은 다급했다. 그런 심중을 누가 알까.
한 시진이면 육대살수 문파들을 깨끗이 쓸어버릴 줄 알았는데.
그렇다. 살문 살수들은 살수로서의 능력보다는 무인으로서의 무공을 더 높이 평가한다. 추구하는 것도 그런 쪽이다.
살문 살수들은 살수 흉내를 내고 있으나 무공으로 싸우고 있다.
살수로서 싸웠다면 종리추의 생각대로 한 시진 안에 수림에 잠입했던 살수들을 깨끗이 처리했으리라.
저쪽은 천우진을 파해하는 데 온 정신을 빼앗겼고 그들 뒤통수를 노리고 있는 버마제비가 있다는 사실을 꿈에도 모르고 있었으니까.
'좋은 경험이야. 이 상태로도 강하다고 생각했지만 어림없어. 죽지 않게 하려면 살수가 되게 만들어야 해.'
종리추에게는 팔부령 싸움이 큰 도움이 되었다.

여유를 가진 음양철극은 동귀어진을 생각할 필요가 없게 되었다.
그는 쌍극을 마음껏 휘둘렀다.
이금곤이 다가오면 물러서며 내지르고, 물러서면 다가서며 후려치고, 옆으로 비키면 신형을 비틀어 쌍극의 방향을 바꿨다.
이금곤의 대부는 좀 전처럼 큰 위력을 떨치지 못했다.
그는 다가서려고 했지만 쌍극의 날카로운 첨두(尖頭)가 용납하지 않았다.

쉬익! 쒜에엑……!

쌍극은 자유자재로 허공을 베었다.

일 초식 일 초식에 진기가 가득 실려 맞받기도 어려웠다.

까앙!

불통이 튀었다.

이번에는 이금곤이 동귀어진을 생각한 듯 무작정 쌍극을 쳐내며 거리를 좁혀왔다.

음양철극은 양손으로 쌍극을 움켜잡았다. 왼손으로는 중단을, 오른손으로는 파단을 잡았다.

휙! 휙! 휙……!

쌍극이 요사한 뱀의 혓바닥처럼 날름거렸다.

이금곤은 무리를 했고, 그러면 그럴수록 그의 의복은 붉은 피로 물들어갔다.

박도대창(朴刀對槍)이라는 수련이 있다.

박도와 창이 비무를 하는 것으로 병기만으로는 어느 쪽도 유리하지 않다. 박도대창을 하는 이유는 박도를 든 사람은 장창을 어떻게 상대해야 하는지, 장창을 든 사람은 박도와 같은 단병, 중병과 어떻게 싸워야 하는지를 체험시키기 위해서다.

음양철극도 이금곤도 그 정도는 기억도 까마득한 옛날에 수련했지만, 싸움이란 상대에 따라서 달라지는 것. 수련이 곧 싸움의 능력으로 직결되는 것은 아니다.

"타앗!"

이금곤이 버럭 고함을 지르며 허공으로 솟구쳤다.

허리, 가슴, 복부 모두 노출되었다.

이것 역시 동귀어진 수법이다.

창이나 쌍극 같은 병기로 내지르면 이금곤은 꼬치에 꿰인 산적 신세가 되지만 허공에서 떨어져 내리는 속도가 있어 마지막 일격을 가할 수 있다.

복부를 뚫고 내장을 훑을 때 당하는 사람은 극강의 고통이 머리 속을 하얗게 탈색시키지만, 등이 꿰뚫리는 순간 약간의 진기만 보태면 창대를 타고 내려올 수 있다.

그 순간은 실로 찰나에 불과하다.

그때 내려치는 일격은 눈을 빤히 뜨고도 당할 수밖에 없다.

슈우욱……!

음영철극도 동귀어진을 각오했는가? 그는 한 치도 망설임없이 쌍극을 내질렀다.

퍼억!

쌍극이 이금곤의 가슴을 뚫고 심장을 조각냈다.

그 순간 음양철극은 쌍극을 힘차게 비틀며 오른손으로 파단을 쳐올렸다.

슈우우욱!

쌍극은 화살이 된 듯 이금곤의 몸을 힘차게 꿰뚫었다.

부아아악……!

이금곤이 사력을 다해 대부를 내리찍었으나 음영철극은 그 자리에 없었다. 오른손으로 파단을 치는 순간 쌍극을 놓아버렸고 뒤로 두 걸음이나 물러선 상태였다.

"큭! 크윽……!"

이금곤이 한 서린 눈으로 쳐다보다 고개를 떨궜다.

"정말 더럽게 힘드네."
이금곤은 음양철극이 내뱉은 말을 듣지 못했다.

구류검수와 귀혈총 관첩의 싸움도 막바지에 이르렀다.
구류검수는 검자로 이십사수 매화검법을 펼쳐 냈다. 그러자 희한한 현상이 벌어졌다. 이십사수 매화검법을 펼쳤는데 전혀 다른 검공이 되어 나타났다.
화산파 매화검수들이 사용하는 검은 폭이 가늘고 얇다.
매화검법은 쾌검(快劍)이므로 병기도 초식에 맞춰 변형시켰다.
검자는 폭이 가늘지만 화산검처럼 얇지가 않다.
미묘한 속도의 차이, 톱날처럼 생긴 검인(劍刃)이 가져온 차이.
초식은 매화검법이되 구류검수가 사용하던 매화검법과는 성격이 다른 검법이 되었다.
구류검수는 이러한 변화를 즐겼다. 매화검법에서 느낄 수 없는 또 다른 묘미를 느낄 수 있기 때문에.
검자가 곤추세웠다.
검끝이 파르르 떨리고 있어 말벌이 날갯짓을 하는 것 같다.
처음 화산파가 매화검법을 선보였을 때 무림에서는 사검이라는 오명을 씌웠다.
진정한 무공으로 승부를 가리려 들지 않고 검끝의 변화로 정심(定心)을 흩트린다는 이유에서다.
그럴수록 화산파는 매화검수를 엄하게 다스렸다. 조금이라도 악한 일을 하면 가차없이 징계하여 '매화검수는 정의의 표본'이라는 인식을 강하게 심었다.

매화검법은 맞상대하기 까다롭다.

검끝이 흔들려 눈이 현혹되고 검로(劍路)를 파악하기 어렵다.

구류검수는 조용히 틈을 노렸고 허점을 발견했다.

흔들리는 검자를 쳐다보던 귀혈총 관첩의 눈꺼풀이 깜빡거렸다.

"아앗!"

버럭 고함을 지른 구류검수가 일검을 휘둘렀다.

비스듬히 사선(斜線)으로, 어깨에서 가슴을 지나 옆구리로 빠지는 검로다.

'슈욱!'

관첩도 선공을 당하기는 했지만 쉽게 당하지 않겠다는 듯 검을 들어 막아왔다.

'타앙!'

검과 검이 부딪치는 소리가 났어야 한다.

소리는 나지 않았다. 검과 검이 부딪치려는 순간 검자가 기묘한 곡선을 그리며 관첩의 검을 피했다. 그리고…… 약간 방향이 틀어졌지만 처음 일격 그대로 사선이 그어졌다.

초식을 전개하는 중에 상대가 쳐올리는 검을 피할 수 있도록 빠른 쾌검이 화산파의 매화검법이다.

"크윽!"

귀혈총 관첩은 긴 시간 동안 허점만 찾았고, 단 일 합만 겨뤘으며, 일 합에 사혈(死穴)을 베였다.

구류검수와 관첩이 조용하고 치열한 인내의 싸움을 했다면 후사도와 잠룡일조 노용상의 싸움은 격렬했다.

후사도는 빠르다.

등 뒤에 도(刀), 후사도(後斜刀)!

소도를 뽑는 순간부터 그는 투계(鬪鷄)가 되어 달려든다.

창을 들었든, 대도를 들었든, 검을 들었든, 암기를 발사하든 상대의 병기에 연연하지 않고 달려들어 끝장을 낸다.

몸이 빠르고 신법이 날래지 않으면 사용할 수 없는 싸움 방법이다.

쉭! 쉭! 쉭쉭쉭……!

소도에서 종리추의 권유대로 표도로 바꾼 후사도는 활을 연달아 쏘아대는 것보다 더욱 빠르게 공격했다.

표도가 얼굴을 스쳐 지나갔는가 싶으면 어느새 배를 찔러오고, 그것도 피하면 허벅지를 베어온다.

후사도는 혈도의 구분을 두지 않았다.

허점이 있는가 없는가도 살피지 않았다.

탁월한 신법과 천성적으로 타고난 날랜 몸으로 적의 턱 밑까지 바짝 다가가 표도를 휘둘러 댔다. 살이 있는 곳은 모두 공격 목표다. 어깨 살을 베어내도 좋고, 손등을 할퀴고 지나도 좋으며, 하다못해 옷만 찢어내도 좋다.

잠룡일조 노용상은 혈인(血人)이 되었다.

그의 몸은 크고 작은 상처로 가득했다. 치명상은 아니지만 날카로운 쇠붙이가 몸을 긁고 지나가는데 기분 좋을 리 없다. 기분 문제만이 아니다. 정신이 없다.

잠룡일조는 피하기에 급급했다.

그러면 그럴수록 후사도는 지치지도 않고 맹렬하게 공격했다.

"저놈 꼭 싸움닭 같군."

지켜보던 유구가 한마디 했을 정도다.

싸움은 결정났다.

번개같이 파고든 후사도의 표도가 잠룡일조의 복부에 틀어박혔다. 표도가 틀어박힌 것을 느낀 후사도는 즉시 몸을 물렸고 표도도 쑥 뽑혀 나왔다.

잔인한 광경이다.

나팔꽃처럼 칼끝이 갈라진 표도는 잠룡일조의 내장을 훑어냈다.

"주공, 이거 피를 너무 많이 묻혀서 못 쓰겠는데요?"

후사도가 가쁜 숨을 참으며 말했다.

"그만큼 확실히 죽일 수 있는 병기지."

종리추는 전에 답지 않게 냉정했다.

그는 결심했다. 살문 살수들을 철저하게 살수로 키우겠다고. 지금 상태로는 무인이지 살수가 아니라고. 남만에서 수련했던 방식대로 철저히 야생의 들개로 만들어야 한다고.

*   *   *

무불신개와 옥진 도인은 폭음 소리를 들었다.

캄캄한 밤에 폭죽놀이가 시작되었다.

팔부령 어두운 골짜기 붉은 섬광이 번쩍였다가는 사라지고 붉은 화염이 기승을 부렸다.

멋지고 아름다운 광경이다.

"밤에 보니까 멋진데!"

군웅들 중 누군가가 중얼거렸다.

"크크크! 천우진이 깨지고 있군. 철저히. 이렇게까지 깨질 진이 아니었는데. 크크크, 화약만 쓰지 않았다면 이놈들 중 몇십 명쯤은 죽일 수 있었는데. 크크크!"

현운자는 마냥 즐거운 표정이다.

지도를 보고 깊은 생각에 잠겨 있을 때와는 전혀 다른 태도다. 마치 실성한 사람 같기도 하고 구원(舊怨)을 풀어 기쁨을 감출 수 없는 사람 같기도 하다.

무불신개와 옥진 도인은 마음이 어두웠다.

아름다운 광경이 창출되었지만 그 속에서는 인간의 생명이 덧없이 지고 있다.

무불신개와 옥진 도인은 편안한 마음으로 불꽃놀이를 볼 기분이 아니었다.

"분타주!"

무불신개는 삼양 분타주를 불렀다.

"아직 돌아오시지 않았습니다."

부분타주가 삼양 분타주를 대신해서 대답했다.

"응……? 지금 뭐라고 했어! 아직 안 돌아왔다고?!"

"예, 아직……."

무불신개는 불길한 예감이 스쳐 갔다.

돌아왔어도 진작 돌아왔어야 한다. 말 몇 마디 건네고 돌아오는 데 한 시진 이상 걸릴 이유가 무엇인가.

곁에서 듣던 옥진 도인의 얼굴에도 그늘이 덮였다.

"아무래도……."

그때였다. 옥진 도인이 막 무슨 말인가 꺼내려고 할 때,

저립(佇立) 287

"아악……!"

처절한 비명 소리가 산울림을 타고 전달되었다.

야밤에 협곡에서 지르는 소리라 더 큰 것일까? 비명 소리를 듣는 군웅들은 자신도 모르게 몸서리를 쳤다.

"악!"

"크악!"

"아악……!"

비명 소리는 끊임없이 이어졌다.

"이건!"

"화약이 터진 곳이 아니오! 아무래도 어디선가 일이 어긋난 것 같소이다."

옥진 도인과 무불신개는 비명이 들려오는 곳을 바라봤다.

그곳은 화염이 있지도 않았고 천우진이 설치된 곳도 아니다. 협곡 한구석, 어두운 구석이다.

"매화검수! 지금 즉시 협곡으로 내려가라! 신개, 있다가 봅시다."

옥진 도인이 다급하게 명령을 내리며 산 아래를 향해 치달렸다.

매화검수들이 황급히 일어서서 뒤를 쫓았다.

무불신개도 가만히 있을 수 없었다. 부리나케 명을 내려 개방도를 협곡으로 보냈다.

군웅들은 대기시켰다.

"사태가 위급해지면 폭죽으로 신호를 보내리다. 그럼 약조된 대로 조별(組別) 행동을 해서 살문을 쳐주시오."

'우선 협곡을 봉쇄해야 돼.'

무엇인가 불길한 예감이 군웅들을 풀어놓지 못하게 만들었다.

날이 밝을 때까지 옥진 도인과 무불신개는 살문으로 짓쳐들어 가지 못하고 시신을 수습하기에 바빴다.

많은 시신이 발견되었다. 개방도의 시신도 있었다. 아직까지 돌아오지 않던 삼양 분타주의 시신도 발견되었다.

개방도 중 한 명은 심한 고문을 받았는지 뼈가 부러지고 육신의 일부가 잘려 있었다.

무엇 때문에 고문을 받았는지는 짐작할 수 있다.

살문을 공격하는 사람이 누구인지, 몇 명이나 되는지, 군웅들은 어디에 몇 명이나 모여 있고, 차후 어떤 행동을 할 것인지.

물어보아야 할 것은 많았으리라.

육대살수문파 살수들의 시신은 군웅들에게 보여서는 안 된다.

그것은 구파일방의 치부다. 결코 자랑스럽게 앞에 내세울 일이 못 된다.

불길한 예감은 이것이었다.

육대살수문파 살수들의 몰살.

옥진 도인과 무불신개가 만났던 여섯 살수가 모두 죽었다.

사곡의 마설송, 혈리파의 이금곤, 잠룡조의 노용상…….

그들이 데려온 살수들도 몰살이다.

살문이 배후를 친 듯한데 살문에 이런 저력이 있었던가?

비명 소리를 듣고 산을 내려오기까지 겨우 반 각이 소요된 것에 불과한데, 살문은 그 시간 동안 모두 쓸어버리고 사라졌다.

반 각이다.

반 각 동안 육대문파살수 삼백여 명을 몰살시킬 힘이 있다면…….

두더지처럼 잘 숨는 살수들인데.

옥진 도인과 무불신개는 고개를 흔들었다.

'우리 능력으로는 감당할 수 없어. 여기 천 명 넘는 무인이 있지만 모두 개죽음을 당할 뿐이야. 반 각 동안 삼백여 명을 몰살시키다니. 허허! 살문과 묵월광…… 엄청난 세력으로 컸군. 구파일방 장문인이 직접 나서야 할 사안이야.'

옥진 도인과 무불신개는 말없는 가운데 의견을 주고받았다. 그리고 합의했다. 전서를 띄우기로.

◆第七十七章◆
상가(傷歌)

섬서성(陝西省) 화음현(華陰縣) 화산(華山).

화산은 중원 오악(五岳) 중 하나로 서악(西岳)이다.

높이 칠백여 장이 넘는 화산은 북쪽으로 황하(黃河)를 두고 남쪽으로는 진령(鎭嶺)과 맞닿아 있다.

무림문파 화산파가 자리한 곳은 서봉(西峰) 연화봉(蓮花峰)이다.

연화봉 정상에 올라서면 사방이 확 트인 평원이 마음을 시원하게 해 준다. 굽이굽이 흐르는 강의 모습도 장관 중 하나다.

연화봉은 사면이 절벽이다.

동쪽으로 가파른 산등성이가 있으나 수림이 아름답고 그윽하여 신선이 노닐 법한 곳이다.

연화봉이라는 이름은 산 정상에 연꽃 모양의 바위가 있어서 사람들의 입을 통해 불려지기 시작했다.

도인들은 연화봉의 자태에 매료되어 산 정상에 궁(宮)을 세우니, 오늘날의 취운궁(翠雲宮)이며 화산파의 본문(本門)이다.

연화봉에서 골짜기를 따라 삼십 리 정도 들어가면 청가평(青柯坪)이 나온다.

길은 오솔길로 그윽하며 길 양쪽이 석벽(石壁)으로 둘러쳐져 있어 많은 유람객들이 찾는 길이다.

청가평은 골짜기의 끝이다. 폭포도 보고 석실(石室)도 보며 구불구불한 길을 지나다 보면 확 트인 평원이 나오는데 이곳이 청가평이다.

구파일방 장문인들이 청가평에 둘러앉았다.

화산파 제자들이 백여 보쯤 떨어진 곳에서 호법을 섰고 장문인들과 동행한 각 파 제자들도 그만한 거리에 물러서 있다.

"옥진 도인과 무불신개 장로의 말을 빌리자면 살문이 육대살수문파를 반 각 만에 초토화시켰다는데…… 빈도는 믿을 수 없소이다."

무당파 장문인이 신중하게 말을 꺼냈다.

"사실일 겁니다. 묵월광이 한 짓을 살문이 한 것으로 오인하기는 했지만 그 나물에 그 밥이죠. 과거 묵월광이 죽인 사람들 면면을 살펴보면 불가능한 일도 아닙니다, 기습을 한다면."

청성파 장문인이 눈을 반개(半開)한 채로 말했다.

"살문이 십망을 선포한 혈영신마를 구해갔으니 처리는 해야지요. 그러잖아도 그 문제 때문에 무림에 말이 많습니다. 왜 아직 가만 내버려 두냐고."

공동파 장문인이다.

"이제 본격적으로 나설 때가 됐죠. 소림은 이미 백팔나한과 칠십이 단승을 파견했으니 모두들 서두르셔야 될 줄로 압니다. 이번에는 십망의 무서움을 보여줘야죠. 다시는 무림에 해악을 끼치는 자가 나타나지 않도록 철저히 본보기를 보여야지요."

아미파 장문인이다.

아미파 장문인은 비구니이나 여인답지 않게 강단이 있다. 맺고 끊는 것이 확실해서 웬만한 사내는 곁에도 가지 못한다.

"종리추는 워낙 약은 놈이니 팔부령을 포위한 것만으로는 안심을 하지 못합니다. 하루라도 빨리 끝내는 것이 좋습니다."

종남파 장문인이다.

모두들 각 파의 정예 무인들을 동반하고 왔다.

그들은 화산에는 들어서지 않았어도 화산 부근 어디에선가 병장기를 갈고 있으리라.

장문인들의 표정은 담담했으니 모두들 한번쯤은 놀랐으리라.

이런 모임을 가지게 될 줄이야.

지금까지 숱한 마두(魔頭), 사교(邪敎)가 모습을 드러냈지만 지금과 같은 모임을 가진 적은 없다.

모두 사전에 차도살인(借刀殺人)으로 깨끗이 해결했다.

살수 문파는 그런 면에서는 분명하게 일 처리를 끝냈다, 이번 경우만 제외하고.

'상대는 종리추였어. 치려고 생각했으면 처음부터 전력을 기울였어야 해.'

소림 방장 혜공 선사는 말이 없었다.

그는 생각에 잠겼다. 종리추가 과연 소문대로 흉악한 자인가. 혈영신마는 심망을 받을 만했는가. 그럼 무공을 입증한답시고 비무살인을 하고 다니는 구파일방의 제자들은 정당한가.

당당하게 산문을 들어서던 종리추가 떠올랐다.

혜공 선사가 아직도 명쾌하게 마음의 결정을 내리지 못하는 것은 십망에 대해 회의(懷疑)가 치밀었기 때문이다.

십망은 잘못되었다.

무림 정의라는 것은 억지로 지킨다고 지켜지는 것이 아니다. 물이 흐르듯이 자연스럽게 흐르도록 내버려 둬야 한다. 바른 길을 가라고 하면 비뚜로 가고 싶어지는 것이 인간이다.

마두가 나오면 협객이 탄생하는 것을. 그럼에도 강력하게 십망을 거부하지 못하는 것은 구파일방의 명예가 십망에 걸려 있는 까닭이다.

십망의 역사는 오래되었다.

혜공 선사가 방장을 맡기 이전부터 십망은 존속되어 왔다.

살수 문파를 조종하는 일도 그중 하나다. 살수 문파뿐만이 아니라 하오문이나 녹림도 암중으로 조종해 왔다.

그들에게 십망은 절대적인 권위로 작용한다.

지금 혜공 선사가 십망을 거부한다면 소림 전대 방장의 권위마저 부정하는 결과가 된다.

'아미타불…… 아미타불……!'

혜공 선사는 염주만 부지런히 돌렸다.

종리추는 선인(善人)이 아니다. 악인이다. 어떠한 이유, 명분을 들어도 청부 살인을 하는 것은 악인이나 하는 짓이다.

종리추를 그나마 좋게 보았던 것은 그가 살수 중에서는 그래도 조금 나은 것 같았기 때문이다.

살인에 맛들이지 않은 살수.

물론 구파일방이 조종할 수 있다는 전제가 깔린 것이지만.

구파일방의 영향력을 벗어난 살수는 살인마일 뿐이다.

어쩌면 이것도 모순인지 모른다. 사람은 똑같은데 전에는 괜찮았고 지금은 나쁘다니.

혜공 선사는 풀리지 않는 화두(話頭)를 만난 선승(禪僧)처럼 마음이 답답했다.

"개방은 모든 정보를 취합했소이다. 살문 살수들이 팔부령 어디에 숨어 있는지는 확인하지 못했지만 조만간 알게 될 터이고, 검을 부딪치지 않고는 팔부령을 벗어날 수 없다고 장담할 수 있소이다."

개방 방주가 장담했다.

개방은 이미 문도를 풀었다.

가히 수천 명에 이르는 개방도가 팔부령에 모여 있다.

개방의 정보력은 개방도에게만 있는 게 아니다. 개방도와 안면있는 사람이 중원천지에 널려 있고, 그들이 모두 개방의 힘이다.

개방 방주가 말을 이었다.

"묵월광도 이번 기회에 끝냈으면 합니다. 그 소고라는 여자, 보통이 아닙니다. 혈암검귀의 무공을 이어받았고 그만한 세월을 익혔다면 상당한 경지에 이르렀을 겁니다. 모르긴 몰라도 혈영신마와 버금가는 무공을 가지고 있을 터이니."

묵월광이 팔부령을 빠져나갔다는 사실은 이미 알고 있다.

개방의 방대하고 치밀한 조직력은 묵월광 살수들이 팔부령을 빠져나가 이동하고 있다는 사실을 장자에서 배를 탈 무렵에 알았다.

종리추는 치밀했다. 의심할 여지가 없었다. 정운의 송 대인, 건적의 가 대인은 혼례가 약조되어 있었다. 송 대인의 둘째 딸이 혼례를 치르고 신랑과 함께 가 대인의 집으로 돌아가는 중이다.

살수들이 그들을 죽이고 그들로 위장하는 것은 간단하다.
그 부분을 조사하기는 어렵다. 종리추의 경우 정교하기 이를 데 없는 인피면구를 사용하기 때문에 얼굴 가죽을 벗겨보기 전에는 알 도리가 없다.
그들이 묵월광 살수라는 것을 알게 된 것은 악착같이 달려든 개방도 덕분이다.
장자에서 배를 탈 때 시녀가 한 말.
"영주, 이제 빠져나온 거예요?"
그 한마디는 수많은 정보를 일시에 던져 두었다.
섬서성에서 영주를 운운할 문파는 묵월광뿐이다.
묵월광에는 사령주, 화령주, 조령주가 있으나 여인이 말했으니 화령주다.
송 대인의 여식과 가 대인의 자식이 죽었는지 살았는지는 알 수 없다. 어쩌면 송 대인, 가 대인이 살문이나 묵월광의 숨은 뿌리 중 하나일 수도 있다.
묵월광이 빠져나가도록 내버려 두었다.
살수 문파의 뿌리는 금전에 있다.
돈이 없는 살수 문파는 지탱하지 못한다. 청부 살인을 하는 이유도 쉽게 돈을 벌자고 하는 짓이다.
그들의 금원(金源)을 캐내야 한다.
그렇지 않고는 십 년, 이십 년 뒤에 묵월광과 살문 같은 존재가 다시 나타난다.
개방의 막강한 정보력으로도 묵월광의 금원이 어디인지는 아직 파악하지 못하고 있다.

묵월광은 반드시 금원을 이용한다.

그리고 그 시기는 소고가 하남성에 들어선 직후가 될 것이다.

묵월광 소고는 주의해야 할 인물이다. 혈암검귀의 무공을 익혔으니 상대할 고수도 웬만해서는 안 된다. 사령주, 화령주도 간단히 제압할 수 있는 인물들은 아니다.

하지만 개방이 그들의 일거수일투족을 감시하고 있다.

그들의 행동이 백일하에 드러난 이상 묵월광은 적이 아니라 먹이에 불과하다.

정작 신경을 써야 할 사람은 종리추다.

종리추는 갇혀 있으면서도 드러나 있지 않다.

"소고가 하남성에 들어서고 있고 종리추는 팔부령에 있고…… 일시에 털어버리기는 좋은 기회인 것 같소이다. 육대살수문파도 세력이 절반이나 줄어들었으니 괜찮은 편이고, 사천의 청살괴도 야이간에게 속아서 상당한 타격을 받았고. 본격적으로 끝내는 일만 남은 것 같소이다. 하하!"

해남파 장문인이다.

해남파 장문인은 남쪽 사람답게 상당히 호전적이다.

"무림 공표는 방장께서 맡아주시구려."

무당 장문인이 마지막으로 말했다.

살문을 천하공적(天下公敵)으로 간주하여 십망을 선포한다. 이 순간 이후 살문과 연관있는 사람은 누구를 막론하고 공적이 되어 추살(追殺)될 것이다.

소림 장문인 혜공 선사가 천하에 십망을 선포했다.

혜공 선사는 종리추에 대한 처리 문제로 태산북두(泰山北斗)의 자리를 내어놓고 뒷전으로 물러났다. 그럼에도 혜공 선사가 십망 선포를 한 것은 그가 쌓아놓은 무림의 명망 때문이다.

불가의 승려들뿐만 아니라 무림인들, 중생들까지 혜공 선사의 말이라면 팥으로 메주를 만든다 해도 믿는다.

혜공 선사는 생불(生佛)이다.

모습이 강퍅해서 후덕함보다는 강인하고 날카로워 보이는 인상이지만 불심(佛心)이 깊고 자애가 넘친다.

소림사 장문인은 무공만 높다고 되는 것이 아니다. 소림 장문인이 되기 위해서는 높은 무공과 더불어 깊은 불심이 필수 덕목이다.

그런 연유로 십망을 선포하는 것은 늘 혜공 선사의 몫이다.

"살문…… 그럴 줄 알았어. 죽일 놈!"

"대담하다 대담하다해도 내 그렇게 대담한 놈은 생전 보질 못했네. 팔부령에 불까지 질렀다며? 무림고수들도 암습해서 죽이고. 그놈, 정신 있는 놈이야? 혈영신마란 놈과 죽이 맞았으니 오죽 팔팔 날뛸까."

"가야지?"

"당연히 가야지. 놈이 죽는 것을 내 눈으로 봐야겠어."

중원무림이 술렁거렸다.

살문은 중원 전 무림인의 공적이 되었다. 그것은 무림인들의 입장에서 보면 살문 살수들을 죽일 경우 무림 영웅이 될 수 있는 절호의 기회가 되기도 했다.

의기(義氣)를 참지 못해서, 혹은 무명(武名)을 빛낼 수 있는 기회를 놓치기 싫어서 무림인들의 발길은 팔부령으로 향했다.

종리추는 모든 것이 막혔다.

정보도 들어오지 않는다. 하다못해 먹을 식량마저도 걱정해야 할 판이다.

오곡동에서 내려다본 골짜기는 알록달록한 무늬로 얼룩졌다.

중원 각지에서 몰려든 군웅들이다.

그들이 내세우는 기치는 오직 하나 살문 멸살, 혈영신마 참살이다.

십망이 공표된 후 살문은 천하의 공적이 되었다. 무엇보다 군웅들에게 매력적인 것은 살문 살수를 죽이는 순간 영웅 칭호를 받게 된다는 점이리라.

"현운자…… 또 밀렸어! 제길! 난 왜 그놈한테는 안 되지? 그래도 다행이야, 살아 있으니. 죽었으면 한을 품을 뻔했는데."

삼현옹은 천우진이 파괴된 후부터 실성한 사람처럼 혼잣말을 하는 시간이 많았다.

기관은 지형에 자유롭지 못하다. 지형에 맞춰 설치해야 하는 것이 함정, 기관이다.

천우진은 지형을 최대한 이용한 진이었다.

오 장 안에 두 개의 노방과 한 개의 족쇄, 세 개의 암기가 서로의 허점을 보완해 준다. 지형에 따라 노방의 설치 위치는 모두 다르다. 암기가 설치된 곳은 제각각이다.

그런데 깨졌다.

삼현옹은 숯으로 송판에 그림을 그렸다가는 지우고, 다시 그리는 일을 반복했다.

"흐흐흐! 화약이 잘못된 것은 아냐. 그까짓 한두 명 더 죽이고 덜 죽이는 게 문제가 아니지. 깨진 기관은 기관의 가치를 잃은 거야. 천우진은 놈들이 들어서는 순간부터 기능을 잃었어. 완벽하게 파해된 게지. 어떻게 그럴 수 있지? 어떻게……. 흠……! 그렇군, 하나만 알면 나머지는 저절로 풀리는 거야. 서로 연관되어 있으니까. 가장 쉽게 찾을 수 있는 것이 노방, 노방이지. 노방은 설치할 곳이 한정되어 있으니까. 현운자는 노방에서부터 시작한 거야."

천우진의 파해 방법은 의외로 간단한 곳에 있었다.

지형을 보고, 노방의 위치를 파악하고, 노방과 연결된 기관의 고리를 끊어버린다.

여섯 개의 기관은 동시에 작동하고…… 기관을 건드린 사람은 죽을지 몰라도 천우진의 일각은 부서진다.

사람 목숨을 담보로 한 파해법이다.

종리추는 삼현옹에게 한마디도 건네지 않았다.

오곡동에 대한 보완이라든가 차후 방책 같은 것도 묻지 않았다. 살문 살수들에게도 일절 말을 건네지 못하게 했다.

삼현옹 같은 사람은 혼자 있을 시간이 필요하다.

혼자 고민하고, 연구하고 필요한 것이 있으면 그가 말을 건네올 게다.

살문 살수들은 오곡동에 들어서기 무섭게 벼랑으로 치몰렸다.

"살수 문파들이 연수(聯手)하여 협공을 가해왔는데, 우린 그들 뒤통수를 쳤어. 그런데도 마지막에는 싸움을 해야 했지."

차분하고 낮게 가라앉은 음성.

은은하게 띤 미소.

종리추는 무엇을 생각하는지 알 수 없는 사람이 되었다.

"유회, 유구, 혈살, 음양."

"……."

"싸움은 하게 되어 있어. 한 시진이라고 못을 박은 것은 육대살수문파를 몰살시켜서는 안 되기 때문이었으니까. 내게는 반 각 안에 침입할 살수들 전부를 몰살시켰다는 허명(虛名)이 필요했어. 한 시진은 그것을 위한 작업이지."

"……."

"다 잘했어. 하지만 화가 나. 왜 싸웠지?"

"주공… 주공 말씀을 도대체 알아듣기가……."

"일방적으로 죽였어야 해. 왜? 살수니까."

"……."

"살수는 죽이는 사람이지 싸우는 사람이 아냐. 아직도 무인이라고

상가(傷歌) 303

생각하는 젠가?"

모두들 침묵을 지켰다.

이제야 종리추가 무슨 말을 하는지 알 것 같다.

"살수는 지켜줄 수 있다. 하지만 무인은 지켜줄 수 없어. 살수는 죽일 가능성이 십 할이 되었을 때만 살공을 펼치지만 무인은 승패를 알 수 없을 때 검을 뽑기 때문이야."

이해는 하겠는데 실행하기는 어렵지 않은가.

"살수는 어떤 경우에도 몸을 숨기고 싸워야 해. 위험에 처하면 처할수록 몸을 숨길 곳부터 찾아야 해. 모진아!"

"예, 주공."

"혈살, 음양, 광부, 좌리를 맡아."

모진아는 종리추의 말뜻을 알아들었다.

"반쯤 죽여놓겠습니다."

거론된 무인들은 인상을 찡그렸다. 무슨 일인가 벌어지고 자신들이 곤욕을 당할 것은 확실한데 그것이 무엇인지는 짐작도 할 수 없다. 단지 모진아의 작고 마른 몸에서 진한 살기를 감지할 뿐이다.

"유구, 유회."

"넷, 주공."

"구류, 후사, 혼세, 그리고 혈영신마를 맡아."

"혈영… 신마까지 말입니까?"

종리추는 대답을 하지 않고 혈영신마를 쳐다봤다.

혈영신마는 결정을 내려야 한다.

그는 아직 살문에 몸을 담을 것인지, 단지 머물고 있는 손님에 불과한지 확실한 태도를 보이지 않았다.

살문 살수들과 어울리고 살수들과 함께 행동했지만 그것은 도와주는 역할에 불과했다. 살문 살수들처럼 종리추를 문주로 모시지는 않았고 그럴 생각도 없었다.

살문 살수들도 같은 생각이다. 혈영신마를 빈객(賓客) 정도로 생각하고 있을 뿐, 언젠가는 떠나갈 사람으로 생각하고 있다.

종리추는 대답을 원하고 있다.

"음……!"

혈영신마는 침음을 터뜨렸다.

느닷없는 기습이다. 이런 부분은 생각하지 않았는데…….

그는 종리추의 눈을 들여다보았다.

"문주께 한마디만 물어보겠소. 살문 살수들의 운명…… 어떻게 되겠소?"

"죽겠지."

종리추는 간단히 대답했다.

"난 무인이오. 혈영신공은 뛰어난 절학이오. 난, 난……."

이렇게 사장(死藏)시키고 싶지 않은데. 혈영신공이 뛰어난 절학이라는 것을 중원에 널리 알리고 싶은데.

"유구, 유회."

"넷!"

"혈영신마까지 맡아."

종리추는 혈영신마의 마음을 읽었다.

그는 살문을 떠날 생각이 없다. 이들이 비록 살수들이나 무림에서는 볼 수 없던 진정한 강인함이 이들에게는 있다.

사람들은 혈영신마라 하면 우선 피할 생각부터 한다. 혈영신공과 손속을 겨뤄볼 생각을 하는 무인은 손에 꼽을 정도다. 그중 십여 명 가까운 사람이 여기 모여 있다.

그날 혈영신마는 혈배(血杯)를 들었다.
살문 살수들이 손목을 그어 흘린 피에 자신의 피를 섞었다.
유구가 혈영신마의 위치를 선포했다.
"혈영신마의 나이는 서른여섯. 삼형(三兄)이다. 훗! 혈살편복, 뒤로 밀려나는 기분이 어때?"
"삼형, 징그럽게 웃지 마시오. 삼형도 곧 주공께 '혈영'이라고 불리게 될 테니까."
혈살편복이 혈영신마에게 술잔을 권하며 말했다.
"사제(四弟), 괜찮아. 어차피 신마(神魔)라는 말이 귀에 거슬렸는데 잘됐지 뭐. 사제는 편복이 좋던가?"
"아주 주공과 죽이 척척 맞는군."
"하하하!"
"허허!"
오곡동 동혈에 웃음소리가 퍼졌다.
술은 구류검수가 가져온 여아홍(女兒紅)이다.
여아홍의 원래 이름은 화조주(花彫酒)다.
백년진주(百年陳酒)를 항아리에 넣고 연잎으로 밀봉한다. 화조주라는 말은 술 담그는 항아리에 꽃과 새를 새겨 넣었기 때문에 붙여진 이름이다.
소흥(紹興) 지방에서는 여아가 태어나면 화조주를 담아 땅에 묻어놓는 관습이 있다. 아이가 성장하여 시집갈 때 쓰기 위해서다.

그래서 화조주를 여아홍이라고 부르기 시작했다.

백년진주가 화조주, 혹은 여아홍이라고 불리려면 적어도 오 년에서 십 년은 숙성되어야 한다.

구류검수의 숨은 재주겠지만, 그는 술을 무척 잘 담근다.

대외산 살문 시절, 그는 어디선가 술독을 잔뜩 가져와 땅에 묻었다. 천부에 피신해 있을 때도 그의 술 단지는 폐허가 된 대외산 살문에 묻혀 있었다.

팔부령으로 들어오면서 그는 보물들을 실어왔다.

팔부령에는 천우진이라는 기가 막힌 기관이 설치되어 있어 살문이 멸살되는 순간까지 터를 지킬 것이라고 생각했기 때문이다. 그랬는데… 이토록 쉽게 무너질 줄이야.

이십 년 이상 숙성되었다는 여아홍은 살문 살수들의 밝게 웃는 모습과 어울려 취기를 북돋았다.

모진아, 유구, 유회는 다음날 날이 밝는 순간부터 살문 살수들을 몰아쳤다.

이미 백전을 통해 살수들이 어떻게 은신해야 하는지, 지형을 어떻게 이용하고, 평범하게 놓인 사물들을 어떻게 해야 내 편으로 끌어들일 수 있는지 몸에 익힌 살수들이다.

그런데도 종리추가 모진아, 유구, 유회에게 살문 살수들을 맡겼다.

이유는 간단하다. 그들 세 명은 남만에서 종리추와 기나긴 싸움을 했다.

그것이야말로 살수들의 싸움이었다.

무공이 강해도 순식간에 당할 수 있는 싸움.

상가(傷歌) 307

어디에 숨었는지 파악해야 이길 수 있고 꼭꼭 숨어야 지지 않는 싸움. 찾아낸 적에게 얼마나 은밀하게 다가가느냐에 따라 생명이 좌지우지되는 싸움.

종리추가 원하고 있는 싸움은 그런 싸움이다.

살문 살수들이 진정한 살수로 거듭나기 위해 빠져나간 후 오곡동은 고요한 적막에 휩감겼다.

종리추는 동혈 앞에 가부좌를 틀고 앉아 드넓게 펼쳐진 산맥을 바라봤다.

팔부령은 과연 넓은 산이다. 끝이 보이지 않는 산들의 행렬은 사람으로 하여금 얼마나 왜소한 존재인지를 느끼게 해준다.

"이런 삶일 줄은 생각 못했지?"

종리추가 불쑥 물었다.

종리추 곁에 다소곳이 앉아 아름다운 풍경을 쳐다보던 어린이 대답했다.

"괜찮아."

"미리 알았다면…… 그래도 따라왔어?"

"응, 따라왔어."

"언제 죽을지 모르잖아."

"괜찮아. 세상에서 가장 멋진 사내가 있잖아."

벽리군이 차를 끓여왔다.

돌 바닥 위에 찻잔을 내려놓고 찻물을 따랐다.

"음……! 다향(茶香)은 여전하군. 차를 구하기 쉽지 않았을 텐데."

"주공께서 즐기시는 차인데 준비해야죠."

벽리군이 활짝 웃으며 말했다.

"상공."

"……?"

"주공이 뭐야? 상공이라고 불러야지."

종리추는 어린의 말에 얼굴을 붉혔다.

제이부인(第二婦人).

종리추나 어린, 벽리군에게는 어색한 말이 아니다.

어린은 다수의 사내가 한 여인과 사는 곳에서 태어나 자랐다. 암연족은 그와 정반대이지만 자신의 부족만큼이나 잘 알고 있다. 암연족에게 끌려간 여인들이 어떤 취급을 받는지도.

종리추도 남만인들의 사고(思考)를 받아들이며 컸다.

제이부인, 제삼부인 전혀 어색하지 않다.

벽리군은 기녀다.

기녀들의 삶은 사내들의 웃음과 전낭(錢囊)에 묻혀 있다.

그렇게 살다 말년에 늙은 노인 첩살이를 하는 것이 기녀들의 운명.

세 사람은 서로를 암묵적으로 용인하고 있다.

"알았어요. 앞으로는 상공이라고 부르죠. 됐어요, 언니?"

벽리군은 한참 어린 동생 어린을 언니라고 불렀다.

"뱀을 잡으려면 머리를 눌러야겠지?"

또 종리추가 불쑥 말했다.

"상공!"

벽리군의 얼굴이 하얗게 탈색되어 소리쳤다.

이제야 종리추가 무엇을 생각하고 있는지 알 것 같다.

동혈 입구에 하루 종일 우두커니 앉아 무엇을 생각하는가 했더니.

상가(傷歌) 309

"총관, 총관 생각에는 우리가 얼마나 버틸 수 있을 것 같아?"

"……."

벽리군은 대답하지 못했다.

중원 전 무림이 적이다.

십망이 선포되었다. 먼저 십망을 선포받은 혈영신마도 있다. 도주 중인 것도 아니고 포위되어 있다.

살 길이 없다.

오곡동이라는 천연적인 동혈이 있어서 목숨을 부지하고 있지만 죽은 목숨이나 다름없다.

무공으로 뚫기도 힘들다.

현재 팔부령을 포위하고 있는 무인들은 그동안 상대해 왔던 무인들과는 질적으로 다르다.

무림 최절정고수들.

혈영신마를 일 대 일의 비무로도 제압할 수 있으리라 생각되는 무인들이 대거 몰려들었다.

종리추가 말했다.

"사무령이 무엇인 것 같아?"

"세상에서 가장 강한 살수잖아, 죽이고자 마음먹은 사람은 모두 죽일 수 있는."

어린이 대답했다.

종리추는 고개를 살래살래 흔들었다.

"이제야 사무령이 무엇인지 알 것 같아. 살혼부, 살천문, 묵월광, 혈리파, 사곡…… 그들을 보면서 확신을 얻었지."

벽리군은 마음을 졸였다.

종리추가 또 무슨 소리를 하려는 것일까? 정말 뱀 머리를 치려는 것일까? 뱀 머리……. 모인 군웅들 중 최절정고수를 암살하려는 것일까?

"사무령은 죽이는 살수가 아냐. 최고로 강한 살수인 것은 맞지만. 사무령은 사랑하는 사람을 잃지 않는 살수야. 이제는 어쩔 수 없게 되었군. 사무령이 되어야겠어."

종리추는 찻잔을 들어 입에 가져갔다.

벽리군은 세상에서 가장 멋진, 세상에서 가장 아름다운 사내의 모습을 보았다.

그녀의 가슴은 희열로 가득했다.

―사무령이 되어야겠어.

종리추가 어떤 결정을 내려도 좋다. 그것이 무모한 행동이라 해도 상관없다. 사랑하는 사람을 지키는 살수가 사무령이라는 말이 그녀의 가슴을 휘저었다. 종리추의 진실한 마음이 촉촉이 적셔오는 듯했다.

'이제는 망설이지 않아요. 놓치지 않을 거예요. 나이가 많아도 상관없어요. 몸이 더럽혀진 년이지만 당신 같은 사람을 놓친다면 평생 후회할 거예요.'

벽리군은 찻잔을 들어 올렸다.

불안도 걱정도 없었다.

『사신』 제8권으로…

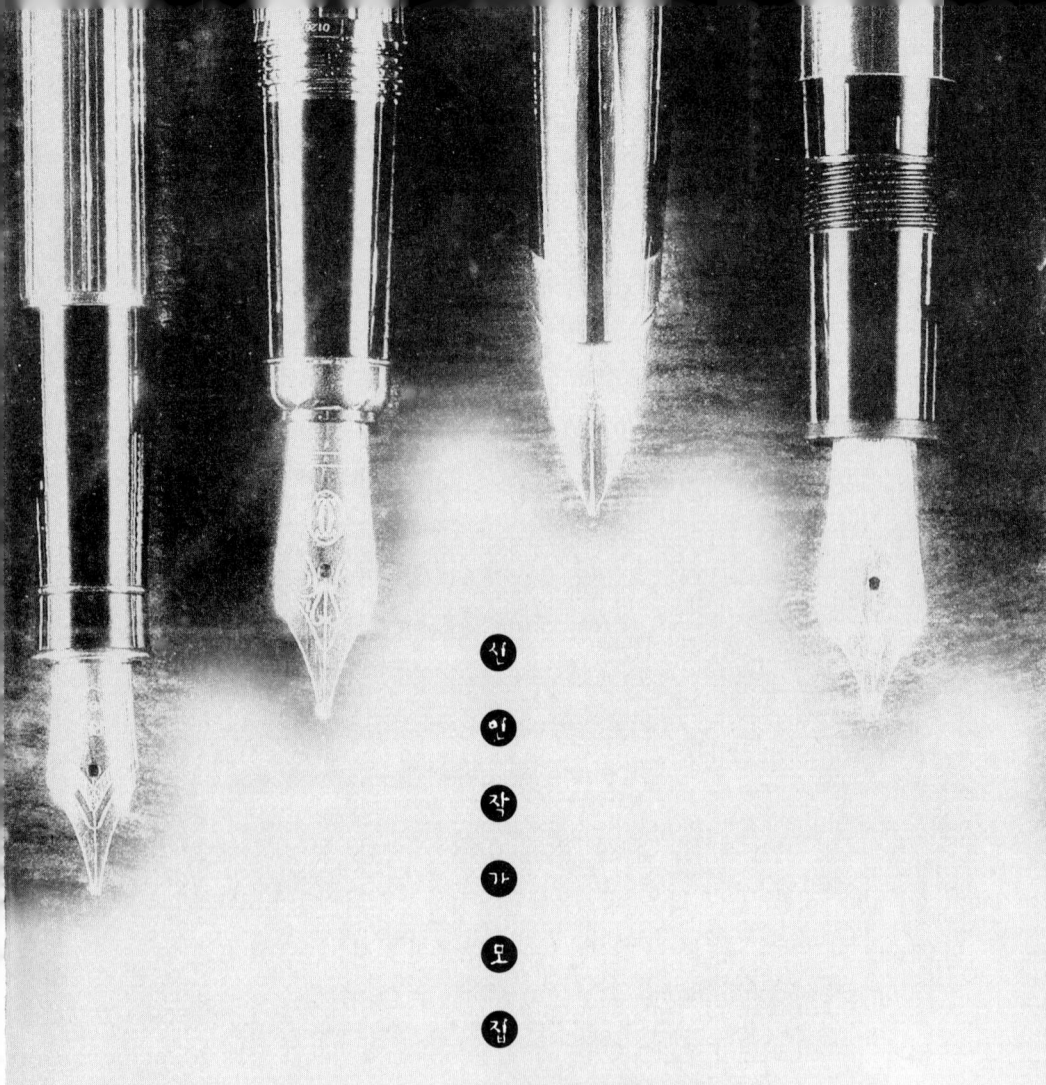